Volker Schoßwald

Lucy,

der Himmel

und ich

Schwabach, 2017

TWENTYSIX – Der Self-Publishing-Verlag
Eine Kooperation zwischen der Verlagsgruppe Random House und BoD – Books on Demand

© 2017 Schoßwald, Volker

Herstellung und Verlag:
BoD – Books on Demand, Norderstedt.

ISBN: 9783740713782

1	Mein feuerroter Roller	5
2	Lucy	13
3	Schlechtes Karma	23
4	Wiedersehen in der Hafenstraße	29
5	Jeanette – vergiss sie!	32
6	Date im Straßencafé	41
7	...tot im Supermarkt	54
8	Traumfamilie	60
9	Franz auf der Walz	68
10	Lucy, Louvre und Mona Lisa	82
11	Hexen und Co	85
12	Bettgeflüster	96
13	Security für Mona	100
14	Das Model und der Alte	105
15	Objekt der Begierde der Massen	111
16	Künstler, Kiffen und Konversation	116
17	Mit Mona Lisa im Straßencafé	120
18	Das Bild und sein Räuber	126
19	Monas Heimkehr	129
20	Himmel? Ein fränkischer Biergarten	134
21	Camping mit Lucy	139
22	Die Hölle und die Teufel	145
23	Mama, Papa und Lucy	153
24	My Name is Lucy	157
25	Alphatierchen in Penny Lane	166
26	Historische Gestalten	172
27	Jesus? Das wäre das Größte!	178
28	Jesus in der Fürther Straße	182
29	Lucy im Sonnenuntergang	191
30	Nachspiel	193
Nachbemerkung:		196

Diesen Roman widme ich allen, die dieses Leben schon hinter sich haben und sich immer noch dafür interessieren....

1 Mein feuerroter Roller

„O Gott!" dachte ich noch. Aber was hatte Gott damit zu tun? Es ging um mich… Das war das Wichtigste und sonst war gar nichts mehr wichtig und ich war auch nicht mehr wichtig. Jetzt!

Bis dahin verlief mein Tag normal. Wenn man mich gefragt hätte: Langweilig. Aber man hatte mich nicht gefragt. Naja, wer hat mich jemals was gefragt? Langeweile könnte mein Zweitname sein, wenn ich den Umgang meiner Mitmenschen mit mir richtig verstehe. Ihre Einschätzung trifft so ziemlich die meine.

„Weinerliches Weichei!" Wer mischte sich in meine Gedanken ein?
„Viele haben dich gefragt. Du hast sogar geantwortet."

Wer schwadronierte da über mich? Wer unterbrach ungefragt meine lautlosen Selbstgespräche! Ich schaute mich um.

Ich befand mich immer noch an dieser T-Kreuzung, die ich so hasste. Von links mündete die Hafenstraße in die Eibacher Hauptstraße. Wie oft hatte ich mich über die chaotische Ampelregelung geärgert - freilich nicht nur hier. Durch zahllose Erlebnisse verdichtete sich in mir der Eindruck: Als Qualifikation für Ampelschaltungen oder Verkehrsführung benötigt man konzeptionelle Unfähigkeit. Bei der harten Konkurrenz musst du allerdings deutlich über dem Durchschnitt liegen. Wer wie wir Zweiradfahrer lange an roten Ampeln wartet, hat reichlich Zeit und situativen Anlass, solche Überlegungen anzustellen.

Wir Rollerfahrer prägen uns möglichst viele Konstellationen ein. Wir müssen die Reaktionen anderer Verkehrsteilnehmer vorhersehen. Wenn das Auto vor dir hart bremst, weil statt der grünen Welle urplötzlich die Fahrbahn in Rot erstrahlt, solltest du die Variante auf dem Schirm haben.

Ich hasste diese T-Kreuzung von absehbaren harten Stopps. Bei roter Ampel äugte ich zu den knalligen Klamotten in den Auslagen des öd-grauen Kleidungsgeschäftes links drüben, ansonsten zwang man mich an einer Ecke zum Halten, die eine der hässlichsten

Architekturen im ganzen Südwesten Nürnbergs präsentierte: Nichtssagende Betonbauten oder farbverrutschte halbhohe Häuser, ein maroder Getränkeladen, eine langweilig beige Kirche, deren Uhr ich freilich zur zeitlichen Orientierung schätzte: ein Symbol verrinnender Lebenszeit an roten Ampeln.

Meinem Blick bot sich eine ungewohnte Lebendigkeit auf dieser durchaus frequentierten Kreuzung. Menschen klumpten in Kleingruppen zusammen und starrten heftig diskutierend zu dem Zweirad auf dem Asphalt:

Dort lag mein Roller! 125 rote Kubik. Ausdruck meines Lebensgefühls. Dort lag mein Roller flach auf der Straße!

Wer nannte mich weinerlich? Wer räsonierte ungefragt beleidigend über meine Befindlichkeit? Es ist ausschließlich meine Angelegenheit, ob ich weinerlich bin oder nicht. Ich bin es eindeutig nicht! Das muss mal gesagt werden. Ganz abgesehen davon, dass ich kein Wort gesagt hatte.

Mein Blick blieb am Roller hängen. Teilnahmslos lag er einfach auf der Straße. Ungesund! Roller sollen immer aufrecht transportiert werden. Und schon gar nicht auf der Straße liegen. Es floss auch irgendetwas aus. Benzin? Bloß keine Zigarette anzünden! Aber um mich herum rauchte niemand.

Kein Wunder! Nur Männer gafften in vorderster Front. Frauen und Jugendliche hielten unverbindlichen Abstand. Die Personengruppen, die bevorzugt rauchen, blieben auf Distanz zur Explosionsgefahr.

Meinen geliebten, leuchtend roten Roller hatte es übel erwischt; hässlich zerbeult lag er neben… Ich traute meinen Augen nicht! Neben mir! Das war ich. Das war ich da drüben! In der geilen rotweißen Lederjacke: Benny, wie er leibt und…

Ich! Ich kenne mich! Vom täglichen Blick in den Spiegel, beim Händewaschen, Zähneputzen und Kämmen. Aber jetzt: Wie konnte ich mich ohne Spiegel sehen?! Unmöglich! Die Spiegel meines Rollers waren zersplittert. Ich beobachtete mich auch nicht wie im Spiegel, eher wie ein Voyeur. Da liegen 1,81cm, 87kg, fast braune

Haare, graue Augen und 43 brüchige Jahre…

Da lag ich? Weshalb sollte ich da drüben liegen, während ich hier war? Gab es mich doppelt? Eine multiple Persönlichkeit oder auch nur eine duplizierte? Meinen spontanen Gedanken wollte ich überhaupt nicht denken, weder sofort noch später. Aber wer hat schon eine Chance gegen die Geschwindigkeit seiner Gedanken! Fakt: Ich hatte gedacht: „Da drüben liege ich und bin tot. Hier bin ich und sehe mich."

Eine irre Entscheidung für Eindeutigkeit in der Realität: Bin ich der da drüben oder der da hier? Da da da… Die Entscheidung war nicht schwer. Natürlich bin ich der da hier. Denn ich bin immer hier. Hier und jetzt. Das bin ich!

Blöde Entscheidung. Eigentlich liege ich da drüben und bin – naja, ich wiederhole es nicht gerne, aber es hilft nichts: Ich bin tot. Echt! Kann man überhaupt etwas Idiotischeres sagen als „Ich bin tot". Das streicht jeder Deutschlehrer rot an: entweder „ich bin" oder „tot"… Tot-Sein ist schließlich kein Zustand für einen selbst – so reden nur andere über einen.

Sinnlos, darüber nachzudenken. Meine eigenen Augen bewiesen: „Ich bin tot." Ich dachte, dachte nach, nahm wahr… als Toter. Tot sein ist doch nicht allumfassend. Es gibt ein Leben neben dem Tod. Ich lebte neben mir, dem Toten auf der Straße: Es gibt ein Leben neben mir… Da erhält das Stichwort „Nächstenliebe" auch noch eine egoistische Komponente - LOL.

Was für eine peinliche Situation: Ich bin hundert-Pro ein guter, ein sehr guter Rollerfahrer. Vorausschauend, riskant nur, wenn ich nichts riskierte. Abstand – zwischen so vielen Idioten. Die wild radelnden Kids, denen Mama eingebläut hatte, sie hätten immer recht, schoben sich mit 18 hinters Steuer. Auch die Motorisierung deines Fortbewegungsmittels macht dich nicht intelligenter. Umgeben von unberechenbaren Ignoranten musste ich vorsichtig sein, wenn ich klüger war.

Offenbar versagte meine Klugheit in einem entscheidenden Moment. Als Feind droht das Smartphone, die intelligente Technik für

Klatsch und Tratsch. Die Intelligenz steckt allerdings im Gerät und kommt auch nicht heraus. Heraus kommt die Weisheit der besten Freundin. Die blond-lila gestylte junge Frau vor mir fuhr mit ihrem Handy am Ohr. Das zeigte mir schon ihr Fahrverhalten: Wechselnde Geschwindigkeit, meistens zu langsam, unruhiges Fahren, die Spur voll auskostend. Uns Rollerfahrern drohen ungezählte Ge-Fahrverhalten, aber die Typen mit den großen Doppelauspuffen fahren anders und auch die drei Männer mit Hut vorne im Lieferwagen...

Kritische Kreuzung mit intakter Vespa (Recherchebild)

Aber lassen wir die Sammlung sämtlicher Negativerfahrungen eines Bikers! Mein Tod galt höchstens als Fahrlässigkeit eines anderen. Der blieb auf Bewährung am Leben sowie auf freiem Fuß. Die Plaudertasche vor mir hatte gebremst - ohne erkennbaren Grund... Vielleicht hatte ihre Freundin gerade...

Bremslichter: Natürlich bremste ich sofort. Aber warum voll in die Eisen steigen? Ihr abrupt scharfes Bremsen besiegelte mein Schicksal: Mein roter Roller landete auf ihrem Heck, ohne es zu penetrieren. Ich landete auf der Straße, ohne sie zu penetrieren. Ihre hintere Stoßstange kam näher, dann sah ich nichts mehr. Oder doch? Das Auto, den Roller und mich… und die aufgeregten Leute.

Stopp!... Halt!... Stopp!!!!

Was stolpere ich hier zusammen? Ich rede, als wäre ich tot. Zurück zur Wirklichkeit. Vielleicht liege ich am Boden, vielleicht hat die Quasselstrippe wirklich zu heftig gebremst. Ich spüre zwar keinen Schmerz, aber... ich kann nicht tot sein. Das gibt es nicht. Ich lebe, ich bin, der Rest sind Hirngespinste. Andere Menschen können sterben. Ich vertraue den Todesanzeigen kritiklos.

Meine Kritik gilt allenfalls den Formulierungen... „Plötzlich und unerwartet verschied im Alter von 96 Jahren nach langer schwerer Krankheit unser geliebter Uropa..." Wenn man schon das „unerwartet" nicht glaubt, wie kann man dann das „geliebt" glauben? Todesanzeigen gegenüber bin ich kritisch, die Faktizität des Todes aber gilt bei mir. Man soll sich nichts vormachen. Doch ich bin nicht tot. Death? Fuck you!!! Tot? Ich? Das hätte ich längst gemerkt. Man stirbt doch nicht einfach so… Alles lässt sich erklären. Oder auch nicht… da drüben lag ich also.

Zunehmend störte mich, dass ich einfach so rumlag, angegafft wurde, ohne mich wehren zu können. Und das in so einer peinlichen Situation. Ist doch egal, du bist ja tot! Aber es war mir nicht egal. Der Tod hatte mich nicht zu einem Ding gemacht. Ich war ein Wesen aus Fleisch und Blut mit Gefühlen… Halt! Ohne Fleisch und Blut, aber mit Gefühlen.

Offenbar verfügte ich immer noch über Gefühle. Das schien nicht mit dem Tod aufzuhören. Ich checkte zwar nicht, was los war, aber meine Neugier erwachte. Alles andere als langweilig! Wenn ich tot war, dann war jetzt ganz schön viel los. Es wurde so richtig lebendig, viel besser als vorher – natürlich sprach mich die Situation auch beruflich an; dieser Event ergäbe einen guten kleinen Artikel, noch dazu, wenn ich fotografieren könnte. Das machten aber schon die Gaffer mit ihren Handys!

Doch tot ist tot. Wie frustrierend: Da erlebt man die aufregendsten Sekunden seines Lebens oder auch Todes, und lebt gar nicht mehr.

Kann einer, der nicht mehr lebt, etwas erleben? Tod heißt Schluss! Bloß wegen dieser unscheinbaren kleinen Person da drüben, die jetzt heulend in ihr Handy quiekte. Wahrscheinlich laberte sie Sätze wie „Das habe ich nicht geahnt!" „Wie kann der bloß so nahe auffahren?!" „Diese Rocker sind doch einfach rücksichtslos."... Solche Sätze angesichts meines Todes!

Eifrige Polizisten sicherten den Unfallort. Meine abgesplitterten Rückspiegel umrandeten sie mit Kreide wie auch alles andere, was irgendwo hin geflogen war. Dazu interviewten sie diverse Personen. Unfallzeugen? Fahrer nachfolgender Kraftfahrzeuge? Immer wieder hielt jemand sein Handy hoch. Jetzt bin ich bestimmt schon online! Wie viele Klicks?

Am liebsten hätte ich mitgefilmt. Alles gleich ins Internet? Oder lieber doch zu den Kollegen in der Redaktion? Eifrige und sensationsgeile Gesichter scharten sich um das Geschehen. Halt!!! Das ist mein Tod! Meiner!! Das darf nicht jeder filmen. Da habe ich allein ein Anrecht drauf.

„Scheiß drauf!" brummte eine Stimme neben mir. Ich blickte ärgerlich zu dem taktlosen Gaffer, einem farblosen Passanten mit einem dümmlichen Gesicht, der vermutlich im Neanderthal nicht besonders aufgefallen wäre – wenngleich ich den Neanderthalern nicht zu nahe treten wollte, eher diesem respektlosen Nichts.

Break: Meine Aufmerksamkeit fesselte abrupt ein seltsames Phänomen. Eine große Wespe oder eine überdimensionale Spinne schwebte über die Szene. Gespenstisch, oder utopisch, oder wie bei Starwars: Was war das?

Ein Blitz im Hirn signalisierte: „Oh, eine Drohne!" Dem Gaffer reichte sein Handy nicht mehr, der filmte gleich mit einem identifizierbaren Flugobjekt, aus einer Perspektive, die mehr Überblick bot als meine. Vermutlich kommunizierte er es unverzüglich im sozial-medialen Freundeskreis.

Frage: Wenn der schon vorher da war, hatte er vielleicht den Crash auch noch festgehalten? Dann könnten alle diese sensationsgeilen

Kanaillen meine letzten Sekunden ansehen.

An der Seite reckte sich ein Penner in grauen Jogginghosen, dem das Bier schon aus den stumpfen Augen tropfte: Der hat bei meinem Tod nichts verloren! zensierte ich die Wirklichkeit. Neben ihm stierte der akkurate Mann aus der Nachbarschaft mit dem abschweifenden Blick alle Details in sich hinein. Ein unscheinbarer Jeanstyp flüsterte grade einer plakativen jungen Frau etwas in Ohr. Mit ihrem äußerst knappen orangen Rock und dem grellgrünen T-Shirt gab sie einen guten Farbtupfer ab. Doch nach dem Blick auf ihren Rock und das T-Shirt desillusionierte das Gesicht den ersten Eindruck. Was für ein langweiliges Wesen geilte sich am Geschehen auf – affig gaffig. Dem Gelalle des Nachbarn schenkte sie wenig Aufmerksamkeit und bediente ihr Handy: Dem Foto folgte eine Worteingabe – oder übernahm sie als moderne Analphabetin die androide Wortvorgabe des Smartphones? Bei ihr erschien mir die Behauptung, Frauen an sich seien multitasking extrem unwahrscheinlich. War dieses Wesen überhaupt singletasking? Den Bonus ihres Minirocks verspielte ihre Augenpartie und den Rest ihre sensationsgeile Attitüde.

Blieb die Frage: Wer bediente die Drohne? Im abgesperrten Bereich sah ich einen Mann auf einer Konsole spielen. Ah! Eine Glühbirne leuchtete virtuell über meinem spirituellen Schädel auf: Die Drohne flog im Auftrag ihrer Majestät, der Polizei. Sie sollte alles festhalten für die Analyse. Unfallursache etc… Bestimmt laden sie mir die ganze Schuld auf, weil ich ja aufgefahren bin, wie blöd auch immer die Frau sich verhalten hatte. Die Drohne wäre vor dem Unfall so sinnvoll wie eine Torkamera. Aber so weit sind wir noch nicht.

Selbst wenn sie eine Teilschuld bekäme: mit einer Buße von vermutlich 35 € wäre mein Leben abgegolten gewesen. Schon hart, wie wenig man im Strafrecht wert ist.

War ich nun wütend? Oder traurig? In welche Stimmung hatte mich mein Tod versetzt? Keine Trauer. Ich packte es zwar nicht, aber ich spürte Ärger: Warum musste mir das passieren?! Nein, nicht die physikalischen Gründe. Die reichten natürlich für das Ergebnis aus.

Auch nicht die sozialen Gründe: ein doofes Weib hatte... ich meinte: überhaupt: Weshalb musste ich, ich betone: ICH, Opfer der Unachtsamkeit dieser unscheinbaren Person werden? Wenn sie gegen einen Baum gefahren wäre, o.k., selber schuld. Aber schließlich starb ja nicht sie an ihrer Blödheit, sondern ich. Warum musste ich an der Dummheit eines anderen Menschen sterben?

Auch wenn sich diese Frage Millionen Menschen auf unserem Planeten stellten: Die anderen ließen mich so kalt wie einen Toten etwas kalt lassen kann. Entscheidend war: Warum ich? „Warum???!!!" schrie ich. Ich konnte es mir leisten. Die Schreie eines Toten hört niemand. Wer sollte mich auch hören? Wer sollte mir wirklich eine Antwort darauf geben? Wer wäre verantwortlich? Das Wortspiel gefiel mir: In verantwortlich steckt „Antwort".

Müsste mir diese Frau antworten? Abgesehen davon, dass sie mich nicht hörte, könnte sie nur sagen: „Weil ich so blöd bin, beim Autofahren zu telefonieren." Eine solche Antwort erhellt nicht mehr als die eines Physikers. Das erklärte mir nicht, warum es gerade ich war, den ihre Gedankenlosigkeit tötete.

Ist das nicht furchtbar: Du stirbst, und es gibt keinen einleuchtenden Grund dafür? Nichts erklärt deinen Tod? Dabei fürchte ich: Auch nichts erklärt mein Leben.

Eine Erklärung für mein langweiliges Leben! Es hätte mich nicht geben müssen. Die Erde hätte sich weiter um sich gedreht, wäre weiter um die Sonne gekreist, die sich in der Galaxie auf ihrer Bahn befand, während die Galaxie sich in ihren Galaxienhaufen einordnete, um nicht zu kollidieren und der Haufen respektvollen Abstand zu anderen Haufen hielt, um keine Crashs zu provozieren, die dem Aufprallen eines Rollers auf das Heck eines Fiat Panda entsprächen.

„Fiat Panda"! Mein Tod war eine Beleidigung für mein ganzes Leben. Ferrari... klänge nach einer respektablen Todesursache. Vier Millionen Fiat Pandas in 23 Jahren – wer hat je ihre Relevanz für den Unfalltod erforscht? Fiat Panda blondiert mit Handy... Was für ein sinnloser, degradierender Tod. Das Leben erniedrigt, aber so ein Tod erhöht nicht... Warum konnte mich nicht Nico Rosberg über den Haufen fahren? Oder Donald Trump? Warum musste es ein Panda-Bärchen sein?

2 Lucy

Ich hörte ein Kichern neben mir, ein hässlich hohes Kichern. Mein Blut wallte auf! (Blut???) Da gab es einen tödlichen Verkehrsunfall – noch dazu mit mir als Opfer – und irgendjemand kicherte… Wenn ich nur zu den Lebenden Kontakt aufnehmen könnte! Ich würde sie das Gruseln lehren! Diabolische Freude brodelte in mir hoch: „Ich versetze die zivile Bevölkerung dieser seelenlosen Eibacher Einkaufsstraße in eine ungeahnte Unruhe. Eine Stimme aus dem Nichts! Meine Stimme!" Funktioniert nicht? Versuchs doch mal! Es widerspricht den physikalischen Gesetzen? Naturwissenschaftlich gesehen war ich längst tot. Meine Existenz zerstörte mein eigenes Weltbild, indem ich meinen eigenen Tod überlebte… oder überstarb… oder…

„Hör auf zu kichern!" schnaubte ich. Die kleine, fast schon mädchenhafte Frau drehte sich mir zu: „Ist doch süß, oder?" He, was soll das?! Hatte sie mich doch gehört? Konnte sie mich sogar sehen? Ich hatte zeitlebens nie Tote lebend gesehen. Warum sie? Und…

Was für eine seltsam ungewöhnliche Frau! Menschen erscheinen nie als Klone. Aber sie sah noch mal anders aus, irritierend klein, nicht wie mit einem Wachstumsproblem, sondern einfach so… Als laufender Meter wäre sie sachlich beschrieben.

Ihr augenfälliger breiter Mund passte zu ihrem breiten Lächeln… Große Nasenlöcher prägten ihr Gesicht… als könne sie sehr gut schnuppern.

Woher kannte ich diese Frau? Sie erschien mir vertraut. Dabei bildete sie einen Kontrast zu den Umstehenden. Wer stand da vor mir? Ich überging ihre letzte Bemerkung und wollte sie nur kennenlernen. Klingt seltsam, eine total vertraute Person kennenlernen zu wollen, aber ich konnte sie einfach nicht in meinem Gedächtnis unterbringen…

Ihr Kichern ärgerte mich: „Was soll das? Halt den Mund! Das geht dich gar nichts an!"

Die kleine Frau zeigte ihre Zähne beim Lachen: „Reg dich nicht auf! Du bist das einfach nicht gewohnt! Du weißt doch: Man stirbt nur einmal. Das übt man nicht. „You only live twice" behauptet James Bond, aber nach dem Tod gibt es nur <u>eine</u> Existenz, und in der bist du..."

Ich knurrte: „Klugscheißer!"

Sie grinste unverschämt breit: „Politisch korrekt hieße das ‚Klugscheißerin'! Aber ich will keine Korinthenkackerin sein..."

Ganz schön frech, die Kleine! Wie alt war sie wohl? Passte sie zu mir?

„Was ist los? Kannst du mich nicht einfach in Ruhe lassen? Störung der Totenruhe nennt man so was. Das ist strafbar!"

Da verstrickte ich mich in seltsame Begründungen. Zwar wollte ich wirklich meine Ruhe, weder streiten noch diskutieren. Trotzdem: Auf welches Weib fuhr ich hier ab? Kein Typ „Seite 1" einer Illustrierten. Über sie hätte ich keinen Gesellschaftsartikel lanciert. Das hätte mein Chef auch nicht zugelassen. Aber ihre lebhaften Augen gehörten bestimmt keiner Toten.

Unbeeindruckt änderte das Geschöpf seinen Tonfall: „Beruhig dich! Ich will dich nicht ärgern. Aber man kann deine Gedanken von der Stirn ablesen. - Nein, nicht von der Stirn der Leiche da drüben, sondern von deiner echten Stirn. Ich kenn das alles..."

Meine Gefühle wirbelten durcheinander. Chaos beherrschte mein Innerstes. Ich wollte Klarheit: „Wer bist du denn? Haben wir uns schon mal gesehen? Kennen wir uns?"

Sie lachte: „Du hast mich bestimmt schon mal gesehen hast. Nicht in echt, aber mein Replikat. Übrigens gut gelungen. Erinnerst du dich an diese Ausstellung...?"

Meinte sie diese seltsamen Totendemonstrationen von Hagen? „Nein! Die entwürdigende Leichenausstellung dieses fragwürdigen In-Anführungs-Zeichen-Künstlers tat ich mir nicht an! Gunther von Hagen! Diese doppelte Nibelungenentgleisung. Hagen crashed Gunther... „Körperwelten" dechiffriere ich als Nekrophilie! Damit beschmutze ich nicht mein Gehirn!"

Sie schaute ruhiger: „Erinnerst du dich an die Ausstellung ‚Vier Millionen Jahre Menschheit'? Hat es da bei dir gefunkt?"

„Vier Millionen Jahre Menschheit"? Das besuchte ich schon von Berufs wegen. Sehr plastisch führte man mir das Leben meiner Vorfahren noch vor der Steinzeit vor Augen. Neben dem Rückblick über hunderttausende von Jahren der Menschheitsgeschichte zeigte eine digitale Anzeige damals die Anzahl der gerade lebenden Menschen an – und da ich die Ausstellung mehrfach besuchte, erlebte ich praktisch am eigenen Leib das Wachstum der Menschheit! Seitdem überschritten wir eine Milliardengrenze. Doch was hatte das mit meiner Gesprächspartnerin zu tun?

„Ja und... Ich verstehe gar nichts mehr!"

Die Frau blickte mich durchdringend an: „Damals hast du mich angeschaut wie kein Zweiter bei dieser Ausstellung. Du bist sogar mehrmals gekommen. Ich fühlte mich echt geschmeichelt. Und? Erkennst du mich wieder?"

Ich schaute genauer hin. War ich ihr wirklich begegnet? Mich umgaben so viele Besucher. Vielleicht hatte sie mich beachtet, aber ich sie bestimmt nicht... freilich wirkte sie im Vergleich zu meinem Bekanntenkreis sehr fremdartig. Ich soll sie sogar angestarrt haben?! So indezent kenne ich mich nicht!

Verschmitzt lachte sie mich an: „Wenn ich dir nun sage, dass ich – ehrlich, eine Frau sagt das nicht gerne; also würdige es bitte, dass ich so offen bin... also: ich bin über drei Millionen Jahre auf dieser Welt..."

Vermutlich stand mein Mund offen, bis ich stotterte: „Bist du... ...äh..."

Sie nickte auffordernd: „Na,... und... wer...?"

„Bist du Lucy?!"

Ihr breiter Mund weitete sich: „Aber natürlich." Gespielt schnippisch klagte sie: „Eigentlich hättest du das sofort und feststellend sagen sollen."

„Lucy? Ich glaube es nicht!" Wirklich. Ich glaubte es nicht, und war mir doch ganz sicher. Eine andere Möglichkeit gab es nicht. Das war Lucy. Ohne Alternative. Natürlich hatte ich sie erkannt, zumindest mein Unterbewusstsein, aber es war zu unwahrscheinlich, also konnte sie es nicht sein.

Ich blickte mich um, ob irgendjemand mir diese historische Begegnung bezeugen konnte. Aber alle schienen zu leben. Lebende Zeugen gelten nach dem Tod vermutlich nicht mehr. Andererseits: Hinter der Absperrung stand ein Typ Casanova mit beigen Hosen und blauem Jacko, der fast schon unverschämt intensiv auf Lucy schaute. Ein Mann, der sie zu erkennen und zu kennen schien... Ein eigenartiger Groll grummelte in meinem vergeistigten Bauch. Bevor ich dem Schnittchen mehr Aufmerksamkeit schenken konnte, dominierte wieder herausfordernd die prähistorische kleine Domina.

„Na?! Und jetzt?! Gefalle ich dir noch immer?"

Keine Zweifel! Trotz meiner Verwirrung: Dieses nette, sympathische, attraktive kleine weibliche Wesen sollte meine Lucy aus der Urzeit sein? Rein äußerlich gerierte sie sich als Vertreterin des 21. Jahrhunderts, mit Affinität zu Harley-Davidson-Fahrern. Das sind diese bulligen Typen, die bei den Rockkonzerten ihre jeansberockten Babys auf die Schulter nehmen, so dass unsereins trotz Presseausweis nichts mehr von der Bühne sieht. Diese Rockerbraut stand nun da und fragte impertinent, ob sie mir gefiel. Ich sollte es ihr lieber gar nicht sagen, so peinlich war es mir. Dass sie mir gefiel, war jenseits aller Diskussionen. Aber ich! Ich konnte dieser Überfrau doch gar nichts bieten außer Anerkennung. Dem fragenden Blick konnte ich nicht ausweichen: „Du siehst total prick aus... Ich finde dich..." Ich verkniff mir das Wort ‚geil', aber meine Augen verrieten es vermutlich. So lenkte ich ab: „Sag mal, wenn Du aus einer ganz anderen Zeit stammst, weshalb trägst Du dann diese modischen Klamotten? Bei der Ausstellung hast du viel natürlicher ausgesehen." Lucy schaute mich vorwurfsvoll an: „Ich bin eine Frau. Ich achte auf mein Äußeres! Daran hat sich in drei Millionen Jahren nichts geändert."

„Drei Millionen und 200.000!" Korrigierte ich witzelnd korrekt.

Lucys Blick enthielt eine komplette Eiszeit: „Man sollte eine Frau nicht mit ihrem Alter konfrontieren, und schon gar nicht nach oben erweitern."

Mir wurde ungemütlich. Sie hatte Recht. Andere Frauen zeigen sich schon bei wenigen falschgeschätzten Jahren ungehalten. Die 200.000 hätte ich ihr schenken können. Ich versucht, die Situation zu retten: „Naja, aber denk mal, wenn Du mit Deinen – frei geschätzt – optischen 22 Jahren..."

Sie gewann ihr Lächeln wieder: „Schmeichler!" Das traf zwar den Kern, aber sie lächelte weiter; angesichts meiner etwas unbeholfenen Bemühung. Ich blieb beim Thema: „Also, Alter hin oder her. Wieso trägst du nicht die Haute Couture deiner Zeit…"

„Ph!" machte sie schnippisch: „Soll ich Jahrtausende lang dieselben Felle tragen. Bin ich für dich keine echte Frau?..." Schrill keifte sie gespielt: „Schatz, mein Kleiderschrank ist voll. Ich habe nichts anzuziehen!" Aus die Empörung mutierte zur Ärgerlichkeit: „Glaubst du, ich hatte noch nicht mal Kleider und bist nur ein verkappter Voyeur?" Ihre Augen blitzten: „Genau! Du Spanner willst mich nackt sehen, am besten splitterfasernackt. Lustmolch!" Ein voller Meter Empörung mit der Vitalität von 3 Millionen Jahren, das brachte mich schier zum…

„Lucy, ehrlich, ich hatte überhaupt keine Nebengedanken. Es ist nur alles so neu für mich. Da muss ich Sachen verstehen, die für dich selbstverständlich sind."

Lucy runzelte die Stirn. „Okay, als Frau fragt man sich: Was hält er von mir? Wie findet er mich? Habe ich das Richtige angezogen?"

Was stellte sie denn für Fragen? Wie sollte ich darauf reagieren? „Äh, ich habe mir keine Gedanken darüber gemacht. Aber andererseits: ich finde dich total interessant."

Lucy lachte hohl wie in einer Steinzeithöhle: „Interessant?" Affektiert imitierte sie die Ansprache für ein Publikum: „Er findet mich interessant! Er hält mich wohl für die Miniaturausgabe eines Dinosauriers. Kleine Jungs lieben ja Dinos. Du meine Güte, was hat mich nur dazu gebracht, mir seinen Tod anzuschauen! Als ob es nichts Spektakuläreres gäbe! George Cloony zum Beispiel... Kennst du den?!!! Zu dem seinen Tod hätte ich gehen sollen! Aber der stirbt ja so unspektakulär. Rollerunfall, dachte ich mir, klingt aufregender. Aber dann kommt so ein kleiner Junge mit seiner Vorliebe für weibliche Dinos ums Leben."

Ihr Sarkasmus stieß mir sauer auf. „Geh doch zu Johnny Depp, wenn du einen Lover suchst! Der bietet dir auch jede Augenfarbe, auf die du stehst, du Schatz der Karibik!" Weshalb sollte ich den Vorstellungen dieser... wer war sie eigentlich? Irgendwie meine Urururundsoweitergroßmutter.

„Sag jetzt bloß nichts Falsches!" schnitt eine scharfe Stimme in meine Überlegungen. "Ich gebe Dir noch eine Chance, weil du noch nicht mal unter der Erde bist" (Meines Wissens hatte sie ihrerseits einige Millionen Jahre im Staub gelegen, auch wenn man ihr das nicht ansah...).

Freilich lag ich noch nicht unter der Erde, sondern auf dem Asphalt. Da drüben: meine Leiche, quasi frisch, neben einem vergleichsweise nur leichtverbeulten leuchtend roten Roller und einer weiblichen Person mit verschmiertem lila Liedschatten. Daneben ein widerlicher Schönling mit blauem Sakko über den beigen Hosen, der Lucy mit den Blicken zu verschlingen schien; ein Optik-Kannibale...

„Also, Leichtrockerrollerfahrer, warum leuchten deine Augen so unverschämt?" Der warme Klang ihrer Stimme vibrierte in meine Brust hinein. Jetzt musste ich cool bleiben.

„Lucy Baby, was willst du? Eine Liebeserklärung? Einen banalen Spruch? Aber wenn's dir hilft: Angesichts der zahllosen langweiligen Menschen, die mich umschwirren, bist du die inkarnierte Lebensfreude, mit der Power, die aus deinen Augen blitzt, mit dieser lebenssprühenden Energie!"

„Lebenssprühend!" sie glühte lachend: „Für eine tote Frau ist das eine abgefahrene Beschreibung! – und ‚inkarniert', ins Fleisch geschlüpft… da lässt du dich durch die Optik täuschen."

„Ich sag's doch: Du zeigst Wirkung."

Lucy brummte versöhnt. „Hm, obwohl du ein Mann bist, verrate ich dir mein Geheimnis: Ich kleide mich gerne hübsch und liebe eure Mode. Für uns Ewigen machen handgeschneiderte Gewänder keinen Sinn. Wir bevorzugen imaginäre Kleidungsstücke. Genial: die passen absolut. Maßgeschneiderte Einbildung kann auf Konfektion verzichten."

In der Tat präsentierte sie das perfekte Outfit. Die kurzen Haare auf ihren Händen und an ihren Beinen minderten nicht ihre attraktive Weiblichkeit, die sie durch ihre Kleidung unterstrich. Ihr Geschmack hatte sich durch ihre lange Lagerung nicht verflüchtigt. Aber von den vielen Fragen, die mir durch die Seitengänge meines Gehirns schossen – Quatsch, hier ging es gar nicht mehr um Gehirn. Das lag harmlos deaktiviert drüben bei meiner zugedeckten Leiche. Aber mein Denken funktionierte offenbar noch wunderbar. Denken ohne Hirn, quasi substanzlos – aber sehr effektiv... und vor allem sehr lebendig. Jetzt endlich konnte ich Antworten auf Fragen bekommen, die ich vor dem Tod nicht einmal hatte

„Lucy, eines verstehe ich nicht…"

Sie kicherte und ihre Lippen wurden noch breiter: „Eines? Praktisch alles… - Aber frag nur."

„Sag mal, weshalb können wir uns verständigen: Du stammst aus einer ganz anderen Zeit und bist Vollafrikanerin, während ich zum zentraleuropäischen Völkergemisch gehöre…"

 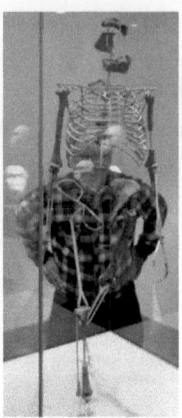

(Recherchiert:) Naturkundliches Museum: ein männlicher Homo afarensis schaut wach in seine Umgebung, ein weiblicher Homo sapiens küsst hemmungslos, was ihm vor die Lippen kommt… ein männlicher bewundert das Schlankheitsideal.

Lucy machte eine wegwerfende Handbewegung… „Das ist ein Vorteil vom Tot-sein: Wenn Du überhaupt in irgendwie weiterexistierst: Verständigung wird gewährleistet. Wir sind praktisch hinter den Turmbau zu Babel zurückgegangen."

Ich lachte verstehend, denn ich war gebildet: „Der Turmbau zu Babel, der ist grade mal 3500 Jahre her…"

„Vergiss es! Solchen Geschichten vermitteln Sinn, nicht Historie, beschreiben nicht Türme in der Wüste, die Archäologen ausgebuddelt haben und behaupten, man wollte mit ihnen in die Himmel klettern. Sie beschreiben keine statischen, sondern kommunikative Probleme. Dass Menschen sich sprachlich nicht verstehen, ist uralt. Schon zu meiner Zeit konnte man schlecht kommunizieren, wenn man auf eine andere Population traf – drücke ich mich geschickt aus? Das stammt aus meiner Liaison mit einem frisch verstorbenen Anthropologen in den 70ern, ich kenne mich aus, mit mir und meinesgleichen. Also, wir hätten in deiner Wahrnehmung gepiepst, gebrummt und geschnattert. Viel intelligenter klingt in meinen Ohren euer Geplapper meist auch nicht. Wir verfügten über weniger Worte: Ihr würdet euch mit unseren Möglichkeiten weniger missverstehen…"

„Ähhh?! - ????"

Lucy grinste ihr penetrantes breites Hominidengrinsen: „Ihr digitalisierten Bipede balanciert auf babylonischem Niveau. Erinnerst du dich? Die Informatiker schufen mit „Basic" eine global einheitliche Computersprache. Geile Idee! Eine Verständigung über die Sprachengrenzen oder unter ihnen durch, eben Basic. Effektiver als diese idiotische Kunstsprache '???' ".

Ich stutzte: „Du meinst 'Esperanto'?"

„Erinnerst du dich an diesen Witz über euren seltsamen Kanzler Kohl, der Esperanto einen Staatsbesuch abstatten wolle..."

„Ein paar Englischstunden hätten ihm mehr gebracht. Manche Politiker bleiben eben provinziell wie ihre Wähler."

Lucy wischte über eine imaginäre Windschutzscheibe: „Weg von Kohl und seinem Klientel zu echten Themen: ‚Basic' war super. Aber das hielten die hyperintelligenten Informatiker in ihrer Cyberwelt nicht durch. Sie brillierten mit neuen, konkurrierenden und natürlich effektiveren Computersprachen. Prost! Genies kreierten eine neue Sprachverwirrung. Wie viele Computer stürzten ab oder wurden gehackt...? Babylon symbolisiert deine Zeit. Aber, das Leben nach dem Tod haben nicht Informatiker konstruiert, es stammt von Gott selbst und der versorgte uns mit einer alternativlosen Verständigungsform. Darum kann sich jetzt Lucy mit dir unterhalten, mein Schätzchen. Ist das klar?"

„Äh..." ein bisschen stotterte ich. Bis hierher verstand ich alles gut. Warum brachte sie plötzlich Gott ins Spiel? Gott ist immer ein Problem, ein Störfaktor moderner Kommunikation. Ich hasste religiöse Diskussionen, Lucy offenbar auch, aber nachdem sie sich spürbar in Rage geredet hatte, animierte sie dieses Babel, sich Gedanken über die Menschheit zu machen. Paul aus der Kulturredaktion produzierte sich beim Bier mit dem Wissen, dass die Geschichte vom Turmbau zu Babel sich nicht auf Bab-El bezog, das Tor Gottes in einer semitischen Sprache, sondern Babbel, das Gebabbel von Menschen, die ihren Worten keinen Sinn mitgeben. Den führenden Paläontologen zufolge konnte Lucy allein schon aufgrund ihrer Anatomie nicht mal babbeln. Aber in unserer Sprachfertigkeit, die 3 Millionen Jahre evolviert war, erkannte sie das Problem der Sprachverwirrung a la Babbel. So legte sie jetzt mit fast missionarischem Impetus los:

„Was mich am meisten nervt: Mit den Erfahrungen von drei Millionen Jahren habt ihr nichts angefangen... Was ihr alles könnt! Ihr gottgleichen Genies! Eure krassen Erfindungen, eure gigantischen Entdeckungen, und dann spielt ihr eure Spielchen, die als Krieg enden. Was ihr alles schafft, ihr Krone der Schöpfung! Das glorreiche Ende? Immer weniger Reiche an der Spitze und immer mehr Arme und Bettelarme drunter. Ihr zeigt euch als die eigentlichen Steinzeitmenschen, obwohl ihr euch für Silikonmenschen haltet, denn eure Herzen sind aus Stein."

Ich fühlte mich belämmert: Was war Lucy eigentlich? Eine Pastorin? Eine Predigerin? Eine Moralistin? Natürlich, freilich, selbstverständlich, unbestritten hatte sie Recht. Was ist wohl bescheuerter als die Menschheit in ihrer technischen Vorwärtsbewegung mit der ethischen Rückwärtsbewegung?

„Äh, Lucy, ich wollte doch nur..." Ja, ich wollte bei der Demontage der gesamten gegenwärtigen Menschheit nicht das einzige Opfer sein, das die Aggressionen live zu spüren bekam.

„Pass auf, du Motorrollerfahrer! Du Leichtkraft-Born-to-be-wild-Macho: Ich brauche jetzt meine Ruhe, Abstand und überhaupt! Wenn du was willst: Morgen hier..." Sie hielt zum Verschnaufen inne – und kam runter, als hätte sie bei einem Trip eine Schlaftablette geschluckt. Trotz aller Strenge lächelte sie: „Komm zur Eisdiele. Kilroy is watsching you!" Wirklich mit „tsch"...

Weg war sie... Kilroy kannte ich: Den gab es nicht. Morgen bei der Eisdiele? Ich blickte verwirrt in die Gegend. Mein roter Roller und meine tote Leiche lagen bewegungslos auf der Eibacher Hauptstraße, umschwärmt von lebenden Voyeuren... Meine Augen suchten einen

Toten, dem ich klagen konnte, welches Unrecht mir widerfahren war. Mein Gott! Das konnte ich doch nicht einfach so stehen lassen...

Da entdeckte ich jenseits der Straße einen Womanizer, der fast stechend in meine Richtung schaute. Als unsere Blicke sich trafen, verschwand er blitzartig. Hatte er uns beobachtet? Impertinent? Mir ging das Messer in der Hose auf! Natürlich hatte er nicht mich fokussiert, sondern Lucy. Lucys Lover? Dieses geschniegelte Nichts? Diese hohle Hülle eines Toten?!

Was geschah mit meiner Leiche? Nervig viele Lebende trieben sich hektisch um sie und meinen Roller herum. Penetrant heulte das Weibchen, das mich auf dem Gewissen hatte. Doch mit all ihren blondierten Locken konnte sie meinem Frühmenschen weiblicher Natur nicht im Geringsten das Wasser reichen. Es kratzte an der Sinnhaftigkeit der Evolutionstheorie, wenn Lucy meine Zeitgenossin derart in den Schatten stellte.

Dieses Schicki-billig-Weibchen reaktivierte meinen Ärger. Früher streichelte ich meinen Roller fast zärtlich, aber jetzt versetzte ich ihm am liebsten einen Tritt. Sollte er doch direktemang zu Blondie segeln und sie unter sich begraben. Viel Hirn bliebe dabei wohl nicht auf der Strecke, dachte ich bitter. Doch dank meiner Materielosigkeit beschränkte ich mich auf den für die Lebenden unhörbaren kräftigen Fluch „Mein Gott!" und meiner Frustration.

3 Schlechtes Karma

Fast widerwillig öffnete ich meinen Blick aus dem Ärger wieder hin zu den Häusern mit ihren langweiligen Fenstern, den Schaufenstern mit ihren langweiligen Auslagen, den Passanten, deren bloße Existenz mich langweilte.

Meine Hände ballten sich: „Oh Gott! Warum muss meine Leiche so viele Gaffer ertragen!" Habe ich ein schlechtes Karma? Oder wie immer das heißt, wenn man nicht dran schuld ist, dass man Scheiße ist. Tot – öde genug. Aber doch im Bett und nicht auf der Straße, den voyeuristischen Blicken wehrlos ausgeliefert.

Was für ein belangloser Ort für den Abschied vom Leben!

„Womit hab ich das verdient? Ich war doch immer anständig! Mein Gott, was ist an mir denn besonders Schlimmes?"

„Du nervst!" ächzte eine Stimme neben mir. Ärgerlich drehte ich mich um. Wen konnte ich nerven, wenn keiner mich sah? Ich war tot und das Tote an mir, das sichtbar war, lag da drüben. Hier stand definitiv der nicht-sichtbare Benny, der nicht-hörbare, nicht- fühlbare, nicht-… alles umschreiben unsere fünf Sinne… oder sind es sechs? Warum kann ich mir das nie merken?! Ach, ist ja auch egal. Wer spricht da? Ich kannte die Stimme! Ich hörte sie, als Lucy sich einmischte. „Scheiß drauf!" kommentierte diese Stimme, als mich das endlose Filmen mit den Handys nervte.

Neben mir stand ein Mann. Mittleres Alter, tendenzmäßig ein eher unscheinbares Männlein. Wie ein Neanderthaler? Nein, einfach nur ein wenig, sagen wir dümmlich, fade, farblos, Typ Verwaltungsmensch. Halt! In meiner jetzigen Verfassung nahmen mich nur Meinesgleichen wahr, er musste tot sein. Mittleres Alter gilt in der Ewigkeit nicht. Selbstbewusst richtete ich mich vor ihm auf: Ich weiß, was los ich. Ich habe es gecheckt. Ich komme klar mit dieser Welt der Toten, wie ich immer mit dem Leben klar gekommen bin. Ein gewisser Stolz erfüllte mich. Kurz nach dem Tod schob ich schon den Durchblick. Das konnte wohl nicht jeder von sich sagen.

„Du nervst!" Verwaltungsmensch! Das passte: unscheinbar und unbedeutend. Füll alle Formulare aus, gibt dich scheißfreundlich und er bearbeitet deinen Antrag vielleicht wohlwollend. Dann streichst du ihn aus deinem optischen Gedächtnis – anders als die attraktive Sachbearbeiterin, der du schon seit Jahren begegnen willst und die...

„Du nervst!"

„Häh?"

„Das heißt ‚Wie bitte?'!", korrigierte er gereizt. „Deine dümmlichen, egozentrischen Gedanken kotzen mich – offen gesagt – an! Aber unsereins kann vom Kotzen nur träumen, für die Ewigkeit ist Kotzen zu stofflich."

„Dann hau doch einfach ab!" brummte ich sauer. Schon der zweite Tote, mit dem ich reden könnte, kam mir arrogant. Warum verpisste der sich nicht?

„Es nervt, wie du mich beschuldigst! Du denkst nicht mal, was du meinst. Du wagst es nicht einmal, mich zu denken, obwohl deine ersten Worte nach Tod mir galten."

Wem? Diesem grauen Etwas? War dieser unscheinbare Passant der Verwaltungsangestellte des Einwohnermeldeamtes der Ewigkeit, der das „Buch des Lebens" führte, in das ich schleunigst eingetragen werden sollte. „Sie haben sich unverzüglich zu melden!"

Bedeutende „letzten Worte", „Famous last words" zitierte mein Freund Christoph unheimlich gerne und importierte imponierende Formulierungen aus dem anglophonen Raum. Aber „erste Worte"? „Famous first words"? Klingt nach Buchprojekt. Oder Artikelserie. Ich kämpfte in meinen Erinnerungen: Was waren meine famous first words? Der Typ neben mir, farblos und unbedeutend, knirschte: „Bemüh dich nicht! Du wirst dich nicht daran erinnern. Keiner erinnert sich an so etwas. Denn keiner meint, was er denkt oder sagt..." O, ein Stammtischphilosoph!

„Dann sag's doch du!" murrte ich gereizt und dachte: „Besserwisser!" Gibt's hier statt Besserwessis Besserjenis?

Er brummte noch genervter: „Ich bin kein Besserwisser, ich habe es einfach nur registriert und mir gemerkt!"

„Du liest Gedanken?"

Er lächelte – angeödet: „Du stehst vor mir wie ein offenes Buch. Wie ein Buch, das ich nie kaufen würde. Deine Gedanken nicht lesen zu können wäre so viel angenehmer."

So ein überheblicher Loser! Zu solch nervtötendem Dünnschiss verspürte ich keine Lust. – Wo blieb mein Recht auf Totenruhe? Störte sie dieser Typ gerade? Kann ich ihn anzeigen? ...bei sich selbst als Sachbearbeiter in der Ewigkeit...

„Höhö... Junge! Dein erster unterhaltsamer Gedanke seit Stunden. Störung der Totenruhe durch mich! Wie viele wünschen sich das! Aber du willst mich dafür anzeigen. Das finde ich witzig."

Ratterratterratter... mein Denktempo erinnerte an die Informationsgeschwindigkeit des Zuse 1, jenes ersten Computers von Konrad Zuse, der mit einem Staubsaugermotor betrieben wurde. Welch begrenzter Arbeitsspeicher (womit denke ich eigentlich, wenn ich da drüben liege? Mit welcher Hardware?). Wenn – dann – und wenn dies – dann das...

Die coole Stimme unterbrach mich: „Lass nur! Ich erlöse dich und verrate dir deine abgründigen ersten Worte: ‚O Gott'. Das brachte mich ins Spiel".

Fassungslos starrte ich auf dieses farblose Wesen neben mir: „Du bist Gott?" „!" Ein Fragezeichen gepaart mit einem ungläubigen Ausrufezeichen.

„Ja..." murmelte der Mann, in sein Schicksal ergeben.

Mir entwischte ein weiteres „O Gott!" und ich fasste mich an die Stirn: Wenn das Gott war, dann wunderte mich nicht mehr, was in der Welt so geschah. Gott als Sachbearbeitertyp... Nein, auf die Idee käme niemand auf Erden. Zum einen ist er zu unbedeutend und zum anderen... nein, zum anderen würde es stimmen: Erfahrungen mit Sachbearbeitern ernüchtern in der Regel: blanker Formalismus. Nicht kreativ, nicht problemlösend, nur das Unheil verwaltend.

Wenn Gott so war, dann erklärte mir dies den Zustand dieser Welt.

Der Sachbearbeiter lässt dich seine Macht spüren, wenn du als Nummer aufgerufen wirst und im Großraumbüro der städtischen Verwaltung dein Intimleben hörbar für die Nachbarzellen offenlegen musst. Der Sachbearbeiter drückt dir alle Vorschriften rein… aber er lässt dich auch erfahren: Wenn es mal anders laufen müsste als vorgesehen, dann verliert er die Kompetenz, gerät ins Schwimmen und kehrt verbissen zu den Vorschriften zurück, an die er sich klammert wie ein Ertrinkender an den Rettungsring. Wenn Gott so ist… und sich an die selbstgemachten Vorschriften hält…

„Ja, ich bin Gott! Und es ist mir scheißegal, ob Klein-Benny mich für einen entscheidungsunfähigen Sachbearbeiter hältst oder nicht. Deine Meinung gilt so viel wie ein Stück Klopapier,…"

„He! Was soll das?!"

Er fuhr ungerührt fort: „ das eben runtergespült wurde…"

Ich sank in mich zusammen. Nicht einmal ein Ausrufezeichen gönnte er mir. „Das ist Gott." Mit dem Outfit eines Sachbearbeiters lässt er mich abblitzen wie Peter Hartz die Arbeitslosen mit seinem Vorschlag Vier. Hartz IV als Toter ist verdammte Ewigkeit. Hartz und seine Nutten das Paradies? Wenn das Jenseits einen Ausgleich bietet, müsste sich dann Hartz jetzt als Nutte prostituieren?

Das schmale Lächeln Gottes munterte mich nicht auf.

„Was willst du von mir?" murrte ich ärgerlich.

Seinem Blick nach würde er gerne einen amerikanischen Kaugummi kauen. Aber er mahlte nur mit seinen Zähnen: „Nichts! Du hast doch ‚O Gott' gestöhnt. Jetzt bin ich da. Dann stellst du auch noch die eklige ‚Warum'-Frage. Wenn es nach mir ginge, liefe das alles völlig anders ab. Aber es geht ja nicht nach mir!"

Befand ich mich in einer zweiköpfigen Selbsterfahrungsgruppe? Gott gestand ein, dass es nicht nach ihm ging. Nicht nur wie bei Theo, der sich zuhause nicht durchsetzen kann „Meine Ische sacht imma ja und tut imma nein…". Oder Putin, der nicht schwul sein darf, obwohl seine maskulines Gebaren ihn outet… „Aber es geht ja nicht nach mir!" gestand Gott, der Allmächtige!

„Hör mit dem Scheiß auf! Allmächtig! Bloß weil irgendwelche gehirnamputierten Möchtegernefromme mich allmächtig nennen, bin ich es doch nicht. Wer in DreiTeufelsNamen kam nur auf diesen ausgemachten Schwachsinn!"

Was meinte er? „Aber du bist doch allmächtig. Sonst machst du doch keinen Sinn!"

„Ich mache keinen Sinn? He, du aufgeweichte Briefmarke: Es gibt mich. <u>Das</u> macht einen Sinn. Weshalb sollte ich allmächtig sein? Bist du es? Nee, und es gibt dich doch. Also, wenn wir zwei miteinander weiter kommen wollen, dann verzichte auf dieses doofe Geschwafel und bleibe das, was du immer warst."

Wie bitte? „Was war ich immer?"

Gott knirschte: „Na, ein Atheist. Ich war dir doch so schnuppe, dass du nicht mal geglaubt hast, es könne mich geben."

Stimmt! Andrerseits: „Und jetzt begegne ich dir. Der helle Wahnsinn! Ich habe dich immer für eine Erfindung gehalten und jetzt erlebe ich dieses Meet and Greet!"

Gott schien mich nicht zu verstehen – wie eigentlich in meinem ganzen Leben.

„'Meet and Greet'", erklärte ich, „so verkaufen sich die Superstars. Ausgewählte Fans dürfen vor der Vorstellung hinter die Bühne kommen zum Händeschütteln und einem gemeinsamen Bild…"

„Ich schüttle mich aus vor Lachen…" Gott grinste: „Ein gemeinsames Bild. Du und ich vor der Kamera! Am besten gleich in den Freundeskreis gepostet! Super. Habe ich schon vor Jahrtausenden verboten. Eines meiner besten Verbote! Aber darüber reden wir ein andermal."

„Ein andermal? Du hast noch mal Zeit für mich? Gott hat Zeit für mich? Ich dachte, du bist überbeschäftigt…" Das meinte ich auch so. Beim Zustand der Welt? Zumindest des verschwindend kleinen Teils, den ich kannte. Denn selbst ich realisierte den Kontrast zwischen der kleinen Metropole in Franken, dem Planeten, dem Sonnensystem, der Galaxie und dem Universum. Der da oben hatte Zeit für den da unten?

Momentan standen wir beide etwas unschlüssig da drunten. Zu meiner Erleichterung fand ich mich weder in einem muffigen Grab noch in der Hölle wieder. Aber Gott in dieser Umgebung? Der hatte sich sein Leben sicher auch anders vorgestellt.

„Meine Allgegenwart erkläre ich dir ein andermal. Jetzt nehme ich mir eine Auszeit… …und Tschüss!"

Weg war er. Mir blieb keine Zeit, seinen Gruß zu erwidern. Aber genauso wie Gott musste ich mich etwas sortieren.

4 Wiedersehen in der Hafenstraße

Vierundzwanzig Stunden nach meinem brutalen Dahinscheiden traf ich wieder in der Hafenstraße ein. Der Verkehr staute sich wie immer, die Autofahrer interpretierten die erste Rotsekunde als eine Verfärbung von Gelb, die Fußgänger hetzten hektisch ohne lässige „Shopping"-Attitüde durch das Grau. Kein Hinweis auf gestern, kein Anzeichen, dass hier mein Schicksal besiegelt wurde. Keine Blumen und Teelichter am Straßenrand – das würde auch nicht irgendjemand irgendwann nachholen. Ich schien gelöscht zu sein wie eine Datei auf dem Computer. Und Gottes KTU würde mich nicht wieder herstellen.

Vor einem Absturz in die Depressivität rettete mich die Aussicht auf ein Date. Statt des klassischen Katastrophenszenarios „das Opfer kehrt zum Ort zurück…" eine Verabredung mit Lucy.

Vor dem unspektakulären Eiscafé im Schatten entdeckte ich jene junge Frau, die schon etliche Eiszeiten miterlebt hatte. Ihre kalte Geschichte kompensierte sie durch ihren lebensfeurigen Blick, der bei mir durch die Augen direkt ins Herz ging.

Wenn mir gestern früh jemand gesagt hätte, ich würde mich in eine Frau mit 99cm und einem Alter von 3 Millionen Jahren verlieben, dann… nein, etwas so abstruses hätte niemand gesagt. Schon der unvermeidliche Hinweis darauf, dass ich dann tot wäre - auch wenn ich ihn vermutlich nicht geglaubt hätte – hätte alles in den Hintergrund gerückt. Was ich eigentlich sagen will: Hier posierte die Frau meines

Lebens. Minuten nach dem Ende meines Lebens begegnete ich der Frau meines Lebens und jetzt hatte ich schon ein Date! Skurril. Endlich könnte eine de facto Never-ending-Love-Story beginnen... Selbst ein „bis dass der Tod euch scheidet" gilt jetzt nicht mehr. Ob Lucy drei Millionen Jahre gewartet hat, um mich zu finden? Ich spürte eine Eifersucht, auf die ich keinen Anspruch hatte.

Was für eine Frau! Fall bloß nicht mit der Tür ins Haus! Schrecke sie nicht durch übereifrige Anmache ab! Ernste Absichten erfordern behutsames Vorgehen. Gestern wollte ich sie einfach nur wiedersehen. Wie verabredet man sich mit einer Steinzeitfrau? Aus meiner Erinnerung stieg ein halb vergessener Hit, bei dem das Schlagzeug stupide wie die Trommeln der großen Jäger dominierte: „I´m a Neanderthal man, you´re a Neanderthal girl, let´s make Neanderthal love, in this Neandertal world." Andererseits... sie übertraf die Neandertaler um Jahrhunderttausende...

Wie viele Jahrhunderttausende? Für mich als Journalisten bildeten Recherchen das Alpha und Omega. Gibt's eigentlich nach dem Tod noch Internet? Oder bist du dauern online? Bisher hielt ich den Tod für den Inbegriff von Off-line. Fragen über Fragen... aber nirgends eine Grufti-Info oder Informationsbüro für Neu-Tote. „After death Infothek"...

Für mein Date brauchte ich kein Paarschiff über den Styx.

Lucy stupste mich an. Ihr Vorwurf klang immer noch freundlich: „Du siehst ja aus, wie..." Ich blickte sie erwartungsvoll an. Dabei scannte ich sie wieder... Mein Blick schmeichelte ihr offenkundig. Sie lachte provokativ: „Auf deine hundert gleichzeitigen Fragen gibst du probeweise gleich mal tausend eigene Antworten..."

Sie hatte Recht, oder? Ich musste unwillkürlich grinsen: „Mich nervte oft, dass zwanzig Leute durcheinander redeten, die man dann nicht mehr verstand. Aber jetzt rede ich mit mir selbst durcheinander. - Mensch, Lucy!"

Ihre braunen Augen strahlten. Lächelnd murmelte sie: „Du hast mich Mensch genannt. Das bedeutet schon mal was..."

Ich schüttelte unwillig den Kopf. „Ach was, es ist einfach so: Ich glaube, dass du mir ganz gut weiterhelfen kannst bei meinen vielen Fragen. Du kennst Antworten, geklärt durch Jahrtausende wie Grundwasser durch den Boden, durch das es sickerte. Können wir uns mal auf einen Kaffee zusammensetzen?"

„Du Poet! O, lädst du mich in ein Café ein?" Ihre zarte Stimme klang geschmeichelt. Ich überraschte mich selbst: Cafés... Hatte ich das wirklich vorgeschlagen? Meine Welt befand sie woanders. Eine Kneipe, o.k., zwei, drei Bier, o.k., aber Kaffee und Kuchen? Verändert der Tod eine Persönlichkeit derart?

„Ja – äh, ich meine, wenn unsereins so etwas überhaupt machen kann. Wer bedient uns da? Uns sieht ja keiner… Ach, es ist schon ein Elend, tot zu sein..."

Lucys Versuch, mir mit dem Ellenbogen in die Seite zu stoßen, endete kurz über meinen Knien... „Wir Toten haben unsere eigene Welt in den Cafés. Nur brauchen wir das nicht für den Stoffwechsel. Wir kommen ganz gut ohne das alles aus. Wir konsumieren eher virtuell... aber ich genieße es..."

Meine Freude überdeckte ein plötzlicher Eifersuchtsanfall. Hatte sie das schon mit vielen Männern gemacht. Ich blickte mich suchend um. Ein übler Verdacht kämpfte sich in meinen Magen. Bei diesem herrlichen Wetter rasten viele Radler durch die Fußgänger, die sie mit einer Slalomstrecke verwechselten. Kichernde junge Frauen standen an der Laterne beieinander, eine ältere Frau schleppte ein paar Plastiktüten nach Hause, da drüben stolzierter ein eitler Geck durchs Gewühl, mit beiger Hose und blauem Sakko. Mir stockte schier der Atem: Ein Stalker? Nicht hinter mir her, klar, aber hinter Lucy. So ein fehlerlos gestylter Typ hatte bestimmt mehr Chancen bei ihr als ich mit meinem Take-away-from-the-Stange-Look. War er ihr Lover und in einer kleinen Krise benutzte sie mich als Lückenfüller?

Ja, bestimmt! Weshalb sollte sich eine Very Important Woman an einen Loser wie mich halten. Mit meinen journalistischen Fähigkeiten und meiner Position hätte ich sie schon zu Lebzeiten publizistisch nicht platzieren können. Ich hatte nichts zu bieten. Als Frau hätte ich mich kein zweites Mal angeschaut…

Lucy stand bestimmt die Creme de la Creme der Männer zur Auswahl. Was war mit ihrem Vorleben? War sie mir drei Millionen Jahre im Voraus treu geblieben? Mein Verstand argumentierte eiskalt: „Sie hat bestimmt nicht drei Millionen Jahre auf dich gewartet. Dagegen spricht die Zeit und außerdem, dass du unbedeutend bist. Immerhin ist sie Lucy und du bist…" Ich ergänzte resignierend: „ein Nichts…" Lucy war anders drauf. Zum Glück hörte sie mein Selbstgespräch nicht.

„Hier bleiben wir bestimmt nicht. Zuviel Schatten, und zu wenig Puls der Zeit. Zeig mir dein Lieblingscafé…"

Wohin die Frau meiner Träume entführen? Der blaue Himmel und der Sonnenschein lockten mich nach GoHo, dem Multikultistadtteil der alten Kaiserstadt, der der Sphäre der Verstorbenen bestimmt noch Zuflucht bot. Lucy und ich waren noch gruftiger als die Gruftis: echt, authentisch tot…

„Geh'n wir zur Fürtherstraße und suchen uns ein Tischchen."

„Wir sehen uns…! 13 Uhr 13!!" Lucy zwinkerte, lächelte, winkte und verschwand. Ich stand verdattert da. Was sollte das? Nachdem der Notarzt meinen Exitus auf ca. 14.30 festgelegt hatte und inzwischen 24 Stunden vergangen waren, konnte es sich bestenfalls um morgen handeln. War das heute noch nicht mein Date? Naja, wenigstens gewährte mir die Ewigkeit eine Zukunft. Morgen würde ich über meinen Schatten springen: Ich wollte pünktlich sein!

5 Jeanette – *vergiss sie!*

Als ich – mit ungewissem Ziel – starten wollte, fiel mein Blick auf jenen Mann, der meine Seele schon länger belästigte. Erkennungszeichen: beige Hosen und blauer Sakko. Im Kontrast zu mir stolzierte er hochgewachsen durchs Jenseits. Die offene Krawatte signalisierte keine Schlampigkeit, sondern den Womanizer, der Frauenherzen brechend durch die Welt geht.

Mein Herz klopfte. Meine Hände ballten sich zur Faust. Einfach eine reinhauen! So agieren echte Männer! Zivilisierte Tote bauen auf Einsicht: Ich müsste ihn nur offensiv ansprechen: „Lass Lucy gefälligst in Ruhe?" RIP, ‚she shall rest in peace…'. Der Mumm dazu fehlte mir leider. So beschränkte ich mich auf einen bösen Blick. Doch der Geck ignorierte mich! Als ich mich nach einigen Schritten unauffällig umblickte, war er verschwunden… wie ins Nichts aufgelöst und vielleicht anderswo aufgetaucht. Etwa bei Lucy? Doch Ärger und Angst fanden keine Nahrung mehr.

Was war jetzt dran? Nach dem Tod… Apropos Tod: Was machte eigentlich jene junge Frau, der ich mein Ableben verdankte? Ungewollt hatte sie meinem Leben wieder einen Sinn verschafft: Lucy. Doch soweit ging meine Menschenfreundlichkeit doch nicht, dass ich ihr dankbar war. Litt sie wenigstens Gewissensqualen? Biss die Schuld ihre spitzen Zähne in ihr Bewusstsein? Wie ein wolfsartiger Hund mit Raubtiergebiss, der sein Maul öffnet und…? Die Knochen spüren nichts, aber die Zähne des Gewissens bohren sich tief in deinen Kopf. Jede kleine Denkbewegung verstärkt den Schmerz wie ein Finger auf einer Schürfwunde. Aaahh!

Das wünschte ich mir für sie! Meinen impliziten Sadismus verantwortete ich gern. Für mein Recht, sadistisch zu denken hatte ich immerhin mit meinem Leben bezahlt.

Wie finde ich sie? Der heimliche Detektiv in mir erinnerte mich an den Krankenwagen. Ein Arzt versorgte das nervliche Wrack mit einer Beruhigungsspritze. Dann packte der Onkel Doktor sie in den Sanka. Zwar war er wegen mir gekommen, aber Leichen dürfen nicht im Krankenwagen transportiert werden… Der Sanka chauffierte sie vermutlich ins Krankenhaus. Dort würde ich sie als guter Detektiv aufspüren und durch vielfältige Krimis geschult ihren Weg weiter verfolgen, ihre Identität entblößen. Auf geht's!

Herrlich, dieses körperlose Zurücklegen von Strecken! Du musst dich nicht anstrengen und kommst erfreulich schnell ans Ziel. Wer als Toter Auto fährt oder Straßenbahn, tut dies zum Vergnügen. Nötig hat es unsereins nicht mehr.

Die Formulierung „Krankenhaus" führt in die Irre: Beim Klinikum handelt es sich um einen kompletten Komplex – exakter: zwei Komplexe, einen auf der nördlichen, einen auf der südlichen Halbkugel, getrennt nicht durch Ozeane, sondern das Verkehrschaos einer Metropole. Die Wirkung bleibt die Gleiche. Zum Glück wusste ich, wohin solche Unfallopfer gebracht werden. Eine Kollegin, bei der es überflüssigerweise ein Berufsunfall war, weil sie einer Story nachging, erzählte ihre Odyssee ins Nordklinikum ebenso lustvoll wie überstrapazierend.

Das Klinikum glich einem Wespennest. Chaotisch, hierarchisch, aufgetakelt. Die Flut an weißen Kleidungen entnervte mich. Alle gaben sich so unfassbar wichtig, ob Männer, ob Frauen, ob zu Recht oder vermutlich viel öfter zu Unrecht. Die weiße Aura unzähliger Halbgötter. Diese Flut an zur Schau getragenen weißen Kleidungsstücken erinnerte mich schon zu Lebzeiten an Zuhälter, die im weißen Smoking in den weißen BMW einstiegen – in der Farbe der Unschuld! Alles nur Show!

An der Pforte wurden mir meine Grenzen schmerzlich bewusst: Selbst der eifrigste Pförtner konnte mich nicht wahrnehmen. Wer erzählte mir, ob eine Unfallverursacherin mit Schock gestern hier eingeliefert worden war? Den riesigen Komplex zu durchstöbern bot sich auch nicht als willkommene Alternative an.

Mein phantastisch funktionierendes materieloses Gehirn schickte mir eine rettende Botschaft: In einem Krankenhaus wimmelt es sicher vor Toten. Hier geistern ungezählte neugierige Gestalten durch die Gänge. So einen Geist müsste ich finden.

Mein Blick schweifte umher. Welche dieser eifrigen Gestalten hier lebte noch? Mancher Pfleger erschien mir relativ tot, gerade jene blasse Gestalt, der ein Glimmstängel im ausgemergelten Gesicht hing.

Nach den Gesetzen der Ewigkeit könnte diese leblose Kreatur ihren Tod nicht überleben…

Da wirkte jener behäbige Mann in der Nähe der Theke schon vitaler. Ein ehemaliger Arzt und Forscher? Er fing meinen flehend suchenden Blick und zog die Augenbrauen fragend zusammen. Ich biss mir ostentativ auf die Lippen: Er durchschaute mich.

„Entschuldigung, ich will nicht stören. Aber ich suche jemanden. Wie kann denn unsereins hier jemand finden?"

Der behäbige Mann grinste amüsiert: „Wohl neu hier, wat?" Auf seine Jovialität wäre Kaiser Willem Zwo stolz gewesen.

„Ja", gestand ich unumwunden. "Ich bin gestern tödlich verunglückt. Frau am Steuer! Die haben sie hierher gebracht. Die will ich mir gerne mal anschauen."

Sein Blick durchforschte meine Mimik: „Rache?"

Ich rümpfte die Nase: „Nee, sinnlos. Neugierde! Wie geht das bei ihr so weiter? Immerhin spielte sie eine entscheidende Rolle in meinem Leben."

Er kicherte amüsiert: „Verstehe! Tja, da ist guter Rat ganz einfach. Gestern war nix los! Außer dieser hysterischen Person, die alle meschuggge machte. Total verstört, ob wegen dir oder wegen sich. Jetzt liegt sie auf Station IV/3 im Gebäude 13."

„Ein Krankenhaus mit Nummer 13?" Verblüffend! Ich glaubte natürlich nicht an das Gesabber von Unglückszahlen, doch viele Dumme taten es. Bei manchen Hochhäusern fehlt der 13. Stock und in einer Straße des Nachbarstädtchens grenzt auf Wunsch des Häuserbauers die Nummer 15 an die Nummer 11. Dummheit findet Spießgesellen in Verwaltungen, wo nicht immer Geistesleuchten vor Aktenordnern thronen.

„Ich zeig dir den Weg!" erbot sich der füllige Mann. „Mich langweilt das hier."

„Danke! Ich weiß bloß nicht wirklich, was ich dort will…"

„Komm! Wir rauchen ´ne Zigarette. Zur Beruhigung und zum Nachdenken…"

„Ich rauche doch gar nicht..."
„War ein Scherz. Nur wenige rauchen hier. Manche nicht nur Tabak..."
Tote können locker mit solchen Themen umgehen. „Rauchen kann töten..." schreckt hier nicht wirklich ab. „Wer raucht, lebt länger..." grinsen die, denen das Leben nach dem Tod gefällt.

Station IV/3 im Gebäude 13 präsentierte sich genauso trostlos wie Station V oder Stock 2 oder Gebäude 12. Pragmatisch gebaut, kostensparend, in Stil einer Stadtverwaltung mit ihren Vorschriften und ihren finanziellen Grenzen, die sie nur zugunsten von Unsinnsprojekten sprengen kann – beispielsweise einer Brücke, zu der auf beiden Seiten keine Straße führt. Oder...

So ein Spital straft die Vorschriftenjunkies leider erst bei der eigenen Einlieferung, wie jenen Bezirkstagspräsidenten, der seine Einstellung zu den ihm anvertrauten Krankenhäusern radikal änderte, als eine schwere Erkrankung ihn als Patienten hinein katapultierte. Doch angeschlagen im Krankenhaus verfügte der Präsident nicht mehr über die Durchschlagskraft, neue Einsichten gegenüber gesunden Konkurrenten effektiv einzubringen. Leider cancelte mein Chef seinerzeit den Artikel. Es gibt keine Zensur in der deutschen Pfresse!

Ich bin kein Zeitungsmensch mehr. Zurück zur Gegenwart:

Station IV/3 im Gebäude 13 hieß für Lebende, den Aufzug zu benutzen. Wir schwebten ohne physikalischen Gesetzen verpflichtet zu sein locker hoch und am ohnedies hektischen Personal unbemerkt vorbei. Ohne Zimmernummer mussten wir die Räume abklappern. Gruselte es jetzt die Patienten? Lief ihnen ein Schauer über den Rücken, als die Toten vorbeistrichen?

Zimmer 317. Eine nichtssagende Zahl. Unser Ziel! Da lag sie. Krank wirkte sie nicht, auch nicht verletzt, aber sie starrte die kalte Decke an. Vermutlich sah sie nichts, nicht mal die Decke.

„Scheiße!" murmelte sie, als wir in den Raum kamen.

Stille. Dann: „Scheiße!". Ihre Gedanken schienen nur daraus zu bestehen. Ja, Scheiße, dieser Unfall. Ich unterstellte, dass sie das Geschehen rückgängig machen wollte. Geht nicht, Baby!

Welch vertraute Gedanken: Wie wäre es gelaufen, wenn… sie zuhause schnell noch was erledigt hätte… sie an der letzten Ampel doch noch gehalten hätte… sie im Urlaub gewesen wäre… Der einzige Gedanken, der ihr vermutlich nicht in den Sinn kam, weil sie ihn wegsperrte, wäre gewesen: Was wäre passiert, wenn ich nicht zum Handy gegriffen hätte? Wenn ich nicht geplaudert hätte?

Antwort? Gar nichts wäre passiert, denn sie hätte sich verkehrsgerecht verhalten. Ich hätte Zeit gehabt, zu reagieren. Wir wären beide zum Stehen gekommen und weiter gefahren, ohne die Nähe des Todes auch nur zu ahnen. Das meiste im Leben besteht aus Katastrophen, die sich nicht ereignen. Optimisten sehen sie nie, Pessimisten immer, in Wirklichkeit verwirklichen sich die Möglichkeiten meistens nicht…

All diese Gedanken hörte ich nicht. Nur „Scheiße" und Stille im Raum. Ein Geräusch lenkte unsre Blick nach hinten: Die Türe öffnete sich. Eine junge Frau huschte herein. Sie wirkte leicht unsicher, wie fehl am Platz, in einer ungewohnten Umgebung.

„Hallo, Jeanette", rief sie mit gedämpfter Stimme. Sie meinte meinen Todesengel.

Jeanette schaute irritiert hoch. „Hallo, Jasmin." Ihre schwächliche Stimme appellierte an unser Mitleid.

„Was machst denn du für Sachen?!" Jasmin brachte mit ihrem absichtlich durchsichtig gespielten Vorwurf Jeanette zum Lächeln.

„Ach, mir geht's gut. Nicht mal ein Kratzer.!"

„Warum liegst du dann hier?" Ihre Verwunderung klang echt.

„Der Schock!" Jeanettes Stimme enthielt einen Schuss Panik. Ja, sie klagte ihr Recht auf Mitgefühl ein. „Es war furchtbar! Du kannst es dir nicht vorstellen." Aus ihrer Stimme klang die Lust an der Sensation. Endlich hatte diese farb- und seelenlose Puppe einmal wirklich etwas erlebt. Während ich nicht überlebte, lebte sie auf: Wie

Aufregend! Davon konnte sie noch ihren Enkeln erzählen, vermutlich auf 20 Jährchen getrimmt, blond mit achtzig: „Kinder, ihr könnte euch nicht vorstellen, wie furchtbar... dieser Schock! ...ich werde es nie vergessen!" Die Enkel allerdings auch nicht, nach der fünfhundertsten Wiederholung.

„Erzähl mal!" Jasmin schüttelte ihre gelockten Haare. Sie musste diese prickelnde Geschichte auf alle Fälle hören. Und quasi als Augenzeugin weitergeben! Auf meine Kosten! Am liebsten hätte ich ihr eine gescheuert!

„Tu's doch!" – Die Stimme gehörte keiner der Frauen. Wer blaffte hier so? In diesem seelenlosen Krankenzimmer? Der behäbige Mann neben mir war rot angelaufen. Er nickte mir auffordernd zu. Ein Gedanken-leser? Ein Mimik-leser: „Hau ihr eine runter!"

Sollte ich? Nein! So etwas mache ich nicht. Aber sie hat es verdient! Zwei Schritte, eine schnelle Bewegung. Der Rücken meiner geballten Hand landete auf dem Kinn der wehrlosen Maid. Nicht nur eine Ohrfeige, ein kräftiger Schlag: Gefüllt mit meiner Power. Mein Erfolgsgrinsen erlosch. Doch: Ich spürte nichts...

???

Jasmin plapperte sie weiter, als wäre nichts geschehen.

Der Gemütliche lächelte: „Naja, wir leben eben in der Welt ohne Materie. Aber gut tut es doch, oder?"

Ich grinste zurück: „O.K., es hat gut getan. Aber ein kleines bisschen hätte sie es schon spüren dürfen."

Der Mann presste seine Lippen aufeinander und zog nachdenklich die Augenbrauen hoch: „Den Schlag hat sie nicht gespürt. Aber irgendetwas doch. Die Seele empfängt mehr unserer Botschaften als die Lebenden glauben."

Schade, dass der Schlag keine erzieherische Wirkung entfaltete.

Jeanette genoss es, im Mittelpunkt zu stehen. Mit eifrigen Augen erzählte sie: „Ich fahre ganz normal durch die Straße. Wirklich! Kein bisschen zu schnell. Ich erklärte gerade Chantal – du weißt schon, die mit den drei Farben im Haar, die gerade Liebeskummer hat. Sie tat mir leid, wie sie so ins Handy heulte. Ich machte ihr klar, dass der Typ – du weißt schon, Maik mit den blöden Sprüchen - es nicht wert sei, die Wimperntusche zu verschmieren, als die Ampel auf Rot ging… Ich voll auf die Bremse, ich will ja keine Punkte in Flensburg… Ich flieg nach vorne, der Gurt würgt, es gibt einen Krach und ich bleib stehen."

Die Erzählerin machte eine Kunstpause. Jasmin hing brav an ihren Lippen und Jeanette krallte die Hände zusammen und klammerte sich am imaginären Steuer fest: „Das ganze Auto hat gewackelt! Der muss voll hinten drauf gefahren sein. So ganz ohne Bremsen und wahrscheinlich viel zu schnell. Ein Angeber ohne Hirn mit PS im Motorrad." Die Freundinnen lachten verstehend und ich dachte mir nur, dass ihre Versorgung mit Hirn auch nicht gerade üppig ausgefallen war.

„Und dann?"

„Ich raus aus dem Wagen… nach hinten. Da standen schon einige Leute – keine Ahnung, wo die so schnell herkamen. Dann lag da der Roller. Geiles Rot! Und daneben der Typ. Helm, Jacke… ich konnte ihn nicht wirklich erkennen. Er bewegte sich nicht. Dann bin ich umgekippt. Es war zu hart für mich."

Jasmin erblühte als tröstende Freundin: „Brutal! Du Arme! Und einfach so…"

Jeanette schluchzte. Doch das klang echt. Irgendwas machte ihr zu schaffen. „Der lag da tot da… und ich war schuld! Und da lässt sich nichts machen!"

Jasmin entpuppte sich als toughe Trösterin: „Du warst doch nicht schuld. Der Typ fuhr zu schnell. Die Ampel war rot. Das musste der doch sehen! Hinter dir. Der Hintermann ist immer schuld…" So konnte es endlos weitergehen und am Schluss hätte ich vermutlich Selbstmord gemacht, weil ich meine Eier durch PS ersetzen musste und mich deshalb keine Frau mehr anschaute und ich lieber tot wäre als ins Kloster zu gehen… Ich ahnte schon, wie Jasmin tickte.

Aber Jeanette offenbarte ihr echtes Problem: „Ich krieg ihn nicht mehr aus meinem Hirn. Selbst wenn ich schlafe, träume ich von der

Leiche. Wenn ich wach bin und an irgendwas denke, schiebt sich die Leiche dazwischen. Wie er so daliegt. Regungslos. Wirklich wie ein Stück Fleisch vorm Braten. Es ist grauenhaft."

Jasmin deutete auf den Blumenstrauß neben dem Bett: „Denk doch einfach an was Schönes! Der Rocker hat es doch gar nicht verdient, dass du dir wegen ihm Sorgen machst. Das hätte jedem passieren können. Bei dem Verkehr muss man eben aufpassen..." Sie grinste kurz – offenbar bei einem witzigen Gedanken. Auf dem Level, auf dem sie sich angesiedelt hatte, assoziierte sie vermutlich: bei jedem Verkehr musst du aufpassen. Aber gegen einen Autounfall hilft eben keine Pille.

Jeanette heulte wieder: „Ich krieg ihn nicht raus! Könnte ich mir nur das Hirn rausblasen. Das ist schlimmer als Kopfschmerzen."

Das brachte Jasmin, die Schönheit von der Stange, an ihre Kompetenzgrenze von Beschwichtigung und Suggestion. Die Lebenslügen zeigten keinen Effekt. Meine Vermutung...

Die sonore Stimme mischte sich ein: „Ich glaube, unsere kleine Trösterin geht gleich. So etwas packt sie nicht. Aber draußen blüht sie beim Erzählen von der armen verstörten Jeanette. Jetzt hat sogar zwei Geschichten: Unfall und derangierte Freundin.

Jasmins Blick landete geschickt auf der Uhr an der Wand: „Huch, so spät schon?! Ich hab doch noch einen Termin. Hoffentlich komm ich nicht zu spät. Du, Jeanette, ich muss jetzt leider gehen. Ich wäre noch sooo gerne geblieben, wo es dir doch sooo schlecht geht. Aber ich komm bald wieder..."

Ein Küsschen von ihr hin und von der schwachen Jeanette ein Küsschen zurück. Man hatte sich ja so lieb. Dann entschwand die treue Freundin wie ein Gespenst, doch durch die Tür.

„Ich glaube, jetzt gehen wir auch. Jeanette von aller Welt verlassen mit einem Nervenzusammenbruch, das ist mehr als ich meiner geistigen Gesundheit zumuten kann." Behäbig über seinen Witz brummend schwebte er weg. Ich folgte ihm.

6 Date im Straßencafé

Erster Lernerfolg der Ewigkeit: Ich war pünktlich. Schon an meinem zweiten Tag in der Ewigkeit hatte ich mich fast akklimatisiert. Treffpunkt: mein Café in der Fürther Straße. Darin steckte schon eine Übertreibung. In so ein Etablissement verirrte ich mich nur, wenn ich mal jemanden dorthin begleiten musste. Mir lagen Kneipen mehr, aber an einem Tischchen im Sonnenschein an einer belebten Straße gegenüber einer schnuckeligen Parkanlage mit einer beruhigenden Kirche darin… wartete ich gerne auf eine Madame, die mein Herz höher schlagen ließ.

Die Sonne war in ihr letztes Drittel eingetreten. Jenseits der Straße hatte sich die Kärwa-Band im Veit-Stoß-Park eingespielt, der Nachmittagsauftritt bei der inzwischen legendären Rockkärwa von Dreieinigkeit-Gostenhof. Natürlich kannte mich der Ortspfarrer, bei einem Krug vom Schanzenbräu prostete er mir öfters zu, der Rockpeter, wie man hinter seinem Rücken lobte.

Der Samstagabend gehörte der Legende: Ernst Schultz rauchte seine „Wundertüte" und seine Kinder strömten herbei zum Hören. Der Boden bebte und die Kirche rockte. Bei Ernst mit der weißen Mähne stimmte der Spruch „die Legende lebt" besser als anderswo in der Noris. Für die Generation vor mir strahlte er das Lebensgefühl ihrer Jugend aus. Mit seiner Gruppe „Ihre Kinder" verrockte er deutsche Texte und man verstand, warum es ging.

Zum heutigen Auftakt bevölkerten drei vibrierende Herren die Bühne: „Ezzedla abba". Manchmal verhalf mir ein Bier zum trunkenen Tanz vor dem Bühnenwagen, während sie Hitparadenerfolge runterdonnerten – 40 Jahre später. Jetzt aber! Auf Fränkisch: Ezzedla abba!…

EzzedlaAbba mit Juniordrummer agieren im Bühnenwagen

Vielleicht könnte ich mit der holden Maid ja anschließend noch hinüberschweben? Ob ihr diese Stimmung gefiel?

Entspannt beobachtete ich die Passanten. Ob die Radler schneidig oder nervig unterwegs waren, hing vom Betrachter ab. Die Straßendesigner sparten extra für ihre Lieblingszielgruppe einen breiten Streifen aus. Aber welchen selbstbewussten Radler und welchen unbekümmerten Fußgänger irritierte so etwas Lästiges wie eine Markierung… Der Junge mit den Rastalocken und dem bunten, gehäkelten Käppi ließ seinen Drahtesel vorne hochsteigen. Gleich würde er wiehern! Fast touchierte der Drahtcowboy einen eitlen Gecken, der mit blauer Jacke über den Weg stolzierte.

Nein! Nicht der schon wieder! Wusste er von meinem Date? Eternity-Leak? Wollte er mir in die Quere kommen? Lief etwas mit Lucy? Am liebsten hätte ich ihn an seiner Krawatte gepackt, fünfmal um mich herum geschleudert und dann durch den Himmel segeln lassen, Zielrichtung Eiffelturm, als dessen Galionsfigur er ein Mahnmal für die Jenseitigen geworden wäre.

(Recherche:) Fakenews aus Paris: Anthropologe gesichtet: auf dem Eiffelturm

Erhobenen Hauptes stolzierte er gemächlich an den Tischchen vorbei und verschwand wieder in der Menge. Bei seiner Länge gelang ihm das Untertauchen nicht. Er zog wohl doch Leine. Entspannung kehrte bei mir zurück.

Etwas berührte meine Schulter. Ich zuckte zusammen und drehte mich um. Ein Oxytocinschauer rieselte über meinen Rücken: Lucy!

Sie schaute mir glatt in die Augen -, obwohl ich saß. Seltsam, aber wunderbar direkt.

„Lucy, ich – äh -, schön, dass du gekommen bist…"

„Freilich! Ich komme extra früher, um dich nicht warten zu lassen, aber umsonst! Du gehörst anscheinend zu den Überpünktlichen. Hoffentlich bist du nicht zwanghaft!" Sie grinste ihr breites Grinsen und lachte herb.

„Nein!" protestierte ich schüchtern, „Meine Freunde nervte ich mit chronischer Verspätung. Aber wenn du auf mich wartest…."

„Schmeichler!" Ihre sanften Blicke straften den strengen Ton Hohn.

Sie bugsierte sich auf das nette Stühlchen und winkte nach einer Bedienung. Wie aus dem Nichts erschien eine Kellnerin, mit fragendem Blick. „Due espressi, per favore…" flötete meine Kleine akzentfrei und lächelte: „Du doch auch, oder…"

Bei meinen hormonellen Verwerfungen brachte Kaffee bestimmt meine Nerven zum Flattern. Wie wirkt ein Kaffee nach dem Exitus? Gibt es da Hormone? Die Kellnerin dematerialisierte dezent, schwebte aber ein Augenzwinkern später wieder heran, mit einem Lächeln und zwei Tassen auf dem Tablettchen.

Lucy schwenkte ihr Tässchen vor ihrem flachen Näschen. Beim Schnuppern erschienen ihre Nasenlöcher noch größer: „Mmh! Das duftet heimatlich." Die Urmutter schlürfte einen Schluck. Ich bemühte mich um Stil, hielt den kleinen Finger abgespreizt und nippte ein bisschen an den aromatischen Tropfen.

Die Afarensa schaute sich eifrig um: „Das ist aber süß hier. Ich liebe diese bunten Mischungen. Guck mal: da drüben die alte Frau! Was für eine Lebensgeschichte könnte die dir wohl erzählen. Noch gehört sie ja nicht zu uns… oder das Pärchen dort: Ein Liebespärchen? Wo zeigen sie etwas Liebevolles?! Schwarze Kleidung… abweisende Mienen…"

Meinem Geschmack entsprachen die beiden nicht und auch nicht den Typen in meinem Freundeskreis. Andererseits: Als Jugendlicher kleidete ich mich mitunter dezidiert schwarz. Damit hob ich mich von der Welt meiner Eltern und dem Rest des Establishments ab. Ich hielt es für schick.

Als ich auf der Suche nach einem Arbeitsplatz die Zeitungen abklapperte, galt Schwarz im angestrebten Kollegenkreis als die Farbe der Intellektuellen. Mein Ideal! Ich strebte tiefere Gedanken an: nicht das Negative ausblenden, nicht die Wirklichkeit schönreden, sondern ihr in aller Schwärze ins Auge schauen.

Ich verstand beiden jungen Leute. Diese oberflächliche Lebensbejahung, die ihre Umgebung ausstrahlte, enthielt etwas Morbides. Bestimmt bissen die beiden sich durch schwere Gedanken und erhielten ihrem Gefühl nach einen bewussteren Stand im Leben als die gedankenlose Mitwelt. Fast hätte ich gewunken: „Setzt euch zu uns!", um ihnen eine Unterhaltung zu gönnen, in der die Todeslinie schon überschritten war, am Tischchen der Toten.

Noch mehr hätte ich Lucys geballte Aufmerksamkeit geschätzt. Sie schnüffelte aber lieber an ihrer Tasse: „Das stammt aus meiner Heimat. Weißt du, wie der Kaffee entdeckt wurde? Natürlich bei uns! Wir erzählen uns seit ein paar Jahrtausenden eine putzige alte Geschichte."

Mein interessierter Augenausdruck – der in seiner Tiefe dem weiblichen Wesen galt - verführte Lucy zum Lächeln und Erzählen: „Einige äthiopische Hirten zogen mit ihren Ziegen durchs Land. Eines Abends legten sie sich wie üblich schlafen. Doch etliche Ziegen sprangen munter durch die Gegend. Was hatten sie nur? Ein Hirte erinnerte sich daran, dass dieses kleine Grüppchen um die Mittagszeit von einem Strauch ein paar kleine Früchte gefressen hatte, von einem Strauch mit weißen Blüten und roten Früchten…"

Die Farbkonstellation schmeichelte meiner fränkischen Seele: „Rot-Weiß? Ein fränkischer Baum in Zentralafrika? Hol ich mir!"

„Lokalchauvie! Aber hör nur: von der Neugierde gepackt, probierten einige mutige Hirten am nächsten Tag diese Früchte selber aus. Die Ziegen dienten quasi als Versuchskaninchen. Rot warnt, lockt aber auch! Der älteste Hirt, bedächtig wie alle alten und klugen Leute seit Beginn der Menschheit, hob warnend den Finger: „Seid nicht unvorsichtig!" Er schnappte sich die übrigen Früchte und warf sie in die Glut ihres Lagerfeuers. Als sie zu bräunen begannen, verbreitete sich ein wunderbarer Duft. Die Neugierigsten der Hirten angelten sich einige Früchte heraus, bevor sie verbrannten und schoben sie langsam in den Mund –nachdem sie etwas abgekühlt waren.

Eine gute Stimmung breitete sich in der Schar aus. Die angetörnten Männer fingen an zu tanzen. Als die Allermutigsten, die die Früchte mit der Warnfarbe roh gegessen hatten, üble Bauchschmerzen bekamen, räsonierte unser alter Mann natürlich selbstgefällig über den

Wert von Bedachtsamkeit, was dann bei den übrigen Gesunden zu Bauchschmerzen führte." Lucy gluckste: „So entdeckte die Menschheit den Kaffee. Wie so manches, begann man dann, auch das auf passendere Oberfläche zu rösten und entwickelte eine richtige Kultur der Zubereitung und des Genusses. Heute kannst du das sogar in… wo bin ich jetzt?"

„Gostenhof!"

„Genau! …in Gostenhof genießen. Am besten beim Italiener!" Sie lachte über ihren Scherz, schlürfte noch ein Schlückchen und fuhr mit der Zunge über die Lippen. GoHo ist multikulti, da passen Afarensas durchaus dazu – auch wenn sie nicht gleich realisieren, dass sie vor einer mexikanischen Kneipe sitzen.

Eigentümlicher Weise bereitete mir ihr ausgesprochen andersartiges, nicht nur fremdartiges Aussehen emotional keine Probleme. Sie wirkte auf mich unbeschadet ihres konkreten Äußeren genauso weiblich wie die anderen, die hier herumschwirrten. Ihre kräftigen Brauen beherrschen ihre Mimik – wie man sich das aufgrund der Knochenfunde vorstellte. Ihr leicht gewölbter Hinterkopf ließ sie keineswegs dümmlich aussehen. Nein, dieser Frau mangelte es nicht an Intelligenz, trotz der ungewöhnlichen Schädelform. Ihre Ohren prangten sehr prägnant an ihrem Profil – aber gerade dies animierte mich, denn ihre Öhrchen wirkten so arttypisch für unsereins. Das flache Nasenbein kompensierten die kräftigen Nasenlöcher. Lucy schnüffelte immer sehr aufmerksam, verfügte offenbar über einen guten Riecher auch im übertragenen Bereich. Schmale Lippen, aber ein breiter Mund: schon mit ihrer Mimik drückte sie viel aus; wenn sie die Zähne bleckte, wirkte dies machtvoll. Ihre Gesichtsbehaarung kontrastierte unser heutiges Schönheitsideal. Sie schien einen Zehn-Tage-Bart zu haben, blieb aber intensiv weiblich. An Rasur dachte man angesichts ihres Gesamteindrucks ohnedies nicht. Ihr Äußeres war stimmig, alles toppte aber ihr intensiver Blick, durch den sie Kontakt aufnahm, warm und beobachtend.

Sie registrierte meinen musternden Blick: „Stimmt was nicht?"

„Doch, alles stimmt. Ich muss dich nur mit meinen Augen aufsaugen…" Hoffentlich ging ich mit damit nicht zu weit. Das klang nach plumper Anmache.

Doch sie grinste nur schalkhaft: „Solange du mich nicht aussaugst, du kleiner Vampir…"

Klein war ich im Vergleich zu ihr nun wirklich nicht, aber ihre Worte schienen mich zu kosen. Dann fuhr sie sich neckisch mit dem Handrücken über die Augen: „Habe ich vielleicht die Wimperntusche vergessen, oder gar den lila Liedschatten? O, wie nachlässig von mir!" Mit deutlich gespieltem Erschrecken erzielte sie bei mir die erwünschte Wirkung.

„Ich bin kein Vampir, eher ein Vambier…" witzelte ich und winkte der Kellnerin aus dem Jenseits: „A Seidla, bittschön!"

Die regionale Sozialisation beeindruckte mein Gegenüber: „Du klingst ja wie ein Eingeborener… entschuldige, das ist politisch nicht korrekt – ich meinte: wie ein Einheimischer. Asaidla ist das heimische Getränk?" Sie zeigte kulturelles Interesse.

Der versierte Zeitungsmensch in mir wartete mit Infos aus dem Feuilleton auf. Jeder gebildete Mittelfranke kennt „Drei im Weggla" und sein „Seidla". Wir von der Boulevardjournaille verfügen zudem über Hintergrundwissen: „Franken sagen ‚Seidla' zu einem halben Liter Bier. Halber Liter klingt furchtbar, oder? Seidla klingt richtig trinkbar.

Trinkfeste Altdorfer Studenten brachten den Begriff auf. Die in den Augen der übrigen Bevölkerung abgehobenen Studiosi bildeten sich auf ihre Lateinkenntnisse etwas ein und schätzten zugleich einen guten Trunk. Ihrer Ansicht nach genial kaschierten sie den Alkoholgenuss mit dem lateinischen Begriff für jenen Eimer, mit dem man Wasser aus dem Brunnen schöpfte, nämlich ‚situla'. Gegen einen Eimer Wasser konnte niemand was einwenden. Bald mutierte die Situla zum Seidla.

Was das Wasserschöpfen betrifft: Die Franken sind echt stolz auf ihr Reinheitsgebot, das noch älter als das bayerische und erst recht das deutsche ist. Dazu gehört das gute Brunnenwasser. Davon befindet sich im Seidla wie gesagt ein halber Liter, verdünnt mit Gerstenmalz und Hopfen..."

Lucy grinste: „Schlaumeier! Aber ganz unterhaltsam!" Als die Kellnerin mein Seidla servierte, brachte ich den Spruch, der mein Erkennungszeichen ist: „Prost, Lucy! So jung kommer nimma zsamm!" Da sie mit ihrem Espresso nicht mithalten konnte, trank ich mir allein zu: „Prost Benny, mit dir trink ich am liebsten!"

Mein abgestandener Witz animierte sie so wenig wie mich abgestandenes Bier. Oder lenkte sie was anderes ab? Als ich mir den Schaum von den Lippen strich, zischten wieder zwei Radler vorbei, touchierten einander fast und lösten sich in der Menge auf. Zwischen den Passanten erschien lautlos eine Gestalt, um gleich wieder zu verschwinden... Blaues Sakko, beige Hosen!!! Ein blaues Polizeilicht blinkte in meinem Hirn auf.

Radler rast vorbei

Musternd schaute ich Lucy an: „Kennst du den?"

„Welchen?" fragte sie erwartungsvoll, als hätte ich nach einem unausgesprochen Witz gefragt (Motto: Kennst du den?: Kommt ein

Wirt ins Gasthaus und fragt: Wirt's bald?! Hohoho hehehe hihihi höhöhö!!! – Ich geb' zu, so ganz doll ist der Witz nicht, aber ich habe ihn mir selbst ausgedacht und konnte ihn mir offenbar bis über den Tod hinaus merken…).

„Bleib ernst!" Unwillig zog ich bei ihrer lehrerhaften Stimme die Augenbrauen zusammen. „Kennst du den Typen, der da gerade auftauchte und verschwand, diesen Casanova!"

Lucy zeigte mir ihr unverschämtes breites, zähnefletschendes Lachen: „Casanova kenne ich! Netter Typ! Immer genervt von dem, was über ihn erzählt wird. Ehrlich ein netter Kerl." Mit einem Blick knapp unter den Lidern herüber zu mir ergänzte sie bedauernd: „Leider nicht mein Typ, Schatzi!"

‚Schatzi'? Ich speicherte dieses vieldeutige Wort in ihrem kehligen Klang ab, überhörte es vordergründig aber vorerst: „Ich meine den eitlen Hosenträger mit dem blauen Sakko."

Sie bleckte mir leicht die Zunge: „Das ist kein Casanova, das ist… naja, irgendwie kann ich mir seinen Namen doch nicht merken. Irgend so ein US-Anthropologe, der voll auf mich steht, nachdem man mich ‚rekonstruiert' hat. Kannst du dir vorstellen, wie igitt es ist, rekonstruiert zu werden? Da fummeln andere mit deiner Figur rum. Echt lästig. Wenn ich ein Gespenst à la Canterbury wäre, würde ich übelst eingreifen. Aber Gespenster sind nur Fiktion, keine Ewigkeits-Realität."

„Der Typ: ein Stalker?"

„Stalker?" Lucy grinste: „Da solltest du mal Mona hören, wenn sie von Vincenzo redet. Der nervt sie schon seit hundert Jahren. Sie kommt sich vor wie Dornröschen ohne Dornen, in denen die Stalker hängen bleiben könnten… Nee, auch wenn dieser hosenbewehrte Anthropologe was von mir will: Er ist lange nicht so süß wie du…"

Sie klimperte mit den Augen, dass ich fast vom Stuhl fiel. Kann einem Toten das Herz klopfen? Ich spürte es wie ein Trommelsolo von Ginger Baker.

Da wendete sich die Situation zum Dramatischen. Der hochhälsige Geck steuerte auf mich zu: „Entschuldigen Sie! Sie kennen sich hier doch aus. Ich wollte Herrn Dürer treffen. Der soll sich hier regelmäßig aufhalten. Könnten Sie mir freundlicherweise weiterhelfen?"

Ich stutzte: Was will der Kerl von mir? Andererseits: Dürer? Ich sah mich zu einer kleinen Unaufrichtigkeit gezwungen, denn ich hatte den ebenfalls so stolzen Albrecht hier schon flanieren sehen: „Nein, tut mir leid, keine Ahnung…"

Der Herr bedankte sich und wandte sich zum Gehen. Da schien sein Blick unabsichtlich auf Lucy zu fallen: „Ach, Frau Lucy! Sie hier? Da hätte ich sie gar nicht erwartet! Tut mir leid, dass ich Sie nicht sofort erkannte."

Es ratterte in meinem Hirn. Die Lösung präsentierten mir die grauen Zellen mit Computerschnelligkeit: Diesem Typ ging es nicht um Dürer und schon gar nicht um mich, er hatte es gleich auf Lucy abgesehen und nur eine Szene gespielt.

„Ja, ich bin es." Lucys Stimme schien Eisenzeit und Eiszeit zu verschmelzen: „Ich bin Lucy und ich schätze es gar nicht, wenn man mich in meinem Privatleben belästigt."

Der Herr streckte abwehrend beide Hände von sich: „Aber nicht doch! Ich wollte Ihnen keineswegs zu nahe treten. Ich weiß, wie lästig es für bekannte Persönlichkeiten ist, einfach so angesprochen zu werden…"

Er schwafelte noch ein bisschen etwas von „Schutz der Privatsphäre", „großes Verständnis", „aber doch eine so beeindruckende Persönlichkeit" und ob er sich vielleicht die Freiheit nehmen dürfe, sich zu uns zu gesellen…

In mir erwachte der Kavalier ebenso wie der Liebhaber, der dem Konkurrenten begegnet. Ich erhob mich in aller meiner Lebensgröße und reichte ihm nur knapp über die zugebundene Krawatte. „Sie gehen hier tatsächlich zu weit. Ich ersuche Sie, so schnell wie möglich Ihrer eigenen Wege zu gehen. Wir wollen hier doch keine Komplikationen, oder?"

Ehrlich gesagt, kann ich das im Rückblick cooler formulieren als in dieser Situation. Vielleicht stotterte ich sogar, auf alle Fälle hatte ich keinen glatten Redefluss und fühlte mich mickrig. Sprache bildet meine Welt, davon lebe – äh, lebte – ich ja. Aber solche Konflikte mit überlappenden Interessen lagen mir schon zu Lebzeiten überhaupt nicht.

Das spürte er sofort; ungezwungen ließ er den Überlegenen heraushängen und schnurrte mit ‚gewinnendem' Blick zu Lucy: „Das wollten wir doch lieber Frau Lucy überlassen, nicht wahr? Ja, Frau Lucy, ich sehne mich schon nach langem danach, Ihnen einmal persönlich zu begegnen und würde mich freuen, wenn Sie mir einige Augenblicke ihrer kostbaren Ewigkeit gönnen würden."

Merkte er nicht, dass die eisige Lucy innerlich kochte? Es half nichts. Jetzt musste ich Napoleon spielen - und zwar überzeugend: „Weg hier!" herrschte ich den eitlen Macker an. „Machen Sie die Fliege, so schnell Sie können. Wir wollen Sie auch nicht mehr in unserer Nähe sehen! Ist das klar?!"

War das wirklich ich, der so deutlich auftrat? Hatte mein Tod mein Selbstbewusstsein verändert. Weshalb schaffte ich jetzt, was sonst immer daneben ging. Oder ließ nicht der Tod, sondern die Liebe die Mauern in mir bröckeln?

Er zog verächtlich einen Mundwinkel hoch: „Nicht so forsch, junger Mann. Diese Frau begleiteten schon Männer von anderem Format. Denen könnten Sie niemals das Wasser reichen…"

Bevor er weiterschwadronieren konnte, brummte ich ziemlich laut: „Wasser nicht, aber Gerstensaft!" nahm mein Seidla und schüttete ihm die braune Brühe ins Gesicht. Sie rann den Hals hinunter, auf das schmucke Hemd und das geniale Sakko. Seine Augen quollen ungläubig hervor. Aber bevor der Ärger ihn total erfassen konnte, packte ich ihn (immerhin von unten!) an der Schulter, drehte ihn halb um die Achse, stieß ihm das Knie ins Hinterteil und rief: „Zisch ab!"

Das tat seine Wirkung. Besser, als ich erwartet hatte. Ich holte mir dabei auch keine blutige Nase. Er taumelte ein bisschen nach vorne, fasste wieder Tritt, warf den Kopf arrogant nach oben und stolzierte wie ein Storch Richtung Altstadt. Sollte er dort doch seinen Freund Albrecht treffen!

Erstaunt über mich selbst und geschafft nach diesem Ausbruch plumpste ich mich zurück auf meinen Stuhl und stierte in mein leeres Glas: „Jetzt könnte ich einen guten Schluck gebraucht!" Wie von Geisterhand erschien ein gut gefüllter Krug mit hellem Gerstensaft vor mir. Der Blick meiner eifrigen Kellnerin sprach Bände: „Dem haben Sie es aber gegeben."

Aus dieser Bewunderung hätte sich etwas machen lassen, aber meine Zeiten der Einsamkeit waren vorbei. Lucy bildete den Focus meines Herzens.

Nichts desto trotz dankbar für die Anerkennung revanchierte ich mich: „Gut pariert! Vielen Dank für diese prompte Bedienung!" Ich schenkte dem netten Fräulein mein siegerreichstes Lächeln und wandte mich wieder Lucy zu.

Auch diese gönnte mir ein äußerst anerkennendes Grinsen: „Junge, Junge, gut gemacht! Hätte ich dir gar nicht zugetraut."

Das artikulierte Misstrauen in meine Männlichkeit überhörend gestand ich ein: „So kenne ich mich gar nicht. Ich habe mich irgendwie selbst überrascht."

Das Bier stärkte mich. Lucy orderte „Sisisi" (CCC) und die offenbar eingeweihte Kellnerin servierte bald darauf ihr ein leckeres Curry con carne in braunen, roten und grünen Farben.

Unser gemeinsamer Nachmittag verlief im Weiteren ungestört und geruhsam, was rein gar nichts mit Totenruhe zu tun hatte.

Als die Abendsonne hinter der Straßenflucht der Fürther Straße versank, einigten wir uns auf ein bekanntes Hotel, ein gutes Stück hinter dem klassischen St. Rochus-Friedhof ums Eck. Ich konnte mir ein paar lokalpatriotische Hinweise auf den berühmten Johannis-Friedhof nicht verkneifen, wo Albrecht Dürer in einer Gruft seine letzte Ruhe gefunden hat. Lucy streckte schielend die Zunge heraus: Grabsteine! Den wirklich interessanten Leuten könne ich jetzt ja persönlich begegnen – und „unter uns Pfarrerstöchtern": Gerade jener großartige Maler präsentiere sich recht gerne einer interessierten verewigten Öffentlichkeit.

Sie begleitete mich noch bis zur Fußgängerampel, wo wir dank Rot die gegenüberliegenden Fassaden bewunderten. Weshalb ist die heutige Architektur dieser Gegend so einfallslos? Wenige hundert Meter weiter hat die schwerreiche DATEV bauen lassen – unter Verzicht auf alle ästhetischen Mittelchen, die das Leben lebenswert machen. Ganz anders vor hundert Jahren… Schau mal die klassischen Figuren zwischen den Fenstern!

Neben uns warteten zwei Frauen auf Grün. An dieser Stelle kann das dauern. Wir hörten die jüngere Frau erzählen: „Also neulich, nicht hier, drunten in Schwabach, stell dir vor: Eine ältere Frau wartet an der Ampel auf Grün. Der Verkehr rollt unerbittlich vorbei: von links, von rechts, von vorne, von hinten, von links, von... Geduldig bis verzweifelt steht sie da. Da kommt ein junger Mann und hilft ihr über die Straße."

„Schön, dass es das heute auch noch gibt!"

„Aber pass mal auf: Kein Wort, kein Blick des Dankes!"

„Naja, wenn schon die alten Leute so sind, dann wundert man sich nicht mehr…"

Die Nachbarin lachte: „Ha! Nicht nur sie bemerkte die Hilfe nicht, der junge Mann selbst bekam seine gute Tat nicht mit. Er hatte einfach den Sensor berührt."

„Und die Frau nicht?"

„Woher sollte sie es wissen: Alle Ampeln wechseln automatisch. Wie kann man da auf die Idee kommen, dass die Fußgänger drücken müssen."

Die Freundin sinnierte: „Es heißt ja schließlich auto-matisch, nicht fußgängermatisch...."

Unsere Ampel wechselte auf grün und alle vier gelangten hinüber, auch ohne jungen Mann.

„Und jetzt geh ich noch Zigaretten kaufen..." mit diesem Klassiker für Männer, die auf immer verschwinden, entfleuchte Lucy. Ich stand etwas ratlos da. Und jetzt? Aus den Blitzlichtern meiner Eingebungen entschied ich mich für ein probeweises Schlendern durch meinen Supermarkt...

7 ...tot im Supermarkt

Ein Toter schlendert durch einen Supermarkt? In einem skurrilen Film in Szene gesetzt? Auch bei uns jenseits der Pforte des Todes regen sich Bedürfnisse. Ich blieb wahrlich nicht allein. Zahlreiche Zeitgenossen meiner neuen Welt bevölkerten die Einkaufsschluchten. Konsum nach dem Tod? Lasst es mich ausprobieren! Geld? Welches? Ich scheue mich, zu fragen – Sylvia, meine erfreulicherweise nicht verstorbene Freundin[1] kommentierte solche Situationen gewöhnlich mit genervt flackernden Augenlidern: typisch Mann!

Lernwillig beschränkte ich mich auf Beobachtung: Die anderen steuerten Einkaufswagen, beluden sie und reihten sich an einer Kasse an. Offenbar waren für die Toten zwei Kassen geöffnet. Kein

---

[1] Zitat Benny: „So mancher Mensch wünscht einem anderen den Tod, um unbehelligt zu sein. Mein Wunsch scheint euch Lebenden weniger anstößig: ‚Möge sie doch noch ganz lange weiterleben...'"

schlechter Umsatz, wenn das letzte Hemd keine Taschen hat… Von Haus aus experimentierfreudig stellte ich die neue Realität auf die Probe und packte einen Einkaufswagen.

Spöttische Blicke fixierten mich, als ich voll durch das Metall griff. O, ein Wagen aus der falschen Welt. Das aufdringlich genüssliche Feixen meiner ZustandsgenossInnen nervte mich. Mit etwas optischer Übung unterschied ich dann doch Diesseits und Jenseits und begab mich auf den Weg durch diesen Tempel des discounteten Konsums.

Pizza! Eine Abwechslung im postmortalen Speiseplan. Italien aus der Tiefkühltruhe. In meiner Jugend schmeckte sie mir besser als in meinen gereiften Jahren. Lag dies an verminderter Qualität oder an gestiegenen Ansprüchen?

"Du solltest einfach nicht das Billigste nehmen!"

"Ruhe! Ich hasse Selbstgespräche!"

"Klar, da fühlst du dich durchschaut. Von dir selbst!"

"Womit habe ich die Strafe meines Verstandes verdient?!"

Selbstgespräche nerven! Der Selbstbehauptungstrieb siegte: Meine Persönlichkeit mit all ihren Macken lag nicht entseelt auf dem Asphalt in der Eibacher Hauptstraße, nein, mein gesamteltes Leben qualifizierte mich als Profi des Einkaufs. Das sollten diese Schnepfen ruhig sehen! Ostentativ steuerte ich kompetent wie hochkonzentriert meinen Wagen durch den Laden.

Da musst du mit wachen Sinnen unterwegs sein. Verpeilteren Typen begegnest du nur noch im Baumarkt. Meine neue Welt unterschied sich in dieser gemeinsam genutzten Location durch nichts von der alten. Das Verhalten im Supermarkt schien kein Kriterium für eine Nachexistenz zu sein.

Auch im ewigen Warentempel programmierten instruierte Mitarbeiter das Chaos mittels babylonischer Türmchen aus Konserven mitten im Weg. Aufräumen! schrie der heimliche Faschist in mir. Die gesammelten Erbsen im Sonderangebot gerieten in höchste Gefahr, als ich in meinem Zorn das Tempolimit überschritt. Dabei steuerte ich voll in den nächsten Ärger, als in der zweiten Passage unausgepackte

Kartons die freie Fahrt blockierten. Was auch sonst! Dauernd scheint jemand auszupacken, aber nie sind die Einkaufsgassen frei. Supermärkte organisiert wie vom Bundesverkehrsministerium. Hier müsste der ADAC mal ein Machtwort sprechen! Freie Fahrt für freie Käufer.

Ich imaginierte Verkehrsdurchsagen zwischen der Säuselmusik: *„Hier die* **Verkehrsübersicht** *von Minimalefix: Achtung, Käufer in der vierten Einkaufsstraße: Stau wegen zweier tratschender Hausfrauen. Bitte weichen Sie über die dritte und fünfte Straße aus und ändern sie entsprechend Ihre Bedürfnispalette. Achtung, Käufer in der siebten Einkaufsstraße! Zwischen Salzletten und französischem Landwein kommt Ihnen ein Falschkäufer entgegen. Bitte halten Sie sich rechts und greifen Sie bei allen Produkten zu. Wir melden Ihnen, wenn der Falschkäufer an der Kasse angekommen ist."* Aktuelle Verkehrsnachrichten im Supermarkt, davon hatte ich schon als Lebender geträumt!

Vor der Blockade postierte ich meinen Wagen mit einer imaginären Warnblinkleuchte mitten auf den Weg - wie ein Profi von UPS, DHL und VHS: Blinke und blockiere! Schnell zu den Nudeln... Nudeln! Die Hand einer verzweifelten Mitkundin mit irrem Blick zuckte hin und zurück. Wo sollte sie zugreifen!? 12 Sorten. 3 Marken. Wer schmeckte den Unterschied? Urteilt jedes Familienmitglied anders? Aber polyphon vernichtend? Stress pur! „Komm, wir initiieren eine Selbsthilfegruppe!" wollte ich ihr zurufen. Hier bestraft uns das Leben nach dem Tod durch Verewigung menschgemachter Probleme. Fungiert der postmortale Supermarkt als niedrigschwellige Hölle?

Angesichts der Nudelauswahl zuckten auch durch mein Hirn die routinierten Blitze: Gibt es unsichtbare Qualitätsunterschiede? Rechtfertigt die Preisdifferenz etwas, in das ich nicht eingeweiht bin. Kaufe ich günstig, weil minderwertig? Kaufe ich teuer ohne Gegenwert? Rechnet sich mein Rechnen im Verhältnis von Zeitaufwand beim Denken und Suchen zu den ersparten Cent? - Doch wir Männer sind harte Krieger im Einkaufskampf. Ich griff wild entschlossen zu den üblichen Spaghetti. Meine Mitkämpferin überließ ich ihrer einsamen Entscheidung; „Sie hat ja ewig Zeit", grinste ich sarkastisch bis sardonisch. - Bei meinem Wagen fluchten lauthals verärgerte Kundinnen. Verkehrsbehinderung? Ha!! Der Supermarkt kennt keine Solidarität. Der Tod löst nicht alle Probleme für die Ewigkeit.

Wieder schwirrte eine Verkehrsdurchsage durch meine Phantasie: *„Eine aktuelle Nachricht unserer Filialenpolizei. Die fünfte Straße ist völlig überfüllt. Zwei Kundinnen haben sich soeben mit den letzten beiden Maxipackungen Spaghetti im Supersonderangebot erschlagen. Geile Gaffer behindern die Reinigungsarbeit. Ortskundige Einkäufer werden gebeten, auf die Seifenstraße auszuweichen. Soweit die neuesten Verkehrsnachrichten. Wir machen weiter mit Musik."* Herrlich, diese Imaginationen! Beeinträchtigte dies meine Fahrtüchtigkeit?

Prompt missachtete ich an der Ecke von Sauerkraut, Toastbrot und Schrubbern die Vorfahrt einer eifrigen Wagenschieberin. Crash! Blinker, Kotflügel und Stoßstange wären im Autoverkehr demoliert - mein Einkaufswagen verfügte nicht einmal über einen Airbag... ungebremst bohrte sich die Lenkstange in meinen Magen. Mir blieb schier die Luft weg – nein, nicht wirklich. Ich spürte diesmal nichts. Ein Vorteil des Tot-Seins. Die Frau um die Fünfzig wirkte jünger - wie die meisten Frauen um die Fünfzig - und schaute mich entgeistert an.

Bevor sie mir ihr „Wohl keine Augen im Kopf, junger Mann" an den Kopf schleudern konnte, überschüttete ich sie mit einer Entschuldigungskaskade. Eine Entschuldigung jagte die andere, eine Zerknirschung knirschte nach der anderen. Als ich kurz nach Luft schnappte, blubberte sie entnervt: "Mann oh Mann, auf der Straße dürfte Ihnen das aber nicht passieren." Ihr ostentatives Kopfschütteln demütigte mich genug. Das mit der Straße müsste ich aber mal ausprobieren. Denn wer sagte denn, dass die physikalischen Gesetze eins zu eins verewigt wurden. Ich müsste mal Herrn Doktor Einstein kontaktieren. Hähähä….

Die Frau tat mir ein bisschen leid. Bestimmt hockte zuhause ihr Alter, Pantoffeln an den Füßen, die Bierflasche neben sich, während sie einkaufte. So stellte ich mir zwar nicht die Hölle, aber doch das Fegefeuer vor. Damit könnte sie etliche Sünden abbüßen... So eine Frau bräuchte ich jetzt auch. Moderne Beziehungskiste? Mein Hirn lacht hohl! Im Supermarkt bilden sich andere Weibsbilder... entschuldige, Lucy: Weltbilder. Die Frau an den Herd und den Einkaufswagen, - der Mann... also noch zu den Beilagen aus der Kühltruhe... Dort konnte ich meinen Chauvi einfrieren.

Kühltruhe: im vortodlichen Leben galt sie als praktisch, aber unökologisch... dieses Kriterium durfte ein Mann auf meinem ethischen Niveau nicht unterschlagen. Während ein Supermarkt im Winter geheizt wurde, stand die Kühltruhe generell einfach offen. Absurd! Außerdem: Wurden die obersten Produkte nicht doch zu warm aufbewahrt? Ich kramte nach einer Schachtel tiefer unten. Wurde die nun wiederum immer rechtzeitig erneuert? Alte Heringe, denen das Lächeln auf den Lippen gefroren war... Doch die Mikrowelle ersparte mir eine Ehefrau. Diese ökonomische Komponente durfte ich nicht unterschätzen. Der klassische Konflikt zwischen Ökonomie und Ökologie: kalte Kost oder heiße Liebe... Eigentlich suchte ich nur ein bisschen was für Lucy und mich. Es nervte ganz schön, rein intellektuell noch immer nicht ganz gestorben zu sein. Ich raisonierte wie ein Lebender.

Zahlen! Wie erwartet: vor den zwei besetzten der sieben Kassen wanden sich zwei Schlangen - wie im echten Leben: Der Supermarkt als Terrarium! Der Kunde im Kassenkampf! Verdammt, meine Schlange bewegte sich einfach nicht, nicht mal hier im Jenseits. Schlangentod an der Kasse! Bestimmt hat die Kundin da vorne gerade ihre PIN vergessen und kramt in ihrem Handtäschchen! Wie ein hypnotisiertes Einkaufskaninchen stierte ich auf die andere Schlange. Natürlich bewegte sie sich schneller! Wie auf der Autobahn im Stau... Welcher Sadist verewigte diese vertraute und verhasste Szenerie?! Mein Teil der Höllenstrafen?

Stau! Natürlich erwerben Herr Aldi, Frau Norma und Familie Lidl ihre Waren auf eine bequemere Weise. <u>Sie</u> können das Phänomen "Kassenschlange" ignorieren. Hier müsste die Bundesregierung eingreifen, mit einer Schlangenreform! Einkaufskassen contra Krankenkassen, Rentenkassen und besonders Steuerkasse! Nein, Für Tote, für mich und meine Situation spielte die Bundesregierung keine Rolle mehr. Sämtliche Feindbilder perdu! Wie frustrierend! Ich kam mir wie ein AfD-Anhänger vor, dem man die Feindbilder geklaut hat! Umgeben von Nirvana… O, wie wohltuend wäre jetzt Herr Aldi in einer stockenden Schlange. Und wenn er zudem noch pinkeln müsste! Trippelnd in dieser grienenden Schlange…

Endlich! Die plakativ blondierte Kundin hatte ihre vier Zahlen gefunden, eingegeben und durfte weiterschweben – ich tippte auf einen überdimensionierten schwarzen Rover mit Danny und Kenny on board, wo sie nur mit ihrem Teleskop über das Lenkrad schauen konnte; aber da sie eh nie rückwärts einparkte, war das lediglich ein PAL, ein Problem anderer Leute, die schockierte, dass ein fahrerloses Gefährt sie überholte.

Mist! Engpass verpennt! Der Fallenklassiker: Du schiebst erwartungslos deinen Wagen vor dir her; plötzlich bist du eingekeilt zwischen dem Förderband links und Metallstangen rechts. Du kommst nicht mehr an deinem Wagen vorbei. Wie bringst du deine Waren nun auf das Band? Das fordert den Akrobat in dir heraus. Artisten aller Welt, schaut her! Mit einem Klimmzug und zwei Rollen vorwärts überwand ich das Hindernis! Tja! Männer! Wir kaufen eben strategisch ein. So gewannen wir früher die Kriege! Wir Helden von heute zeigen uns an der Kasse im Supermarkt.

„Hab ich eigentlich die Paprikachips im Wagen?" Ein hektischer Blick in meinen Wagen erleichterte mich. Neben den überflüssigen Spaghetti lagerten Chips und Rotwein. Der Abend war gerettet. Lucy hatte keine Figurprobleme und könnte mit mir dem kalorösen Frevel frönen.

8 Traumfamilie

Mit Chips und Rotwein zog ich frohgemut zum Frauentorgraben – nein, nicht wie Ortskenner unterstellen, ins Rotlichtviertel an der wuchtigen Stadtmauer, sondern zu den einfallslosen Gebäuden jenseits des Rings. Unser Kuscheleckchen befand sich im Sheraton-Hotel, oder, wie meine süße Begleiterin lächelnd flötete: Cher-Aton, lieber Sonnengott. Lucy trat cooler in Action als ich. Mir liegt dieses Bonzenambiente nicht, mir reichen schon die fetten Manager-Assi-Autos, um eine andere Straße zu wählen. Lucy begegnete der Welt mit anderen Wertmaßstäben. Da das letzte Hemd ohnedies keine Taschen hat, spielte der Preis keine Rolle. Unsere Unterkunft sollte zentral liegen. Um Lucys Willen schob ich mich stoisch an den verfetteten Peniskompensaten, die in Schlange parkten vorbei. Im Aufzug war ich allein.

Vom Zimmerfenster bewunderten wir die Buntsandsteinmauer jenseits der verstauten Straße. Ein imponierendes Zeugnis früherer Generationen! Über die Altstadt herrschte das Gewimmel der Kirchtürme, welche ihrerseits von der dominierenden Burg überragt wurden. Auf der Burg quartieren? Ein reizvoller Gedanke.

Lucy warf sich lasziv auf das französische Bett und schlürfte den bereitgestellten Orangensaft mit einem Strohhalm.

Ich wendete dem Leben am Innenstadtring den Rücken zu: „Schätzchen, ich würde dich so gerne mal im Kreise deiner Familie erleben. Lass uns in deine Zeit reisen!"

Lucy lachte… „Aber Liebling, was glaubst du denn? Du befindest im Leben nach dem Tod. Es geht einfach oder auch kompliziert oder auch anders weiter, aber es geht nicht zurück. Bleib realistisch. Du kannst auch nicht in die Zukunft reisen, wenn du davon träumst! Meine Güte! Wie viel hätte ich mir erspart, wenn ich nicht all diese nervigen Zeiten hätte miterleben müssen… Statt immer wieder öde Jahrtausende zu ertragen einfach der Millennium-Jump!" Sie grinste mit ihren breiten gespitzten Lippen genüsslich über den eigenen Witz.

Bei all den wunderbaren neuen Erlebnissen enttäuschten mich solche Grenzen. Ich war eindeutig nicht in der Welt vom Sams mit seinen Wunschpunkten gelandet: „Och, ich dachte, als Toter wäre man von Raum und Zeit unabhängig…"

„Nein, wer das Zeitliche segnet, ist lediglich jenseits der Todeslinie. Aber ansonsten…"

„Was macht denn dann jemand, der mit 104 Jahren stirbt. Bleibt der ewig ein alter Mensch?"

Lucy grinste: „Sonderregel! Von Gott persönlich! Ein fitter Typ auf seine Art. Mit der Zeit der Ewigkeit wirst du allmählich zu dem Menschen, der der Erde am nächsten war. Ich bin ein ungünstiges Beispiel. In meiner erdnähsten Phase verunglückte ich tödlich. Meine Neugierde, mein Wissensdurst und meine Abenteuerlust trieben mich immer wieder auf Entdeckungstour. Eine Tour endete zwar tödlich, aber wie du siehst…"

Ich variierte für sie ein Zitat: „Das war dein Lebensende, aber zugleich der Anfang…" Diese Abwandlung würde mir der Autor nachsehen, Dietrich Bonhoeffer, der Powerpfarrer, den die Nazis erhängten und der mit der Auferstehung rechnete.

„Ende… Anfang… Ja, ich hätte nie so viel über diesen Planeten gelernt, wenn ich nicht noch diese drei Millionen Jahre hätte anhängen können."

„Es wird also nix mit unserem Urlaub im Neanderthal…"

Lucy schwankte zwischen einem strengen oder belustigten Blick: „Du solltest immerhin soweit über mich in Kenntnis gesetzt sein, dass du mich nicht auf germanischer Scholle ansiedelst."

„Nee, ich weiß schon, afrikanische Steppe. Fände ich auch reizvoll – eine Steppentour nicht als Touri, sondern mit Familienanschluss."

„Weißt du überhaupt, wie ich heiße?"

Damit erwischte sie mich kalt. Selbst ein Banausen wie ich hielt ‚Lucy' nicht für einen afarensischen Namen. Ich musterte ihre Stirn, die Augen, die Nase und den Mund: „Nein, ich kann es nicht an dir ablesen. Ich dächte an Namen wie ‚Morgenstern', ‚Tautropfen' oder

‚Rosenblättchen', aber nur in meiner Sprache."

Lucy schaute fast gerührt: „Ach! Lieb, welche Kosenamen du für mich ausdenkst... Dinknesh nannten mich die Meinen. Das klingt auch schmeichelhaft: 'Du Wunderbare!'"

„Gut getroffen!" bestimmt leuchteten meine Augen.

Sie lächelte. „Aber Schatz, schau mal..." Wenn sie mich Schatz nannte, zerfloss ich! Mein Herz schlug schneller und fast hätte ich ihr nicht mehr zugehört, so nahe schlug dieses Herz zu ihr hin. Sie schien es nicht zu bemerken. „Wenn nun meine Familie so wie deine wäre. Fändest du das echt interessant?"

Aus ihren großen, fragenden Augen sprach der Schalk. Diese Idee war mir nicht gekommen. Vermutlich waren die Familien früher genauso langweilig oder nervig wie die, in der ich groß geworden war. Spießig. Gartenzwerge vor der Höhle? Flachbildschirm vorm Lagerfeuer?

Bei diesem Vorstoß nach Familienanschluss beließ ich es erst einmal. Lucy orderte einen Wein aus dem Kühlschrank... einen Franken. Stumm ließ ich meinen roten Italiener noch ein bisschen ruhen. Wir fläzten uns aufs Bett, schauten uninspiriert fern, genossen den kühlen Volkacher Kirchberg, knabberten ein paar Chips und begannen zu dösen…

Gevatter Morpheus packte mich. Todmüde sank mein Kopf in das Kissen. Todmüde? Solche Worte in meiner Situation… freilich hätte ich Lucy gerne im Kreise ihrer Familie erlebt. Die Steinzeit stellte ich mir keineswegs langweilig vor, eher wie ein Survivaltraining für Manager. Lucys Mutter war echt nett. Natürlich war sie überrascht, als ich auftauchte.

Quasi aus dem Nichts schaute ich aus den langen Steppengräsern übers Land. Lucys Mama auch. Sie muss mich für einen Riesen gehalten haben, denn das Gras, das ihr bis zum Hals reichte, berührte grade mal meinen Bauchnabel.

Apropos Nabel: Natürlich hielt ich mich an die Kleiderordnung. Konkret bedeutete dies in den afrikanischen Gefilden: keine Textilien und auch sonst nichts außer Körperbehaarung – anders als in meinem Jahrtausend. Da wäre ein Staatsbesuch FK-Kultur… Zwar schien alles sehr locker, aber ein bisschen genierte ich mich schon. Erleichtert registrierte ich, dass die Gräser immerhin meine Scham bedeckten. Frei einsehbar war mein haarfreier Oberkörper. Hoffentlich unterstellten mir die Steppenbewohner nicht eine ansteckende Krankheit. Im zentralafrikanischen Slang titulierte man Weiße als abgekratzte Schweine, Schweine, denen man die dunklen Haare nach dem Schlachten abrasierte.

Lucys Mama schaute zwar irritiert, aber meine Körpergröße war nicht der eigentliche Grund dafür, denn schon am nächsten Tag kam der Onkel vorbei, der, frei geschätzt, gute zwei Meter maß, die auch mich beeindruckten. Aber noch war er nicht da, sondern lediglich die feingliedrige Mama, die neugierig zu mir schaute. Schüchtern winkte ich. Sie lächelte fast so süß und breit wie Lucy und winkte zurück. Das hieß wohl willkommen. Zielstrebig bahnte ich mir den Weg durchs Gras.

Apropos Gras: Ob es hier wohl was zu Rauchen gab? Oder beschränkte sich die Genusswelt auf gärende Beeren… Hier gediehen Kaffeebohnen. Konnte man sie kauen…? Ich kannte sie nur im gerösteten und gemahlenen Zustand. Vielleicht verfügte man hier über Alternativen? Ich musste Mama mal nach ihrem Rezept fragen.

Mama Lucy winkte mir, ihr zu folgen. Sie sah mir meinen Durst an und führte mich zu einer Wasserstelle. Leckeres, klares Wasser schlürfte sie aus der hohlen Hand, auffordernd. Ich machte es nach – genüsslich. Bald schnatterte sie – zumindest klang ihre Sprache so – und leitete mich weiter, zu einem Hang, an dem eine dunkle Stelle ins Innere führte. War ich hier wirklich bei Höhlenmenschen?

„Dinknesh!" kreischte Mama - ihr nettes Töchterlein erschien in der Sonne. „Ich habe einen Gast mitgebracht." Als Gast performte ich und als Dinknesh die süße kleine Lucy.

Lucy schaute mich überrascht an, verschwand wieder im Dunkel und kehrte mit einem Gegenstand zurück, den sie mir lächelnd reichte.

Ein frühmenschliches Willkommensritual? Vermutlich. Denn das Ding entpuppte sich als ein gebratenes, kaltes Stück Fleisch. Ihre Augensprache war so nachdrücklich, dass ich es annahm und vorsichtig herzhaft hineinbiss. Hm, lecker! Das zugrunde liegende (zugrunde gegangene) Tier konnte ich zwar nicht identifizieren, aber... Natürlich platzierten sich in meiner Phantasie sofort Höhlenbären oder Mammuts, also Speiseplanvarianten, zu denen mir bisher der Zugang fehlte und die mich abenteuermäßig an die Seite Old Shatterhands hievten. Lucy gefiel mein Genuss. Sie winkte mir, ihr zu folgen.

Ins Dunkel? Vorsichtig schlich ich ihr nach. Mama brummte ermutigend. Wie schnell Dinknesh sich an die Dunkelheit gewöhnen konnte, wusste ich nicht, aber erst einmal sah ich so gut wie gar nichts, obwohl mir die strahlende Sonne der Urzeit voranging. Meinen mangelnden Durchblick hätte ich vermutlich behalten, wenn nicht Mama mit einem glühenden Stock in der Hand ihren Nachkommen nachgekommen wäre. Bei der tiefen Dunkelheit erstrahlte das Glühen fast schon taghell. Nein, das stimmt natürlich nicht, aber zur Orientierung taugte es. An den Wänden erschienen unsere Schatten und bemalten die Felsen.

Begegnete ich nun den berühmten Tierbildern? Die Felsen blieben bis auf die Schattenrisse nackt. Nicht einmal ein Kalender zierte die Wand. Ich vermisste Betten, aber einige Bodenstücke waren mit trockenen Gräsern belegt. Dies mochte zum Liegen oder Sitzen einladen... Doch Vorsicht vor offenem Feuer!

Stimmt! Mama passte gut auf, mit ihrem Stock nicht zu nahe an das entflammbare Material zu kommen. Plötzlich zuckte ich zurück: Vor mir loderte Feuer auf. Mama hatte offenbar etwas Gras berührt, das mitten im Raum lag. Lucy kreischte mit einem gemeinen meckernden Ton, belustigt durch mein Erschrecken. Mama lächelte zufrieden wie eine gute Gastgeberin. Das Feuer sank schnell wieder in sich zusammen und im Schein der niedrigen Flammen erkannte ich am

Boden Steine, die einen kleinen Wall bildeten. Offenbar diente dies als Feuerstelle.

Mit Gesten bedeuteten Mama, dass ich mich setzen durfte. Vorsichtig ließ ich mich im Schneidersitz auf dem Heu nieder.

Polstermöbel sind etwas anderes, aber im Kontrast zum festen Erdboden saß ich nun angenehmer. Mama und Lucy gesellten sich dazu wie zu einem Kaffeekränzchen.

Apropos Kaffee! Gab es etwas zu trinken? Tatsächlich! Mit Geschirr konnte ich in dieser Menschheitsepoche nun wirklich nicht rechnen, aber das hohle Aststück, das ich bekam, war am Boden geschlossen und enthielt tatsächlich Wasser.

Die nächste Erfahrung bereicherte meinen Horizont über die kulturelle Welt vor drei Millionen Jahren enorm. Man konnte ja noch nicht Metall verarbeiten. Kochen und Braten schienen damit ausgeschlossen – außer dem, was man an Stöcken rösten oder vielleicht in die Glut werfen konnte.

Das Feuer brannte auf etlichen flachen Steinen, unter dem Gras begannen Holzstücke zu glühen. Nun strich die Mama mit einem glatten Stock an einer Stelle die Glut beiseite und dann auch die meisten Asche. Als sie auf den Stein spuckte, zischte es heftig und Wasserperlen tanzten. Befriedigt über das Ergebnis griff sie in einen „Topf" (ausgehöhlten Stamm) und holte einige Beeren heraus. Die streute sie sehr sorgsam auf den Stein. Es brutzelte; bald färbten sich die Beeren leicht braun und es duftete in der Höhle. Lecker! Irgendwie glaubte ich, den Duft zu kennen. Mama rollte mit dem Stock die gerösteten Beeren hin und her, damit sie nicht anbrannten. Als sie ziemlich dunkel waren, ergriff sie ein großes und breites Blatt, das auf einem Stapel lag und strich die Beeren darauf. Mit beiden Händen führte sie das Blatt zum Mund und blies, um die Beeren abzukühlen. Sie betastete vorsichtig ein Exemplar und nahm es dann, vom Ergebnis offenbar überzeugt, zwischen Daumen und Zeigefinger.

Mit hochgezogenen Augenbrauen und vorgeschobenen Lippen steckte sie sich die Beere in den Mund. Langsam und genüsslich kauend entspannte sich ihr Blick. Sie presste die Lippen aufeinander und die Augen strahlen: Experiment gelungen. Dann hielt sie mir das Blatt hin.

Ebenso vorsichtig langte ich zu. Die Beere roch ein bisschen verbrannt und fühlte sich hart an, … Jetzt wusste ich, an was der Duft mich erinnerte. Ich dachte an Lucys Geschichte: Kauten wir Kaffee? Die (zuvor ja nicht getrocknete) Bohne schmeckte etwas bitter, aber das Aroma regte mich an. Anerkennend hob ich den Daumen hoch, nicht wissend, ob diese Gebärde bekannt war. Einen Facebookacount setzte ich nicht voraus, aber das Daumenhochhalten schienen die beiden befriedigt zu dechiffrieren und prosteten mir zu.

Das Kaffeekränzchen nahm seinen Lauf. Die Beeren erfüllten ihren Zweck und dazwischen erfrischte uns ein Schluck Wasser.

Dinknesh lächelte mir zu.

Dem Kaffeetrinken folgte eine Entspannungsphase. Wir kehrten zum Höhleneingang zurück, setzten uns ins Dunkle und beobachteten die Welt da draußen. Ich fühlte mich wie beim Frühstücksfernsehen. Ohne Höhepunkte, aber mit krasser Bildschirmdiagonale. Ab und zu kamen Laute der genießenden Ruhe oder auch Fingerzeige, wo etwas passierte, beispielsweise aus der spannenden Vorabendserie: Unsere Vögel fliegen über den Himmel. Oder: Bäume bewegen sich im Wind und Wolken ziehen darüber. Fast schon meditativ…

Da änderte sich alles. Ich spürte meine Augenlider. Sie schienen sich zu öffnen. Was geschah jetzt?

Welche Ernüchterung: Die steinzeitliche Höhle in Afrika verwandelte sich in ein langweiliges Hotelzimmer. Ich schaute mich um. Neben mir lag dieses aufregende Wesen, von dem ich gerade noch geträumt hatte. Dinknesh! Sie lag da und schlummerte. Mein Herz schlug schneller.

Freilich hatte mich der Traum über etwas hinweggelogen: Ich erschien bei Dinkneshs Mama wie ein Hollywoodstar. Aber im Wachzustand war ich mir meines Aussehens bewusst. Immer wieder ärgerte ich mich über die Verformungen meines Körpers seit meiner Jugend, aber Ärger hilft in solchen Fällen gar nicht.

Hilft vielleicht Sterben? Schenkte mir der Tod nun die Idealfigur meiner Jugend wieder? Tot, aber juvenil? Das wäre super!

Neben dem einfallslosen Hotelschrank hing ein hoher Spiegel. Aufgehängt mehr für das unsichere Weib als den verunsicherten Lover, aber der Spiegel konnte kaum protestieren: „Du bist nur ein Mann, dich spiegle ich nicht." Also jumpte ich in die Senkrechte und murmelte: „Spieglein, Spieglein an der Wand, wer ist der bestaussehendste Mann im ganzen Land?!!!" Wirklich mit drei Ausrufezeichen. In breitbeiniger Positur drückte ich die Schultern nach hinten, das hilft zu einer maskulinen Figur.

Der Frust folgte auf dem Fuß: Ich sah das Zimmer. Das Zimmer. Mehr nicht. Das lag nicht an meiner Grazilität: Ich spiegelte mich nicht! Ich blickte zur Seite: Dinknesh auch nicht.

Was für eine Enttäuschung: Du kannst dich nicht spiegeln. Das hört mit dem Tod auf. Nicht, dass ich mich nicht sehen konnte. An mir herunter ging das durchaus. Nur in die Augen sehen konnte ich mir nicht und auch nicht von hinten. In meiner Jugend schmiss ich einen LSD-Trip ein und mein kundiger Begleiter – so jemand braucht man auf jugendlichen Pfaden immer – warnte mich eindringlich davor, mir im Spiegel in die Augen zu schauen. Ich weiß nicht, was dann passiert wäre, denn die Angst war ein kräftiger Ratgeber!

Allerdings glaubte ich hier im Hotelzimmer - unbekleidet und daher relativ objektiv anzusehen - beim Blick nach unten nicht mehr so viel hinderliche Bauchwölbung zu bemerken wie vor meinem Crash. Vielleicht betrog ich mich selbst. Weshalb sollten Tote ehrlich mit sich sein, wenn es darum ging, sich zu gefallen?

Unser nächstes Date feierten wir in einer Pension bei der Feuerwehr. Das Zimmerchen verbreitete den Charme der frühen 60er Jahre und Lucy ging voll aus sich heraus.

Sie ließ mich den Sekt aufmachen und dann tobte sie ihre Vitalität voll aus, mit der Power von 3 Millionen Jahren.

Dieses Bild ist natürlich ein Fake. Es kommt bei weitem nicht an Lucys Lebenslust heran – in diesem spießigen Kontext...

9 Franz auf der Walz

Um meine körperliche Verfassung zu konstituieren ließ mir Lucy am nächsten frühen Abend die Freiheit, ein bisschen bummeln zu gehen. Ich hatte den Verdacht, dass sie es mehr sich selbst zuliebe vorschlug. Bummeln und Schaufenster betrachten liegt mir nun mal gar nicht. Als ich lustlos über die Pflasterflächen schlurfte – den Stadtbaumeister Anderle titulierten die Nürnberger seinerzeit ironisch als „Herrn Pflasterle"... überfiel mich schlagartig die Lust, meine Stammkneipe zu inspizieren. Ich steuerte also zum vitalsten Stadtteil der Metropole, Goho.

Wie immer: Du kommst rein und... nichts deutet auf „angesagt". Die Möblierung wirkte eher zufällig rustikal, mit gescheuerten Holztischen und dieser teilweisen, dunklen Holzlattenverkleidung, die bereits Jahrzehnte überlebte – und nun auch mich. Hinten prangte ein herrliches Bild der Massenkundgebung für „We want beer!". Eine Schiefertafel mit der übersichtlichen Speisekarte dekorierte den Holzbalken in der Mitte des Raumes.

Erwartungsgemäß hockte in der Ecke das geistliche Triumvirat. Peters sonore Stimme kommentierte weitläufig wie kompetent Weltpolitik. Waldemar lachte gemütlich dazwischen, doch vor seiner Geschichte prallten noch die Gläser aufeinander. Ein Schwarzbier, ein Rotes und dann ein goldenes Helles. So gefielen mir unsere Landesfarben!

(Recherchiert:) Schwarz-rot-gold: drei Biere

„Da fragt mich der Koch: ‚Kannste mir sag'n, wo's noch Federweisen gibt?' Der kannte mich nicht! Also sag ich: ‚Bei mir. Gleich hier ums Eck! Wieviel brauchste denn?' Und der?" Kunstpause. „Zwei Liter!" Waldemar rechnete mit Gelächter, aber Peter und Volker warteten, was noch käme. „Zwei Liter! Wenn der gesagt hätte: ‚200', dann hätte ich gelacht und gesagt: Kein Problem! Bis wann? Aber zwei Liter! Das war doch ein Witz!"

„Und? War es ein Witz?"

Waldemar grinste: „Nee, eben nicht! Der gute Mann wollte einen Zwiebelkuchen backen, für sich und seinen Freund…"

Sein weltgewandter Partner lachte breit: „…und dazu brauchte er eben grad mal zwei Literchen Saußer!"

Die drei hoben ihre Gläser, schauten hoch zu Karl, dem heiligen Marx, der auch ein Bierglas präsentierte: „Auf dein Wohl, Alter!"
Na, hier war wohl noch alles in Ordnung.

(Recherchiert:) und Gäste um den Tisch

Ich ging ein Stück zurück, vorbei an bedrucktem Blech aus der letzten Jahrhundertmitte, das den gemütlichen Biergenießer auf das angesagte Waschmittel der 60er Jahre genauso hinwies wie auf die Vorzüge einer Vespa, die in der Wespentaille ihrer Präsenatorin (Bikini!) zu liegen schienen; der inzwischen angegraute Witz jener Jahre erkannte zudem an ihr zwei überzeugende Argumente. Das Alter dieses Scherzes erhöhte seine sexistische Komponente zum Zeitzeugnis.

Wem mein Gesicht hier vertraut war, sah mich nicht. Ungeniert, weil unbeobachtet beobachtete ich die Szenerie. Verdammt, Voyeur zu spielen, machte es mir verdammten Spaß, höhö.

Einige Gäste wirkten deplatziert. Bei uns in GoHo gilt keine Etikette. Jeder darf seinen eigenen Stil zur Schau stellen. Das ist quasi die einzige unumstößliche Regel. Aber einige erschienen anders als nur anders. Widerwillig gestand ich mir ein, dass ich nicht der einzige

Ewige war und damit meinerseits keineswegs unbeobachtet, schon gar nicht auf meinem Platz.

Mir gegenüber hockte ein Mann mit verschmitztem Blick, einem Oberlippenbärtchen Marke „Heute trägt man so was nicht mehr, weil es an dunkle Zeiten erinnert". Sein korrekt gescheiteltes Haar präsentierte ein ähnliches Assoziationsspektrum und seine Hosenträger katapultierten ihn elastisch-elegant ganz eindeutig in die Mitte des letzten Jahrhunderts. Kein Zweifel, selbst multikultimäßig träfe ich diesen Typen unter den Lebenden dieses Stadtteils nicht an. Auf Anhieb erkannte ich sein Potenzial als Gesprächspartner.

An verewigten Kellnern mangelte es auch nicht, obwohl dieses gastronomische Juwel bestimmt noch keine zehn Jahre existierte. In meiner Kneipe fühlte sich jetzt alles zeitlos alt an.

Ich hob mein Seidla und prostete dem Zechkumpanen zu: „So jung komma nimma zsamm!" Wer mich kennt, kennt meine Variatonsarmut an Trinksprüchen, doch er lachte zustimmend und stieß mit mir an: „Meine Lieblingskneipe, das Schanzenbräu mit seinem eigenen Bier. Die trieben es sogar soweit, dass der Sohn des Kellermeisters am Tag des Heiligen Georg geboren wurde. Der heilige Georg ist der Schutzheilige des Bieres." Die Fachkenntnis meines Kumpans entlarvte ihn als Katholiken.

„Hopfen und Malz, Gott erhalt's!" kommentierte ich pseudoreligiös. War ich schon so blau, dass mir nichts Intelligenteres mehr einfiel? Ich hatte ja Null Erfahrung mit der Wirkung von Stimulantien, sei es Kaffee oder Alkohol auf meinesgleichen. Wer weiß, vielleicht käme mal ein Joint dazu…

„Naja, du weißt schon," erläuterte mein neuer Freund, „Tag des Bieres und Tag des Buches, der 23. April. Shakespeares Geburtstag und witziger Weise auch sein Todestag, und Cervantes mit seinem Don Quichote…"

Nicht nur Katholik, auch noch Universalgelehrter… Auf wen hatte ich mich da eingelassen? Ich unterbrach seine historischen Studien: „Prost! Ich bin der Benny!"

„Ich bin der Franz, denn ich kann's!" Oje, bei diesem Niveau standen uns harte Zeiten miteinander bevor. Jetzt fehlte als Thema nur noch „der Club" – das führte in Abgründe.

Doch nach dem holprigen Auftakt erzählten wir uns unsere Lebensgeschichten. Ich schwelgte in meinem aufregenden Dahinscheiden, was von ihm gebührend gewürdigt wurde. Wir verhielten uns wie Patienten, die in der Arztpraxis im Wartezimmer ihre Krankengeschichten versteigern. So schmuggelte Franz, die Kanaille seine eigene Story ein. Lebhaft schilderte er seine jungen Jahre in der Kriegs- und Nachkriegszeit - mit häufigem Augenzwinkern:

„Versetz dich ins Jahr 1894. Du blickst vom plätschernden Brunnen auf dem Marktplatz eines kleinen Städtchens in Oberösterreich hinauf zum Kirchturm. Das Katharinenmünster in Freistadt! Unter dem Glockenstuhl entdeckst du kleine Balkone, pro Seite einen. In der Türmerstube hinter den Balkonen hauste Franz, mein Vater, mit seiner Frau Theresa. Sie hatte gerade entbunden. Mich natürlich. Wie üblich fiel meinem Vater nichts Kreativeres ein, als mir seinen Namen reinzudrücken – naja, in den USA wiederholte dies Präsident George Bush und ebnete damit den Weg seines Sohnes zum Präsidenten. Einen eigenen Vornamen leistete man sich für George jun. nicht und speiste ihn mit einem W: DobbleYou ab – quasi ein Klon. Naja, bei meinem Vater und mir reichte es nicht zum Präsidenten. Zur höchsten Persönlichkeit im Ort machte ihn seine Behausung: im Kirchturm, hoch über den anderen.

Er vererbte mir also seinen Namen. Wenn er dadurch am sozialen Aufstieg nach dem Motto ‚mein Kind soll es einmal besser haben' teilhaben wollte, so gelang ihm das. Zunächst schlummerte ich auf alle Fälle in einer hölzernen Wiege neben dem südlichen, dem ‚warmen' Balkon.

An diesem kalten Januarmorgen entzündete mein Vater im Kamin unserer Turmstube fürsorglich ein Feuer. An meine verstreichende Lebenszeit erinnerte mich jede viertel Stunde der Glockenschlag ein

Stockwerk höher. Schlag verklingt, Zeit verrinnt… auch wenn ich noch nicht zählen konnte."

Recherchiert: der Turm heute

Ich lachte. Sein scharmanter Humor landete bei mir. Er brachte keine Brüller, mich amüsierte seine sensible Ironie.

„Du warst bestimmt ein hochintelligentes Kind."

Franz schmunzelte: „Naja, da gab es pränatale Erfahrungen. Schon in der Schwangerschaft lauschte ich nicht nur der heimeligen Glockenmusik, sondern auch der Orgel beim Gottesdienst drei Stockwerke unter mir. Musik hörte man sonst nur bei der Kirchweih."

Meine stressfreie Kindheit hätte ich mit ihm nicht tauschen mögen, trotz seiner amüsanten Erzählweise: „Dieser Rhythmus durch die Glocken begleitete mich auch in der Kindheit und Jugend, wenn ich zum Spielen mit meinen Freunden immer erst den Kirchturm hinunterlaufen musste …"

„Armer Kerl… Dabei warst du doch hochangesehen, wenn du vom Balkon aus hinuntergrüßen konntest!"

„Witzig!" Seine Zähne blinkten regelmäßig: „Aber pass auf, ich will dir alles erzählen… Also: Schuljahre: Sechs. Sex? Keinen. Bei uns ging's ziemlich prüde zu – in der Praxis. Untereinander tauschten wir verschwörerisch freche Witze aus. Immerhin verfügte ich nach sechs Schuljahren über ein Berufsziel: Büchsenmacher. Klar, zu einem abenteuerlustigen Burschen wie mir passten Schusswaffen wie die Kugel ins Schwarze! Vielleicht sogar als Büchsenmacher nach Amerika auswandern?"

„Puhhh!" Ich schielte ihn offensiv an: „Wenn bei den Amis irgendwas die Birne vernebelt, dann ihre Besessenheit von Schusswaffen. Bei Schusswaffen haben sie wohl einen Vollschuss. Das ändern nicht mal Menschenopfer."

Franz lächelte ernst: „Klar. Bei mir wurde eh nix draus: die Väter anderer Jungs hatten bessere Beziehungen."

„Welche Lehre hast du daraus gezogen?"

Er nahm gemütlich einen guten Schluck Kellerbier, lachte und ließ seinen Hosenträger schnalzen: „Schaff dir Beziehungen. Wenn du kein Geld hast, musst du schmeicheln."

„Und was hast du gelernt?"

Sein Out-fit verriet nichts, außer, dass er kein Sandler geworden war, kein Clochard, kein Penner. Er schüttete etwas Schankbier nach: „Sandler wollte ich nicht werden, also wurde ich Sattler."

„Sattler? So richtig für Pferde und so?"

„Naja, damals gehörten Zugtiere zum A und O. Nahe bei Freistadt fuhr die Bahn, die Linz und Prag verband."

„Bahn? Sattler?"

Franz grinste: „Das war eine Pferdebahn… Nein, zu meiner Zeit nicht mehr, Zaumzeug und dergleichen brauchte man in der Landwirtschaft und bei den Brauern, die bei uns auch vollbeschäftigt waren. Aber die Maschinenwelt benötigte Sattler durchaus. Präzise Treibriemen…"

Was erklärten mir meine vernachlässigten Physikkenntnisse?
Franz wischte es weg: „Vergiss es. Unsereins hatte wenige Chancen. Aber wollte nicht enden wie mein Vater. Türmer auf der Kirche… Davon echter Broterwerb… Familie? Als Frau bekam er grade mal eine Witwe mit einem Kind ab. Ich ahnte nicht, dass mein Vater verhungern würde – an ‚Unterernährung' stürbe."

„Ganz schön brutal…!"

„Ja, aber ich erlebte auch Spannendes und Schönes. Sättel und Zaumzeug gehörten zu unserem täglichen Leben. Doch als siebzehnjähriger Geselle wollte ich mehr vom Leben! Ich packte den Wanderstab, denn nicht nur des Müllers Lust ist das Wandern, auch ein Sattler will die Welt kennenlernen."

„Du bist abgehaut?"

Franz zog ernsthaft die Augenbrauen hoch: „Adieu Tristesse: Mein Vater vegetierte noch unter dem Existenzminimum, nach heutigen Maßstäben. Meine Mutter – ich liebte sie über alles - erhielt den Haushalt durch Waschen und Putzen in fremden Häusern. Das Heer der Armen musste ich nicht noch bereichern…"

„War es anderswo anders?" Fraglich! Selbst wenn Wien und Berlin etwas boten, oder auch München und Nürnberg: in den ländlichen Gebieten herrschte bittere Armut und Perspektivlosigkeit.

Franz grinste mit blitzenden Augen: „Es gab nur ein Ziel! Es gab ein gelobtes Land! Dieses reale Land, in dem alles möglich war. Das Land der unbegrenzten Möglichkeiten. Das war kein Märchen! Dorthin gingen die Leute, die ihr Glück machen wollten. Noch keiner war zurückgekommen! Alle hatten es dort geschafft! Es zog mich nach Amerika. Als Sattler auf Schusters Rappen durch die deutschen Lande bis Hamburg und dann über den Ozean in die goldene Zukunft."

„Auswandern?"

So viel Abenteuergeist hätte ich dem Mann mit den gepflegten Händen nicht zugetraut. Aber in seiner Perspektivlosigkeit brauchte er eine handfeste Alternative, koste, was es wolle.

Franz gönnte sich noch einen kräftigen Schluck fränkischen Hopfentees: „Linz, die Weltstadt war mein erstes Ziel. Wels, Salzburg, Ischl... ich folgte keiner Luftlinie ins gelobte Land. Als Wanderbursche tingelte ich knallhart durchs deutsche Reich. München, Regensburg, Nürnberg..."

„Wovon hast du gelebt? Hänschen-Klein auf Weltreise ohne einen Heller..."

„Stimmt! Wenn ich an einem Ort knapp bei Kasse war, verdingte ich mich bei einem Sattler, bis ich was angespart hatte. In zwei Jahren schaffte ich es grade mal nach Unterfranken, nach Schweinfurt am Main. Dieses ehemalige Bürgerstädtchen war industriell explodiert."

„Schweinfurt! Hähähä!"

Mein unbeherrschter Heiterkeitsausbruch berührte mich peinlich. Was gab es über Namen dieser Stadt zu mokieren? Franz bedeutete sie etwas. Er ignorierte mein Lachen.

„An jede Sattlertür klopfte ich und fragte: ‚Habt Ihr Arbeit für mich?' Sattlertüren waren rar. Aus einer schaute Vater Federolf. ‚Wo kommst du denn her?' wollte er wissen. Meine Antwort machte ihn nicht schlauer. Wer kennt schon meine Heimatstadt... ‚Aus Freistadt, aus Österreich. Ich bin Sattler.' Sattler klang gut in seinen Ohren. ‚Wir haben fast Weihnachten. Mitten im Winter tauchst du hier auf?' Ich lachte: ‚Wer weiter kommen will in der Welt, darf sich durch das bisschen Wetter nicht abschrecken lassen.' Vater Federolf blickte kritisch: ‚Ein forscher Bursche! Ob er auch so fleißig ist?' ‚Ich und fleißig? Sonst wäre ich hinterm Ofen geblieben...' ‚'na, dann will ich's mal mit dir versuchen.'"

„Und?" Ich wartete auf eine Pointe.

„Pass auf: Wenn du keinen einzigen Pips sagst, erzähle ich dir die Geschichte ganz."

Ich gelobte Schweigen.

Franz posierte als Geschichtenerzähler: „Meine bewährte Lieblingsfrage ‚Was gibt's zu tun?' beeindruckte den Alten. ‚Unsere modernen Fabriken brauchen für ihre Maschinen präzise gearbeitete

Treibriemen. Leder ist unser Geschäft!' Also maß der junge Geselle ab, schnitt zu… zur Freude des Meisters.

Bis mich eines Tages etwas anderes packte: ‚Das Vaterland ruft!' rief ich dem Meister zu. ‚Ich muss kommen…'

‚Ich brauch dich aber hier,' entgegnete der Ältere.

‚Der Kaiser ruft! Da muss ich gehen…'

Dem Kaiser konnte mein Meister Federolf nichts entgegen setzen. Unwillig ließ er mich ziehen, natürlich nach Frankens Zentrum, nach Nürnberg. Aber die Holzköpfe wollten mich partout nicht rekrutieren, das gelang erst in Linz.

‚Wir werden der Welt zeigen, wer wir sind!' lautete mein Wahlspruch und meine Kameraden stimmten ein. Dafür robbten wir auch durch den Dreck, bis es hieß: ‚Jetzt wird's ernst!' Man spürte uns im grauen Rock die Begeisterung ab: ‚Wir ziehen nach Russland!'

Kaiser gegen Zar und ich bin dabei, das ist geil!, hieße es heute. Russland? Wie sang Heinrich Heine: ‚Der Kaiser, der Kaiser gefangen!'? Das kannte ich. Diesmal aber: Nicht mit mir!

Ja, die Helden blieben Helden, aber der Feind…

‚Der Kaiser hat abgedankt!' Die Nachricht erschütterte mich bis ins Bein. Ich diente dem Kaiser. Er konnte nicht desertieren!!! Ja, wir hatten uns immer mehr zurückziehen müssen; nach Italien abkommandiert verloren unsre Einheit Linie für Linie. Nun noch der Kaiser! Doch es half kein Jammern, den grauen Rock musste ich ebenso ablegen wie meinen Stolz.

Jetzt stellten sich mir fundamentale Fragen. Sollte ich wieder zurück in die Heimat, ins Mühlviertel, in die Armut? Nein, ich hatte etwas von der Welt gesehen, Beziehungen geknüpft: Meister Federolf hätte einen Platz für mich."

Franz nahm einen Schluck Rotbier aus seinem Seidla, ich nutzte die Sprechpause: „Und? Gelang das?"

Ich glaubte nicht mehr an das Gute im Menschen und auch nicht in diesen famosen Meister Federolf, aber Franz wirkte so entspannt, dass ich mir nur ein Happy-End vorstellen konnte.

„Es war super!" betonte Franz. „Der Meister nahm mich väterlich wieder auf: ‚Junge, schön, dass du wieder da bist!' Er schloss mich in seine Arme, was in der damaligen Zeit außergewöhnlich war. ‚Du hast mir treu geschrieben, aber in der letzten Zeit kam gar nichts mehr…'
Ich zuckte die Achseln: ‚'s war Krieg!'
‚Komm rein. Kost und Logis hast du, und wir werden sehen, was die Zeit des Friedens bringt.'

Heute weiß ich es: Der Friede brachte viele harte Zeiten, in denen Arbeit süß war, weil sie rar und deshalb wertvoll war. Sechs Tage hieß es, im Betrieb zu sein, aber Samstagabend, der gehörte der Freude. Gerne trank ich ein leichtes Bier mit meinen Kumpanen. Oder ich feierte beim Vogelschüss, unserem großen Schützenfest. Da schossen wir und tranken, sangen, tanzten. Das war das Meine. Krieg, Walz und Armut vergessen! Wenn ein Mädel schüchtern herumstand, sprang ich herzu, verbeugte mich artig und bat um den Tanz. Selten bekam ich einen Korb." Der Charmeur lächelte selbstzufrieden.

„Der Höhepunkt? Die Traumfrau?" Da bahnte sich was an, eine Spannung lag in der Geschichte.

Fränzchen bemühte sich um Plastizität: „‚Käthchen!' hörte ich eine ältere Frau rufen. Ein hübsches Ding hob den Kopf. ‚Ui, diese Augen!' Ich konnte meine Augen nicht mehr von dem jungen Mädel abwenden. Als sie ihren Dienst getan hatte, stand ich schon parat, sie zum Tanz zu bitten. Sie zierte sich nicht. Ja, wir harmonierten nicht nur wunderbar, sondern diese junge Frau trat beeindruckend selbstbewusst auf. Das konnte sie sich auch leisten, denn sie war ‚wunderschön; wie eine Prinzessin…'

Eine Prinzessin? Spät am Abend bot ich ihr das Geleit an. Sie nahm es an. Ich brachte sie also heim, aufs Schloss."

„Auf Schloss?" Jetzt hatte ich den Märchenerzähler ertappt. Bisher klang alles ganz schlüssig. Aber ein Schloss und ein Sattler passten einfach nicht zusammen. Denn dieser Sattler war garantiert kein verwunschener Prinz. Franz, der Frosch?

Mein Gegenüber nickte: „Doch, wirklich aufs Schloss. Oben über dem Main. Freilich residierte dort kein Kaiser, König oder Baron, sondern ein Herr Sachs."

Verschmitzt lächelnd nahm er einen frischen Kellerbierschluck

„Sachs? Der erfolgreichste Industrielle unserer Stadt - und außerdem… ich wohnte in einem Haus seines Partners Fichtel: Neue Gasse 57 – falls du sie mal suchst. Dreißig Jahre später freilich zerbombten es die Amis. Das ahnten wir 1919 noch nicht. Karl Fichtel begründete mit Ernst Sachs als Techniker die renommierte Firma Fichtel & Sachs, für die ich schon etliche Stücke gearbeitet hatte.

Beim Stichwort ‚Schloss' schaute ich Käthchen vermutlich auch so ungläubig an wie du mich, denn sie lachte mich fast aus: ‚Nein, ich bin nicht blaublütig! Ich mache hier die Aufwartung. Ich bin bei der Familie Sachs in Diensten.'

Jetzt passte alles wieder: Sie konnte gar nicht so schnell schauen, wie ich sie um die Taille schlang und einen dicken Kuss auf ihre vollen Lippen drückte. Sie zierte sich nicht."

„Das klingt ziemlich frech. Noch dazu in eurer prüden Zeit Anfang letzten Jahrhunderts…"

Franz schmunzelte: „Wir liebten Scherze und heirateten… …am ersten April. Ein Aprilscherz als Happy-End, und weil wir inzwischen gestorben sind, leben wir heute nicht mehr."

„Ich gratuliere! Ging's denn dann in der Ehe gut?"

Franz grinste, dass sein politisch unkorrekter Schnurrbart wackelte: „Ich musste schon sehr auf sie aufpassen. Denn als Stubenmädchen fuhr sie mit den Herrschaften Sachs in den Urlaub. Zum Glück ohne Schwerenöter Gunther."

„Der mit diesem französischen Sex-Symbol?"

„Genau, der mit BB, Brigitte Bardot. Ehrlich, wenn ich zwischen dieser angeblichen Sexbombe und meiner Käthe wählten müsste, nähme ich ohne Zögern Käthchen. Die sah nicht nur gut aus, sie strahlte auch Kraft aus, Witz, Humor und Lebenslust.

Aber ihre Urlaube mit den hohen Herrschaften! Da wärest du auch eifersüchtig geworden! Familie Sachs bewohnte eine eigene Villa als Ferienhaus mit ihrem vertrauten Schweinfurter Personal.

Käthchen und Co führten ihre Sechstagewoche fort, aber der Samstagabend gehörte ihnen. Da war Party angesagt! Man besuchte die oberbayerischen Tanzfeste. Von Käthchen bekam ich anzügliche Postkarten, dass sie wieder Tanzen war und gar nicht alle Angebote abtanzen konnte..."

Die Villa Sachs ca.1905

Franz lachte gemütlich: „Ich schrieb, dass ich mir nach ihrer Rückkehr genau anschauen würde, ob ihre Schuhe zertanzt wären! Und wenn ja!"

Ich biss mir auf die Unterlippe: „Was hast du ihr angedroht?"

Gewalt in der Familie ist ein altes Thema, da muss man sich nichts vormachen. Franz stieß unverblümt in dieses Horn: „Ich drohte ihr an, sie dann auf der Stelle zu strafen..."

„???"

Franz lachte: „Mit tausend Küssen! – So standen wir zueinander. Da konnten wir uns solche Sticheleien leisten."

Seine Geschichten berührten mich sympathisch. Wir genehmigten uns noch ein leckeres Bier – nicht ohne Hinweis des Lokalpatrioten auf den hervorragenden Gerstensaft sowohl in Freistadt wie auch Schweinfurt. Zum Abschied schenkte er mir noch eine kleine Geschichte:

„Weißt du, Benny, ich verehrte Turnvater Jahn derart, dass ich in seine Fußstapfen trat. Turnen, das war mein Leben – außerhalb der Firma – und ich unternahm ganz viel mit Kindern.

Außerdem strich ich ein bisschen die Geige. Eine Stradivari! Eigentlich für einen Mann meines Standes unerschwinglich. Leider entlarvte mein Enkel sie später als einen Nachbau. Aber ‚Stradivari' klingt schon gut!

Nun hör mal: Eines Tages – ich war inzwischen dreifacher Vater - betrat ich, mit meiner Geige bewaffnet, die Wohnung, um dort schwungvoll aufzuspielen. Doch in diesem Schwung stolperte ich über die Schwelle und begrub die Stradivari unter meinem Körper! Platt... nein!!! Kaum spürte ich mich stürzen, erwachte blitzschnell der Turner in mir und verwandelte die Bewegung in einen Salto aus dem Stand."

Er machte eine Pause. Der Salto beindruckte auch mich und er schloss: „Der Szenenapplaus war mir sicher! - Nun, mein Junge, kannst du gehen, aber behalte mich als Helden der kleinen Leute in Erinnerung und meine Käthe als eine Frau, der Brigitte Bardot das Wasser nicht reichen konnte!"

Ich bedankte mich für die facettenreiche Erzählung und verabschiedete mich. Mich in meiner Stammkneipe von früher wiederzusehen hatte eine relative hohe Wahrscheinlichkeit. Leider musste ich realisieren: Den Stammgästen, mit denen du dich jetzt austauschen kannst, bist du noch nie begegnet. Die Stammgäste, denen du gerne mal wieder auf die Schulter klopfen würdest, reagieren überhaupt nicht auf dich ...

Auf alle Fälle brauchte ich einen neuen Trinkspruch. Mein geliebtes: „Prost, alter Junge! So jung kommer nimma zsamm..." hatte sich irgendwie überlebt...

10 Lucy, Louvre und Mona Lisa....

Phantasie spielt ohne Grenzen. Das Leben nach dem Tod ist phantastisch. Zwar konnte ich nicht durch die Zeit springen oder mit Lebenden kommunizieren, aber Reisen in die Ferne fraßen keine Zeit. In mir keimte eine Idee.

Ich schaute Lucy herausfordernd an: „Weißt du, was mir Spaß machen würde...?" Bei dieser Frage halfen ihr selbst ihre reichlichen Erfahrungswerte nicht weiter. Sie blickte erwartungsvoll zurück, mit ihren großen, schattenlosen Augen.

„Eine Nacht im Museum!"

Lucy schielte und züngelte grinsend: „Huhu! ...wenn all die ausgestorbenen Tiere wieder zum Leben erwachen!"

Das klang schon spannend; diesmal real statt in 3-D mit kineastischen Effekthaschereien, aber: „Nein, nicht Naturkunde! Einfach entspannte Kunstbetrachtung ohne Massenrummel." Kunstpause. „Ich würde mir gerne mal die Mona Lisa aus der Nähe und in Ruhe anschauen."

Das Lächeln vereiste: „Mona Lisa? - Phhh!!!" Auf Lucys Stirn bildeten sich hochgebirgsartige Falten des Grolls. Sie schnaubte leicht angewidert durch ihre Nüstern. „Was ihr Männer nur mit Mona Lisa habt. Dieses Firnismonster rauft sich um den Spitzenplatz der Abgeschmacktheit mit Marilyn Monroe!"

Ich zog innerlich, wie bei einem Fehler ertappt, die Mundwinkel kräftig nach unten. Offenbar hatte ich ihre weibliche Seele verletzt... Wie korrigiert das ein Gentleman? Mit einem Blumenstrauß? „Schenke Blumen während des Lebens, auf Gräbern blühen sie vergebens..." klang mir ein trefflicher Satz im Ohr. Doch Blumen für eine Frau, die vor drei Millionen Jahren gestorben war? Sag doch einfach, um was es dir geht!

„Nein, Lucy! Ich meine das rein künstlerisch. (Lucy: „Phhh!") Nicht Mona Lisa als Playmate des Kunsttempels. Aber selbst ich erlebte zu meinen Lebzeiten..." eines verzögerten Grinsens konnte ich mich nicht erwehren „...den Louvre. Den Weg zur Mona Lisa findet jeder Banause... Die Ausschilderung für Idioten erreicht ihre Zielgruppe wunderbar... Und diese trampelnden Massen zerstören den ganzen Eindruck. Wenn zehn Highlight-Hoppers vor dir ihre Selfies machen, verblasst das Bild zum Nichts. Da operieren sozusagen emotionale Radiergummis."

„Sie fotografieren sich mit dem Rücken zum Bild?" Lucy schien fassungslos bis erschüttert. „Das ist ja... Leichenschändung, oder... Majestätsbeleidigung. Wenn das Pacifica wüsste... Na, wahrscheinlich weiß sie es ja. In ihrer Selbstverliebtheit wandert sie immer wieder in den Louvre, um sich zu bewundern – und die Bewunderung ihrer Betrachter zu genießen. Aber mit Selfies? Da fühlte ich mir verarscht! – In meinen Ausstellungen gab es keine solchen Exzesse...."

„Du meinst die Fachausstellungen für Anthropologie?"

Ihr Blick signalisierte verletzte Eitelkeit: „Du bist doch selbst reingegangen. Immerhin lockte ich dich vom Tresen weg, von deinem geliebten Feierabendbierchen..."

„Nein!" Als spießigen Kulturflüchtling sollte sie mich nicht karikieren. „Bis zum Rauchverbot klemmte ich mir eine Zigarette zwischen die Finger, ganz intellektuell. Vor den Abschreckbildern auf den Verpackungen floh ich sogar zu alten Knochen..."

„Alte Knochen! Phh! Selber einer!" Flapsig entspannte sie die Situation... „Bei diesen Ausstellungen fühlte ich mich wie im Zoo. Zwar begafften die Besucher nur eine Nachbildung, aber mich verletzten ihre überheblichen Vergleiche mit Affen. Dazu alle drei Minuten blöde Scherze über den ‚laufenden Meter' von jemandem, der sich äußerst originell vorkam... oder die tratschenden Hausfrauen ‚Mit was haben die Urmenschen eigentlich ihren Haferbrei gewürzt?' oder die Camper ‚Was die wohl zum Anschüren genommen haben? Grillen will gelernt sein! Und zum Ablöschen ein Bier – höhö...' Da kommst du dir blöd vor. In meinen Rachephantasien packte sich so eine blondierte Hausfrau einen vollfetten Camper und wälzte in Haferflocken, um ihn anschließend zu grillen..."

Ich lächelte: „Lucy, eigentlich sprach ich von Mona L..."

„Ich weiß", sie rollte die Augen, „die süße Pacifica. Die hat doch nichts zu bieten. Was willst du als Mann von diesem narzisstischen Trauerkloß."

„Aber Lucy!" Ihren entwürdigenden Unterton wollte ich als Gentleman nicht auf Mona Lisa sitzen lassen. So redet man nicht über andere! Doch wie war das mit ...?...?

„Von wem hast du gesprochen?"

Lucy blickte zu mir hoch, als wäre ich der Eiffelturm: „Meinst du Pacifica, die Friedensstifterin?"

„Ja. Was hat die mit Mona Lisa zu tun?"

„Pacifica?" Lucy lächelte geheimnisvoll, ganz klassisch mit einer lebendigen und einer starren Mundhälfte. MonaLucy? Nein, dazu passte zum Glück der Rest ihres Äußeren nicht. Bei aller Prominenz von Leonardos Kunstwerk gefiel mir die bleiche Italienerin nie. Einfach nicht mein Typ. Nur hätte ich mich nicht so abfällig geäußert wie Lucy.

„Pacifica, aha. - Warum sollte sie..."

„...in den Massen baden? Weil sie eitel ist - aber sie hatte es auch nicht leicht im Leben... und das war noch kürzer als meines."

Mir schwante: „Pacifica ist... Mona Lisa?"

„Blitzmerker! Jetzt willst du sie unbedingt kennenlernen, stimmt's?!" Ihre Augen blitzten. Spürte ich bei ihr Eifersucht? Warum nur? Frauen sind so seltsam verständnislos Männern gegenüber, wenn diese nicht in eine Schablone passen. Ich bin kein genialer Individualist, aber ich habe eigene Gefühle und Vorstellungen, bin kein Abziehbild... Weder Mona Lisa noch Marilyn Monroe standen auf meiner emotionalen Speisekarte – bis vor kurzem allerdings Lucy auch nicht. Ihren Erfolg verdankte sie der Wucht ihrer Persönlichkeit, nicht ihren fotogenen Partien.

„Offen gesagt: Wenn ich die Wahl hätte, würde ich lieber..." als Rache für ihr Vorurteil legte ich gezielt eine Kunstpause ein... „Ich hätte lieber Leonardo dabei. Es ist die Kunst, die mich interessiert –

natürlich verbindet sich das mit einem gewissen Interesse an dem Modell. Aber nicht, weil ich sie so wahnsinnig attraktiv finde, sondern wegen der Umstände, unter denen die Geschichte stattfand."

Besänftigt kniff Lucy die Lippen zusammen. „Leonardo? Naja. Auch ein eitler Typ. Er lässt sich in seiner Selbstgefälligkeit gerne schmeicheln, der größte Maler aller Zeiten zu sein..."

„Und? Wer bezweifelt das?"

Lucy grinste fast unverschämt: „Etliche! Ich möchte keine Namen nennen, aber..."

„Du meinst, die berühmtesten Maler nehmen das jeweils für sich in Anspruch."

„Nein. Viele wissen, dass es hier kein echtes Ranking gibt. Die Besten sind nun mal die Besten und ein Allerbester könnte in vielen Bereichen nichts bieten, in denen andere brillieren. Selbst der facettenreiche Leonardo nicht. Stell dir Leonardo als Kubisten vor? Da gibt es einfach keine Vergleiche. Für Picasso andererseits wäre eine vollendete Mona Lisa kein Aushängeschild gewesen. Die schuf schon jemand vor ihm. Er musste als Künstler eben neben dem Können etwas Neues vorweisen – er hätte höchstens Mona Lisa interpretieren können, wie er es mit anderen Bildern tat."

„Lucy, bitte! Keine Kunstvorlesung! Kann ich Leonardo kennenlernen? Im Zimmer von Mona Lisa?"

MonaLucy lächelte geheimnisvoll: „Ein flotter Dreier? Mal schau'n... Ich muss meine Kontakte spielen lassen."

Und sie ließ ihre Kontakte spielen.

11 Hexen und Co

Ich bewunderte vom Mauerrand der Sandsteinburg die alte Reichshauptstadt. Der Himmel blaute über mir, die Stadt wabbelte unter mir, Touristen zeigten sich diverse ununterscheidbare Dächer oder hielten sich mit einem Stab auf Abstand zu ihrem Handy. Ich ächzte innerlich bei diesen Selbstbildnissen.

Schon bei Tante Lizzi nervten mich die Diavorträge á la „Hier fotografiert mich Paul vor dem Taj Mahal" „Da hinter mir ist der Fudschijama." Als Kind ersehnte ich das Bild „Hier öffnet hinter mir der bengalische Tiger sein zähneblitzendes Maul..." Dieses Bild kam nie. Onkel Paul hatte es nie fotografiert – und wenn, hätte ich es nie gesehen, denn dann hätte der Tiger sich vermutlich den Fotoapparat auch noch geschnappt – ob mit oder ohne Onkel -, und damit einem Teil der Menschheit, zu dem ich gehörte, einen Dienst erwiesen – ich beschränkte die gefräßige Phantasie auf den Fotoapparat.

Heute genoss ich dieses Treiben auf der Burg einschließlich seiner nervigen Komponenten. Noch war ich nicht lange abgetreten. Erkannte ich jemanden von „vorher" wieder? „Wieder begegnen" träfe nicht zu, denn diese „Begegnung" wäre optisch sehr einseitig verlaufen.

Meine neue Wirklichkeit reizte zu neuen Überlegungen: Auf die halbe Million Einwohner dieser Metropole kam aufs Jahr gesehen fast die doppelte Anzahl an Touristen. Und wenn man nun uns Phantome dazu zählte? All die Menschen, die anwesend, aber körperlich nicht wahrnehmbar waren? Vielleicht sogar ganz bekannte frühere Nürnberger, wie Martin Behaim mit seinem glorreichen Lederglobus, Veit Stoß als gebrandmarkter Betrüger und Künstler, Albrecht Dürer, den Andy Warhol bei seiner Ikonenmalerei übersehen hatte und... Phantome wie ich... Dürer mit seinem Messiasantlitz hätte ich vermutlich erkannt – und totsicher hätte das nicht auf Gegenseitigkeit beruht. Wer würde mich denn aus der Welt der Verewigten überhaupt erkennen?

Plötzlich spürte ich ein forderndes Tippen auf meiner Schulter. Meine überraschenden quasikörperliche Gefühle verglich ich mit Phantomschmerzen, diesem faszinierenden Phänomen: Da liest man von Menschen, die bei einem Motorrollerunfall einen Arm oder ein Bein verloren. Ein furchtbarer Einschnitt ins Leben. Wäre es mir das wert gewesen, um mein Leben zu behalten? Bestimmt! Ich wollte nie abtreten. Gedanke zurück: Das Unfallopfer hatte nun diesen Arm nicht mehr, aber er tat ihm weh. Wie geht das? Ohne Muskeln, Sehnen, Blut und Nerven? Gar nicht... Und jetzt? Nachdem ich alles Körperliche verloren hatte, spürte ich unerwartet ein Tippen auf jener Schulter, die ich nach dem Unfall an meinem leblosen Körper gesehen hatte. Phantom – das war wohl ich. Phantomschmerzen? Phantomtippen?

Tourist auf der Kaiserpfalz von Nürnberg mit Lorenz- und Sebaldkirche...

Wer um Gottes Willen sollte mich auf die Schulter tippen?

Ich drehte mich irritiert und unwillig um. Meine Zunge quetschte sich durch meine Zähne... Ja, natürlich, mein alter Bekannter... Präziser: mein neuer Bekannter. Er lächelte mit makellosem Gebiss: „Du weißt schon, Gott ist allgegenwärtig. Das könnte ich zwar etwas differenzieren, aber für dich habe ich doch immer wieder ein Stück Ewigkeit übrig." Er schaute verschmitzt wie ein 16-jähriger. „Na, mein Leichtrocker, hast du wieder weltbewegende Fragen an den ‚unbewegten Erstbeweger', wie mich manche Philosophen nannten, die mich beweisen wollten." Das folgende göttliche Lachen klang hohl bis dreckig. Über die göttliche Mimik zog sich etwas leicht Verächtliches. Dabei redete er von Philosophen...

„Welches lichtdurchflutete Großhirn nannte dich so?" Ihm brauchte ich keine Sachkenntnis vorzuspielen. Und vielleicht entnahm er meinen angestrengten Blicken auch, dass ich nicht nur unbeleckt, sondern auch etwas desinteressiert war.

„Ich sage nur: Aristoteles und Thomas von Aquin. – Aber pass mal auf…!" wieder dieser verschmitzte göttliche Blick und ich spürte seine gar nicht überirdische Hand vertraulich auf meiner Schulter. Gottes Hand auf meiner Schulter! Wow! „Das interessiert dich doch nicht wirklich. Wir sind doch hier nicht in Gottes Volkshochschule!" Wieder so ein Lachen, das in genüssliches Husten überging. „Also, what's up!"

„Sag mal…" ich vertraute ihm jetzt etwas an, worüber ich kaum wirklich nachzudenken wagte und wo ich mir auch blöd vorgekommen wäre, andere zu fragen: „Bin – ich – jetzt…"

„Ich soll wohl Gedanken raten können."

Unwillkürlich lachte ich ihn fast aus: „Sagt man. Ich weiß nicht, was Aristoteles so meinte, aber wir unbefangenen Alltagsphilosophen zählen Gedankenlesen zu Gottes unverzichtbaren Attributen, vielleicht wie zu mir der mangelnde Durchblick." Goutierte er diese bescheidene Selbstironie?

Sein Blick schweifte von der uralten Sandsteinmauer über die trostlos pragmatisch-moderne Großstadt, die der Größenwahn eines nationalistischen Volkes fast völlig zerstört hatte, die nun in all ihrer Hässlichkeit neu entstand und mit viel Bemühungen als „Deutschlands Schatzkästlein" restauriert worden war. Wo war Gott damals gewesen, im Januar 1945, als die RAF Bombenteppiche über die Wohnzimmer Nürnbergs legte? RAF… nein, das war nicht die Rote-Armee-Fraktion der 70er Jahre, als ein Dutzend politischer Hooligans eine ganze Republik in Angst und Schrecken versetzte, woraufhin diese ihre freiheitlichen Errungenschaften in Frage stellte, während sie zuvor durch einen Bundespräsidenten repräsentiert wurde, der Konzentrationslager mitkonzipiert hatte… die RAF 45 war die Royal-Air-Force, die königliche britische Luftwaffe. Eine Kulturnation eliminierte die andere – wobei im konkreten Konflikt nicht unterschlagen werden darf, dass den „totalen Krieg" die Nazi-Regierung mit der Stimme von Joseph Goebbels ausrief und praktizierte. Was wurde nun aus Joseph Goebbels nach seinem feigen erweiterten Selbstmord? Vielleicht fände sich in Gott ein kompetenter Informant. Eine Hölle, in man selbst nicht schmort, tut dem Gerechtigkeitsempfinden gut. Doch das Thema hob ich mir für später auf. Vorerst trieben mich persönliche Fragen um: „Wer bin ich eigentlich jetzt? Oder was? Oder auch wo?" Jeder gesunder Mensch sucht Gewissheit über sich selbst, ob tot oder lebendig. Gott war Gott, er könnte antworten...

„Bin ich schon im Himmel, obwohl ich auf der Erde bin?"

„Wo ich bin, ist Gott… Klar… und wo Gott ist, ist der Himmel."

Überzeugend, banal, aber nur begrenzt erhellend: „War ich dann schon immer im Himmel?"

„Du warst auf Erden auch im Himmel. Nur: Manche merken es und manche merken es nicht. Mich dünkt, dass du dich momentan wie im Himmel fühlst?"

Ich schaute vorsichtig zu ihm hoch: „Du weißt es?"

Gott lachte ein breites Lachen. Die Fältchen um seine Augen erweiterten sich sympathisch: „Ihr Menschen unterstellt mir doch Allwissenheit… Wie dümmlich menschlich ihr denkt! Ich habe mich dir nur für diese Begegnungen ähnlich gemacht, menschliche Formen angenommen. Ansonsten: Ich wäre nicht Gott, wenn ich Mensch wäre. Ich bin ganz anders."

„Aber du weißt doch alles. Du kannst sogar in mein Herz schauen!"

„Das mit Lucy?" Gottes grinste fast unverschämt: „Das merkte doch jeder!. Lucy sieht so verzaubert aus wie seit 3 ½ Millionen Jahren nicht mehr und du hast in deinem ganzen Leben nie so totalentspannt gewirkt wie jetzt."

„Lucy auch?"

„Lucy auch. Amors Pfeile haben sie getroffen…"

Wow! Das wollte ich hören. Genau das. Ich fühlte mich leicht wie eine Feder im Aufwind. Mit dieser Leichtigkeit grinste ich Gott ironisch an: „Ich hab doch gelernt, dass du keine anderen Götter neben dir duldest! Dann grade den großen Konkurrenten Amor?"

Ein Helles im Hexenhäusle: Gott lässt sich auch von Hexen nicht abschrecken... ☺

Gott schob die breiten Lippen nach vorne und kratzte sich am Hals: „Äh, ja, wenn es mir gefällt, lasse ich schon mal ein paar Götter für mich arbeiten. Man schaut ja auch gerne mal zu... und amüsiert sich über die Einfälle der Anderen."

Gottes Offenbarung über Lucys Gefühle waren schneller in mein Herz als in mein Hirn gelangt. Letzteres schickte mir ein cerebrales Signal: „Auch Lucy empfindet etwas für mich!"

Gott nickte einfühlsam, bestätigend und hakte sich bei mir ein: „Auf diese gute Nachricht müssen wir anstoßen..."

„Anstoßen?"

„A Saidla! wie der Nürnberger sagt. Oder auf Hochdeutsch: Eine halbe Bier vom Fass, frisch gezapft."

Gott trinkt Bier? Das muss man sich auf der Zunge zergehen lassen… Ist Gott ein Franke? Er schnalzte mit der Zunge: „Deswegen erhalte ich ja Hopfen und Malz!" Wieder grinste dieser breite Mund.

Untergehakt schleifte er mich durch das altertümliche Tor und den Festungstunnel mit den Pechschächten über die lange Brücke am Burggraben zum…

Nicht im Ernst! Sein Sinn für Humor zeugte von einer überragenden Selbstsicherheit. Die Brücke endete an einem schnuckeligen, heimeligen Häuschen. Daneben prangte ein einladendes Schild: Hexenhäusle. Fränkisches Fachwerk en miniature lud den Passanten ein. Wenn das meine evangelikalen Nachbarn mitbekämen. Die entsetzte schon, wenn Eltern ihren Kindern „die kleine Hexe" schenkten, ein echt göttliches Buch!

Die neuzeitlichen Hexen, die hier eingeflogen waren, nutzten keine Besen. Der Doppelpack im Eck setzte als Zaubermittel auf Blondierungsmixturen. Die schwarzen Strümpfe unter den glitzernden kurzen Röckchen verfügten über rein optische Magie, taugten aber wenig als Gegenmittel zu den eifernden Gesichtszügen, die vermutlich wenig Positives an dem Rest der Menschheit ließen. Man ahnte die keifigen Themenstellungen! Ich hätte mich in ihrem Freundeskreis gefürchtet.

Gott okkupierte breitbeinig einen der wackligen, holzbelegten Klappstühle: „Was du jetzt erlebst, kannst du nur mit mir erleben. Und ich will es selbst erleben. Mein Sohn zeigte sich auch nicht als Asket, als er bei einer Hochzeit Wasser in Wein verwandelte. Als Schöpfer der Welt bin ich bestimmt kein Kostverächter, sondern eher ein Genießer. Im Moment geiere ich auf ein ‚Saidla' Bier und Sex auf Kraut."

Ich spielte seinen Scherz mit: „Sex? Du… Gott will Sex?" Der Konkurrent von Amor und Hugh Hefner beim Goetheschen Hexenfest auf dem Blockberg. An die Jungfrauengeburt glaubte ich nicht, aber wer sollte Gottes Gespielin sein? Wohl kaum die beiden blonden Mumien, die in ihren Törtchen stocherten. Ebenso wenig die forsche, abtörnend praktisch gekleidete Urlauberin mit dem seit Jahrzehnten gepflegten dunklen Pony.

Gott reagierte zeitverzögert und spielte brüllend weiter: „Ich und Sex! Auf Kraut! Das ist gut! Das merk ich mir!"

Gott beruhigte sich, während die Kerzen auf den Kastanienbäumen sich im Wind wiegten. Die übrigen Besucher dieses Kleinods ignorierten uns. Sein Blick streifte die beiden blonden Frauen im Graustufenalter am Tisch gegenüber. Für uns gut hörbar lästerten sie genüsslich über arglose Passanten ab. Gott wackelte mit dem Kopf in ihre Richtung: „Du hast mir bestimmt schon Gruppenkrautsex unterstellt... Mir reichen momentan sechs Nürnberger Bratwürste auf Sauerkraut. Die schmecken besonders lecker, weil sehr aromatisch gegrillt. Übrigens: weshalb haben sie ihre Bürgerkirche nach Laurentius benannt? Der wurde doch auch gegrillt – und diesen Rost kannst du sogar in der Kirche anschauen... höhö" Puh, was für ein abgeschmackter Scherz. Von Gott!

„Sechs auf Kraut: Wenn Du dazu ein helles Bier in die Gurgel rinnen lässt... So definiere ich Paradies." Er kniff ein Auge zu und brummte: „Dass ich damals nicht selbst drauf gekommen bin. Dann wäre der ganze Sündenfall mit Adam und Eva nebst Schlange unnötig gewesen. Die hätten sich ein Saidla gegönnt... und nach deiner Version ein bisschen Sex zusätzlich."

Er schlug sich mit der Hand an die Stirn: „Jetzt merke ich erst, was Albrecht Dürer mit seiner Darstellung von Adam und Eva ausdrücken wollte: Nach einem Bierchen bereiteten sich auf ein gemeinsames Genüsschen vor. Zwar malte er sie zwischen Bäume statt im Kraut, aber... vielleicht war ja ich sauer!" Er lachte genüsslich über seinen feinsinnigen Witz.

Meine Blicke taxierten das Umfeld: „Ein Bild für meine Kollegen: Gott im Haus der Hexen! Wie sagt der Erzbischof dazu?"

Gott ruhte in seiner baalesken Haltung. „Genuss ist Trumpf! Zum Glück arbeiten hier auch meine Leute..." Er winkte. Unbeeindruckt schlich der Kellner an uns vorbei und zog offenkundig den Typ im quergestreiften T-Shirt mit dem Bauch, der dem Biergenuss geschuldet war, einem durstigen Gott vor. Doch in mein Blickfest schoben sich neue Gestalten - Kellner, an denen die modischen Entwicklungen der letzten Jahrzehnte vorbeigegangen waren.

„Grüß Gott! Der Herr wünschen…?" diese antiquierte Formulierung artikulierte eine Gestalt in schwarzer Hose, mit weißem Hemd und schwarzer Weste sowie einer beeindruckenden schwarzen Fliege. Offenbar realisierte er uns. Gehörte er zu uns? Ein verstorbener Kellner, der unter den Verewigten weilte? Mein Lohn ist, dass ich dienen darf? Wie Wilhelm Löhe es für seine Diakonissen im nahegelegenen Neuendettelsau propagierte?

Gott nickte ihm zu: „Gott grüßt dich! Für mich bitte ein Helles und Sechs auf Kraut."

„Wie der Herr wünschen." Devot verbeugte er sich, ohne dass sich ein Wiedererkennen in seiner Mimik spiegelte. „Der Herr wünschen...?" Professionell freundlich neigte er sich mir zu. Mit „Herrn" meinte er offenbar mich. In meiner Verwirrung wiederholte ich simpel den göttlichen Wunsch. Mein Kumpane grinste: „Noch nicht ganz im Jenseits angekommen, mein Freund?!"

Stimmt! Ich befand mich noch in der Eingewöhnungsphase. Je länger ich das muntere Treiben der bunten Gesellschaft verfolgte, umso besser erkannte ich am modischen Gefälle, wer auch mich wahrnehmen konnte. Anders als im Leben vor dem Tod bediente man uns jedoch prompt und servierte im Handumdrehen unsere Leckereien – zu Lebzeiten beschlich mich mitunter das Gefühl, die Speisen würden erst serviert, wenn bei mir ein natürlicher Mumifizierungsprozess eingesetzt hätte.

„So jung kommer nimmer zsamm!" Gott hatte mir meinen Spruch geklaut. Ungerührt streckte der Plagiator mir seinen Bierkrug entgegen. Die Krüge prallten aufeinander, aber mir kam keine Antwort, denn noch suchte ich einen neuen, zeitgemäßen Spruch, der auch nach dem Tod noch passte. Ich galt auch unter Kollegen als journalistischer Sprachperfektionist.

Trotz meiner „Spruchlosigkeit" landete das goldene Gesöff schnell in unseren Kehlen. Wie es Gott ging, weiß ich nicht, aber bei mir war es göttlich. Ein solch entspannendes Gefühl, ein solch leckerer Geschmack stellt sich vor allem unter freiem Himmel ein. „Es lohnt sich, tot zu sein!" dachte ich mir. Doch Gott, der undiszipliniert NSA-mäßig in meinen Gedanken mitlas, kommentierte: „Mit mir zusammen wird alles ein bisschen paradiesischer als sonst. Das lasse ich mir nicht nehmen."

„Sag mal…"

Gott hob die Augenbrauen. Ich blickte zurück: „Weißt du denn nicht, was ich sagen will?"

Er schüttelte den Kopf: „Nein, mein Lieber. Mit dem Gedankenlesen bin ich, von unbeherrschten Ausnahmen wie eben abgesehen, sehr zurückhaltend. Ahnst du, wie langweilig Gespräche sind, bei denen du die Gedanken des andren liest?"

Ich schüttelte den Kopf.

„Dabei glauben viele Menschen zu wissen, was der andre denkt. Manche stellen eine Frage und geben selber die Antwort, bevor ihr Gesprächspartner dazu kommt. Das ist tödlich für die Kommunikation. Aber bei mir wäre es noch blöder: Wenn ich alles schon weiß, erlebe ich ja gar keine Überraschungen mehr."

„Und du magst Überraschungen?"

Gott lachte breit: „Und wie! Zum Geburtstag kriege ich immer einen Packen Überraschungseier! Die müssen dann bis zum nächsten Mal reichen! Nein, im Ernst: Überraschungen auch für mich habe ich schon in der gesamten Schöpfung angelegt. Langweilig macht meine Welt nur in die leblose Phantasie mancher frommen Menschen. Wie blöd wäre ich gewesen, eine Welt zu erschaffen, bei der schon alles festgelegt ist."

Ich stimmt ihm zu: „Ich kenne das! Ich finde es total langweilig, mit elektrischen Eisenbahnen zu spielen. Das Aufbauen macht Spaß, aber das Spielen? Wenn alles schon festgelegt ist…"

„Die Weltgeschichte als elektrische Eisenbahn?" Das amüsierte meinen Gesprächspartner. „Ok, lassen wir diese gigantischen Themen. Was bewegt Dich? Soll ich eine Ewigkeit warten?" In seinen Augen blitzte der Schalk.

„Im Klartext: Du bist doch Gott, also quasi der höchste, den es überhaupt gibt. Seit ich dich kenne, weiß ich, dass es dich gibt. Das habe ich vorher eher bezweifelt."

Gott lächelte gequält: „Mein Schicksal! Manche zwängen mich in die Grenzen ihres geistigen Horizonts, andere bezweifeln meine Existenz dank des begrenzten geistigen Horizonts meiner selbsternannten Anhänger. Man könnte davonlaufen! Aber wohin, mein Lieber! Reden wir nicht weiter drüber..."

„Ich frage mich: Nachdem ich in meinem ganzen Leben weder mit meinem Oberbürgermeister noch mit meinem Ministerpräsidenten noch mit meinem Kanzler zu tun hatte, wie kommt dann Gott dazu, sich um eine bedeutungslose Gestalt wie mich zu kümmern? Ich bin wirklich nichts Besonderes..."

Gottes Antwort klang ebenso locker wie eindrücklich und seine Stimme angenehm warm: „Klar bist du was Besonderes! Du hast ein ganz einmaliges Leben vorzuweisen. Ich sitze total gern bei einem Bier mit dir zusammen." Mit seinem nur noch halb gefüllten Krug prostete er mir zu: „Der zweite Zug, nie lang genug." Auf die Reihenfolge seiner Trinksprüche achtete er wohl wenig.

„Aber wenn du jetzt mit mir ein Bier trinkst, fehlst du da nicht an wichtigen Stellen?"

Dass Gott prompt antwortete, wunderte mich wenig. Bestimmt stellte ich ihm nicht als Erster diese Frage. „So seht ihr Menschen das. Eine von den Super-Fragen auf dem Niveau von ‚Wie konntest du das zulassen'. Ich erklär es dir nicht wirklich. Vor allem nicht physikalisch. Dass ich kein Objekt für Physiker bin, checkt wohl jeder halbwegs intelligente Mensch."

„Ja, ich hab's gecheckt. Und nachdem ich mit dir ein Bier trinke, kann ich nicht mal mehr an deiner Existenz zweifeln."

Gott schob grinsend die Lippen nach vorne und hob seinen Krug: „Ich bin also kein Fake? Darauf stoßen wir an…"

Er genehmigte sich einen kräftigen Zug: „Bei mir ist es anders als bei Dir. Ich bin irgendwie überall. Wenn's dir weiterhilft: Das Sonnenlicht ist auch überall und keiner fragt: Weshalb liegt Paris im Sonnenschein, wenn es in Berlin auch sonnig ist? Selbst wenn es bei dir in Nürnberg dunkel ist, bezweifelst du die Existenz der Sonne nicht…"

Das verstand ich. Dabei interessierte mich dieses abstrakte Phänomen weniger. Es ging mir um mich. In Gottes großem Herz fand auch ich Platz. Und außer mir hatte in ihm auch noch ein zweites Seidla Platz, das ein würdevoller Kellner bernsteinfarben und mit einer herrlichen Schaumkrone ihm präsentierte.

„Zwei Bier?" kommentierte ich besorgt: „Musst Du heute nicht mehr fahren?" Sollte man sich die Weltgeschichte durch göttlichen Alkoholabusus erklären?

Gott hob das Eimerla: „So jung kommer nimma zsamm!" Das klang mehr polyglott als einfallsreich. Andererseits ehrte uns ein fränkischer Trinkspruch aus göttlichem Munde, obwohl für eingefleischte Franken schon immer klar war, dass Franken eine Provinz des Himmels ist und nur deswegen von den Bayern okkupiert wurde, weil sie neidisch und zugleich militärisch potenter waren. Der Tag klang männerfreundschaftlich aus und mit Gott machte das unendlich mehr Vergnügen als mit vielen meiner Kumpels damals.

12 Bettgeflüster

Wir trafen uns auf dem großen Platz vor der Kirche. Sommerlich, wunderbar. Zu Lebzeiten gewann ich dem nie so viel Genuss ab wie jetzt. Romantische Gefühle vibrierten in mir, und mein Herz schlug als würde es noch schlagen.

Die kleine Afarensa wartete am Uhrenhäuschen – nicht als einzige, aber offenbar als einzige Tote. Tote? Für mich lebte sie und belebte mich. Fast schwebte ich auf sie zu und umschlang sie. Ich spürte den kleinen Körper. Ich spürte ihre Nähe… spürte ihre Wärme.

Sie schmiegte sich an mich. Eine Ewigkeit standen wir ineinander verwoben dort und genossen nur die Gegenwart. Ewigkeit? Zeit schien egal. Freilich zeigten uns die Lebenden, wie sie verstrich.

Als wir uns voneinander lösten und nur noch in die Augen schauten, schüttelte ich den Kopf: „Lucy, wie kann das sein? Ich kann wirklich deinen Körper spüren. Du bist mir nahe, wie körperlich…" Lächelnd versuchte sie, mir über den Kopf zu streichen. Das gelang ihr aus ihrer Höhe, genauer: von da unten nur begrenzt, aber als Homo Afarensis war sie das Hangeln an Ästen gewohnt. Sie hatte sich ihrerzeit nicht nur zu Fuß fortbewegt, sondern auch durch Baumkronen hindurch. Da kommt man schon mal höher als unsereins. Sie strich mir wirklich über den Kopf und summte mit weicher Stimme: „Ja, ich habe dich auch gespürt…" Wohlige Wärme durchströmte mich.

„Was du erlebst, ist so: Nach dem Tod haben wir, die wir bleiben, nur den Gedanken eines Körpers. Gedanken sind real, Gedanken existieren, aber sie sind nicht körperlich. Doch mit der Zeit kann etwas passieren, das wunderbar ist: Wenn wir Gefühle füreinander entwickeln, dann… entwickelt sich auch der Körper. Wir werden körperlich." Ich schaute sie etwas entgeistert an. Das passte so gar nicht zu meinen Vorstellungen von einem „Leben nach dem Tod"… obwohl… „Leben" ohne Körperlichkeit konnte ich mir auch nicht gut vorstellen.

„Aber dann müsste hier eine ganze Welt von neuen Körpern herumlaufen. Warum merke ich das nicht?"

„Mein Lieber", sie hob die Augenbrauen leicht an, fast wie eine kleine Lehrerin: „Gefühle lassen sich nicht produzieren. Nicht jeder, der Körperlichkeit will, bekommt sie auch. Das muss von selbst geschehen… wie bei dir und mir."

„…und mir" sagte sie. Wieder durchflutete mich etwas.

„Liebling, wenn wir unsere Körper spüren, darf ich dir dann einen…" ich spürte, wie ich errötete.

Sie wirkte souveräner, aber ihr Gesicht färbte sich etwas dunkler. Sie war ohnedies ziemlich braun … Ach, es egal!

„Du darfst mir einen Kuss geben, solange du willst…"

Ja, das wollte ich jetzt. Ich spürte mein Herz zu ihr hin pochen und beugte mich hinunter. Ihre breiten Lippen wölbten sich mir entgegen und sie waren ganz weich. Ich spürte alles. Und alles stimmte. Muss man erst sterben, um glücklich sein zu können?

„Liebling…" sie flüsterte fast, „wir sollten uns mal ein lauschiges Plätzchen suchen…"

„Du meinst…"

„Ja, wir sind doch zwei erwachsene Menschen."

In der Innenstadt einer Metropole sollte das möglich sein, selbst in dieser unorganischen Ansammlung von Fassaden beeindruckender historischer Gebäude oder ‚dämlicher' mehrgeschossiger Neubauten. Die lauschigen Erker verströmten Behaglichkeit, die glatten Wände betonlastiger Nutzbauten Öde.

Lucy steuerte stilvoll einen heimeligen Altbau an. Durch eine dunkle Holztüre gelangten wir ins Treppenhaus und stiegen in den ersten Stock, wo Stuckdecken die hohen Zimmer zierten. Die Bewohner des geschmackvollen Ambientes waren nicht daheim. Ein schönes Liebesnest. Glücksgefühle gibt es auch nach dem Tod!

Lucy blieb ganz lange mit offenen Augen liegen; dann durchstöberte sie die Wohnung und fand das Objekt ihrer nächsten Begierde: Eine Flasche Sekt.

Kreischend ließ sie den Korken durch die Luft fliegen und schenkte uns beiden ein. Wir können uns doch eigentlich aus der Welt der Lebenden nichts nehmen. Was ist los? Doch neugierige Fragen waren fehl am Platze. Wir schlürften ein Gläschen, blickten uns in die Augen und genossen das Glück.

Mitten in unserem Liebestaumel öffnete sich die Tür. Die rechtmäßigen Bewohner kehrten zurück. Lucy kreischte und zog sich die Decke vor die Brust. Auch ich ging mit meinen sensiblen Teilen voll in Deckung. Doch den Herrschaften ging jeglicher Voyeurismus ab. Sie ignorierten uns fast schon unverschämt, trampelten durch das Zimmer, lachten und schäkerten. Alle Anzeichen sprachen dafür, dass auch sie miteinander ins Bett wollten und ihre Vorfreude genüsslich etwas ausdehnten.

Lucy ließ die Bettdecke etwas sinken. „Die können uns gar nicht sehen… - das weiß ich doch eigentlich" flüsterte sie erleichtert und auch mir dämmerte, dass es sich um Lebende handeln müsse. Einen Augenblick lang fragte ich mich, ob Gruppensex etwas Tolles sei; aber diese Anwandlung verschwand schnell. Ich genoss die Zweisamkeit mit Lucy und dieses Pärchen suchte offenbar auch sein Refugium.

„Gehen wir?" blinzelte ich Lucy zu. Obwohl die anderen uns offenbar weder sehen noch hören konnten, benahmen wir uns ganz dezent, um weder zu stören noch entdeckt zu werden.

Was würde wohl passieren, wenn die beiden vor lauter Glück einen Herzschlag, oder genauer: zwei Herzschläge bekämen… Dann sähen sie auf einen Schlag uns beide. Ich weiß, wie verwirrt man zunächst ist. Tot sein klingt einfach. Aber direkt ins Leben nach dem Tod hinüberzuwandern, das verunsichert doch.

Stell dir vor, du wirfst dich mit deiner Frau ins Bett. Wie aus heiterem Himmel liegen dann zwei splitternackte fremde Menschen drin und wirken gar nicht überrascht. Deine Frau schaut genauso verstört wie du. Dir bleibt die Spucke weg und sie fragt: „Was soll denn das?"

Ich würde dir nüchtern erklären, dass du gerade gestorben bist. Du protestierst: „Darüber macht man keine Scherze! Was soll das Ganze?!" Freundlich lüde ich euch zum Gruppensex ein.

Wir befänden uns im Zimmer eines Psychologen. Als Frisch-Postmortaler faselte er etwas von Nekrophilie, die sich zum Nekrosex ausgeweitet hätte… Ich legte mich auf die Couch und sagte, er mit der Therapie beginnen. Bei ihm als Freudianer dauere so etwas ewig. Aber wir hätten sowieso ewig Zeit.

Da intervenierte mein Schatz: „Liebling, als partielle Philosophiestudentin finde ich zwar richtig toll, was du über unsere ewige Zeit spekulierst. Aber die Ewigkeit ist ja zeitlos. Es ist keine Ewigzeit, sondern Ewigkeit..."

Nun führten wir einen unserer nervigen Ehestreite auf intellektuellem Niveau von x hoch ewig. Den nutzten unsere Neuankömmlinge keineswegs für ihren ersten postmortalen Orgasmus, sondern sie staunten nur ziemlich dümmlich herum. Wie lange blieben sie wohl in der geistigen Welt sichtbar?

Mit solchen abgefahrenen Phantasien stieg ich die Treppen hinunter. Auf der Straße ergriff ich Lucys feingliedriges Händchen: „Das war ganz unglaublich! Wie ein Märchen! Als hätte für mich ein neues Leben begonnen..."

Lucy strahlte zurück: „Dann wird es Zeit für die Stadt der Liebe... Ich glaube, das wird wunderschön!"

13 Security für Mona

„Um Mitternacht unter der Glaspyramide." Die Verabredung klang nach Dan Browns Thriller „The Da Vinci Code".

Lucy und ich führten uns zunächst während der öffentlichen Besuchszeit einige klassische Maler zu Gemüte. Lucy murrte: „Dali spricht mich mehr an. Seine zerfließenden Uhren sprechen meine Sprache, die Sprache von Menschen, bei denen die Zeit durch die Ewigkeit flüssig wird... Diese Uhren ticken wie ich..."

Schon am Eingang packte mich die Architektur. Die Härte ist der Einlass, wo sich Kunstliebhaber in einer peinlichen Kontrolle scannen lassen müssen. Was bleibt von deinen kulturellen Gefühlen, wenn ein Gerät deinen Körper abtastet?

Die bewaffneten, uniformierten Männer am Eingang hätten mich eingeschüchtert, wenn ich nicht schon tot gewesen wäre. Eine Maschinenpistole juckt einen Toten nicht mehr.

Militärs kombinieren gerne Schwachsinn mit überzeugender Bewaffnung. Uniformen in Tarnfarben! Tolle Idee in einer

Millionenstadt! Der Urwald als Versteck im Anzug... In einer Metropole tragen nur die Assis Bomberjackets.

Hier sollten sich Sprayer verwirklichen und alle martialisch auftretenden Militärs mit individuellem Designe besprühen – sehr vorteilhaft beim unfreiwilligen Ableben. Wolf Biermann sang „Soldaten sind sich alle gleich, lebendig und als Leich'." Dann lieber individuell eingefärbt wie Lennon in „How I won the war".

Eine surrealistische Szene: Der Feldwebel brüllt: „Antreten zum Absprayjjjjjen!" Alle stehen in einer Reihe. „Augen nach vorne!" Dann springen die autonomen Sprayer vor und färben die mit Springerstiefeln ausstaffierte Truppe bunt ein.

„Abgesprayed! Abtreten!" brüllte mein imaginierter Spieß, noch mit blauer Farbe im Maul. „Gewehr rrrrreinigen!!!" befahl er am Schluss. Blau galt unter den Kameraden als seine Freizeitfarbe, aber was nimmt man als Soldat nicht alles in Kauf, wenn man sowieso zum „Abtrrrreten!!!" auf dem Abtritt stramm steht.

Die bunte Truppe verteidigte nun den Louvre. Zeitgemäß gegen die bösen Islamisten, die das Lächeln der Mona Lisa als Verunglimpfung ihres Profeten interpretierten und außerdem noch aus der Grundschule (sechs Monate im afghanischen Basislager) wussten, dass der Profet menschliche Abbilder verboten hatte und dass Da-Vinci auf ihrer Todesliste stand. Auf den Kopf des Malers standen 72 Jungfrauen. Symbolische Zahlen müssen sein! Dali redivivus entwarf dazu ein Bild, bei dem 72 Jungfrauen auf dem Kopf des vermutlich eher homophilen Künstlers tanzten – die Jungfräulichkeit konnte jedoch nur behauptet, nicht dargestellt werden. Zwölf künftige Märtyrer richteten ihre Kalaschnikows auf den Pinselartisten, dessen Lächeln charmant die Kugeln in Blüten verwandelte, aus denen Engel in Burkas Jungfernkränze wanden. Die Terroristen jaulten: „Stirb! Du bist des Todes! Beim Barte des Profeten!" Doch Dali stolzierte lächelnd in die Szene: „Mit meinem Bart kann Mohammed nicht mithalten." In seiner stereotyp eitlen Art strich er seine dünnen Barthaare nach oben. Mohammed blieb chancenlos: Das Bilderverbot überlieferte ihn der ewigen visuellen Vergessenheit. Salem seinen Knochen! Ohnedies prangte auf Leonardos Konterfei ein beeindruckender Bartwasserfall und von Mohammed gibt es grade mal 1800 mickrige Barthaare und ein kleines Büschel im Istanbuler Topkapi-Palast, den Erdogan im Bosporus versenkt. Vermittelt ein mittelalterliches Bild seiner Nachtreise authentische Züge des Profeten? Man weiß es nicht...

Zurück aus der Surrealität zu den Security-Leuten des Pariser Musentempels: Uns standen die Jungs nicht im Weg. Wir waren früh dran: Welche der drei riesigen Abteilungen passte uns zum Zeitvertreib? Für Lucy aus der frühen Hominidenzeit wären zu Lebzeiten schon die Höhlenmalereien aus Spanien moderne Kunst gewesen, wie viel mehr die klassischen chinesischen Vasen oder die heroischen griechischen Kämpfer. Die christliche Kunst des Mittelalters langweilte sie mit ihrem öden Gold. „Die Künstler stellten dar, was die Auftraggeber wollten. Und die wollten Gold zur Verherrlichung ihres Gottes. Gott! Der nivelliert Gold und Güter. Der Christengott will kein Gold, sondern Liebe. Aber das haben die Geldgeber nicht gecheckt, die – du kannst es glauben oder nicht – durch ihre Aufträge sich eine besondere Position im Jenseits sichern wollten. Soll ich sie dir mal zeigen?"

Lucy machte eine Kunstpause. Ihre warmen braunen Augen schauten mich erwartungsvoll an und ihre Finger griffen zart nach meinen: „Das kann ich nicht. Vor lauter Goldspenden kamen die Käufer des ewigen Heils nie im ewigen Leben an. Die starben und zerfielen, zwar nicht zu Goldstaub, aber zu Nichts. Sie hielten Gott für ihresgleichen, also korrupt – wie abwegig!"

Allmählich verzogen sich die Massen, vermutlich in überteuerte Restaurants mit leckeren Touristenmenüs – manchen Inhabern scheinen die Touristen die Menüs zu sein oder zumindest ihre Geldbörse und Geldkarte.

Instruierte Aufseher sahen im Gewirr der Gänge nach dem Rechten; Stille kehrte ein. Bald begegneten wir keinen Lebenden mehr. Nur dort vorne schlenderte eine grazile junge Frau den Gang entlang. „Lust auf eine Nacht im Museum?" dachte ich amüsiert. „Lässt du dich einschließen und klaust ein Kunstwerk?" Millionenraub! Das gab's ja schon. Ich war der Wirklichkeit näher als ich ahnte. Der Griff an meiner Hand verstärkte sich. Lucys schmalen Fingerchen pressten gegen meine.

Der Eingangsbereich im Louvre mit dem Blick aus der Pyramide

Lucys Händedruck wirkte wie ein Aphrodisiakum: Ich schaute sie an, sie blickte nach vorne: Doch nicht ich, sondern eine junge Frau löste den Druck aus. Als sie näher kam, wanderte ihr Blick zwischen uns beiden hin und her und dann lächelte sie mich an; völlig natürlich und unaufdringlich. Wenn Lucy jetzt eifersüchtig würde, könnte ich es verstehen. Selbst in der plakativen Kleidung des 21. Jahrhunderts erkannte ich sie: Mona Lisa.

All ihre Weiblichkeit demonstrierte sie modisch aktuell: Auf ihrem sportlichen hellroten T-Shirt prangte fast schon ironisch kontrastierend ein grüner Eiffelturm, den hellblaue Jeans neckten. Ihre langen Haare mit dem zarten Schleier machten sie unverwechselbar. Wie immer man sich die Gottesmutter vorstellte: an dieser Madonna kam kein Künstler vorbei, wenngleich ihr jeder semitischer Anklang fehlte – jeder grobgermanischer natürlich erst recht. Wie sie wohl wasserstoffperoxidiert aussähe? Mona Monroe? Ihre hübschen Augenbrauen fehlten bei Da Vincis Porträt, waren verblasst, dem natürlichen Alterungsprozess eines Bildes zum Opfer gefallen. Die längliche Nase störte mich nicht, obwohl sie mit Lucy kontrastierte – die mich nach wie vor mehr anmachte. Heute trug auch mein Schatz ein T-Shirt (lila, mit einer Giraffe von Dali) und dazu ein Paar Hot-Pans: Diesem zierlichen Weibchen stand das!

„Grüß dich, Jocanda!" flötete meine Angebetete, Freundlichkeit vortäuschend. „Schön, dass du kommen konntest."

Klang da eine Spur Ironie an? Hätte sie zu mir gesprochen, wären alle meine Warninstinkte angesprungen und hätten meine Nerven in Alarmzustand versetzt.

„Aber für einen Freund wie dich tu ich doch alles!" lächelte mindestens ebenso kaschiert angriffslustig die junge Frau, die allerdings weniger Lucy in die Augen blickte als vielmehr mich abcheckte. Durch dieses Taxieren explodierten meine Minderwertigkeitskomplexe wie eine Supernova. Ich wusste, dass ich diesen Check angesichts der männlichen Konkurrenz des Jenseits verlieren würde. Leonardos Taxometer ließ mich durch jede Bewertung rasseln. Doch nicht meine Männlichkeit, meine Attraktivität, sondern die Begegnung der Frauen dominierte.

„Na, hast du ihn gescannt?" spottete Lucy. „Genau dein Typ, stimmt's?"

Die sanfte Madonna hob nur ihre zarten Augenbrauen und flötete: „Wenn er nur ein bisschen auf sich geachtet hätte. Aber schau dir mal das Bäuchlein an... von einem Waschbrett spräche ich bei seinen Rippen auch nicht. Also, wenn das dein Lover ist: Herzlichen Glückwunsch! Von mir brauchst du nichts zu befürchten."

Das pikierte mich. Aber Lucy setzte ihren Grönlandblick auf: „Ach, Jocanda! Wie immer zu oberflächlich. Benny ist total süß. Deine Pin-

Up-Boys bieten doch tote Hosen. Praktisch mit dem Waschbrett vor dem Kopf!" Sie lachte ein vergiftetes Gewinnerlachen. Eiszeit im Louvre.

Es drohte einer dieser nervigen weiblichen Konflikte, bei denen Männer besser zum Barkeeper flüchten, doch Lucy versuchte, nach diesem kontraproduktiven Ausbruch die Kurve zu kratzen: „Kein Zickenkrieg, Schwester: Dieser strange Kulturfreak mit Bauch will unbedingt dein Bild sehen…"

„Mein Bild?!" Mein Anliegen sah man förmlich durch Mona Lisas Hirn und den Rest der Persönlichkeit rasen. Der Busen wallte auf. Diese belastbare Streicheleinheit entspannte die Ikone: „Oh! Da gewinnt er gleich an Statur. Kulturwaschbrett, höhöh! Geh 'n wir doch einfach hinüber zu mir…" Was für ein netter Spaß!

Sie schwebte voran, während Lucy murmelte: „Es ist ihr völlig egal, ob du *sie* bewunderst oder diese vollgekleckste Leinwand. Sie kommt aus dem eternalen 3D-Drucker der Kunstgeschichte!"

14 Das Model und der Alte

La Jocanda führte uns beschwingt zu ihrem berühmten Konterfei „Mona Lisa". Mich beschlich das Gefühl, verfolgt zu werden. Ich äugte nach allen Seiten. Unerwartet tauchte hinter einem herrlichen, doppelseitig bemalten Bild vom Sieg Davids über Goliath (extrem interessant, weil hier die gigantische Bildhauerei durch die zeitversetzende Malerei geschlagen wurde…) geheimnisvoll eine bärtige und langhaarige Gestalt auf. Durch Lucy in das Programm des heutigen Abends eingeweiht, folgerte ich Sherlock-Holmes-mäßig: Leonardo da Vinci. Mich schauderte – diese Ikone beeindruckte mich mehr als die beiden Frauen (Selbsterhaltungstrieb: „Lass sie das bloß nicht merken!"). Bei Leonardo hauchte mich eine Ewigkeit an, die ins Leben griff.

„Lucy!" Leonardo atmete schwer: „Renn doch nicht so!"

Lucy stoppte abrupt: „Hey, Leo, altes Haus, da bist du ja, wir warten auf dich!"

Der Künstler keuchte heran. Von seinem sichtbaren Körper mal abgesehen (bei seiner demonstrierten Vitalität durfte man mit einem längeren Verweilen in der Ewigkeit rechnen) trug er zu meiner Überraschung modische, zeitgemäße Kleidung – orientiert an Karl Lagerfeld, nicht C&A. Dieser Mann achtet auf sich, will beachtet werden und ganz bestimmt auch andere anmachen. Bekanntlich interessierte er sich persönlich nicht sehr für Frauen. Doch da ich selbst mich Schwulen gegenüber für unattraktiv hielt, beunruhigte mich das nicht. Ich fand lediglich sein Gehabe und sein Outfit nicht ganz stimmig.

Das änderte sich schlagartig, als er uns einholte. Eine solche Präsenz kannte ich aus meinem Leben vor dem Tod gar nicht und nach dem Tod kaum. Allenfalls Lucy verfügte über eine adäquate Ausstrahlung. Im Unterschied zu seinem Modell La Jocanda zeigten seine Mundwinkel beim Lächeln nicht nach oben, sondern nach unten. Während seine porträtierte Mona Lisa über fast keine Augenbrauen mehr verfügte, wölbten sich über seinen Augen buschige Struppel. Jacondas Haare wirkten brav, Leonardos wild. Wie gelang einem so ungebändigten Mann ein so gesittetes Bild?

Quasi zur Antwort strebten wir zum großen Ausstellungssaal. Dort erwartete uns ein riesiges Bild mit einer tollen Hochzeitsfeier. Lucy deutete auf Jesus, der gerade bei einer Hochzeit Wasser in Wein verwandelte, wunderbar in Szene gesetzt mit dem Eingießen des Weines, dem erstaunten Kosten des Kenners, dem Genießen, dem Erstaunen, der an den Rand geschobenen Hauptpersonen Braut und Bräutigam und dem Zentrum Jesus mit seiner Mutter Maria – fast schon ödipal. Angesichts dieses malerisch wie thematisch opulenten Mammutwerkes verblasste zunächst das mickrige Porträt gegenüber. Allein an der großen Wand, unter entspiegeltem Glas hing La Jocanda. Ein echtes Meisterwerk? Wird etwas zum Meisterwerk, nur weil

Generationen von Kritikern davon schwärmen? Natürlich muss man genauer hinschauen und mich leitete ja der Meister.

Leonardos Lächeln schimmerte durch seinen Bart: „Am meisten fasziniert mich der Erfolg. Das Bild bestimmte mein Auftraggeber nicht für die Öffentlichkeit, anders als mein ‚Abendmahl' in Mailand." Er wandte sich tatsächlich mir zu, als wäre dieser Vortrag nur für mich gedacht: „Der Name wird dir nichts sagen: Julian di Lorenzo. Nur für deine Phantasie: Das war ein Medici – ja, genau, ein Mitglied dieser Mörderbande… er fürchte, sagte der Adlige, seine Frau würde nicht mehr lange leben. Da halfen alle Medici nicht mehr." Leonardo grinste bei seinem Wortwitz fast diabolisch. „Ohnedies pervertierten diverse Angehörige des Geschlechts den Namen vom Medicus, vom Heilenden hin zum Todbringenden. Tod bringen? Das Sterben begleitete die Tätigkeit vieler Medici, den Tod in Auftrag geben viele der Angehörigen jenes Klans. Aber dem Tod etwas entgegensetzen? Da scheiterte all ihre Potenz. Doch Julian ging es um seine eigene Welt: Er wollte den Tod überlisten, die Schönheit verewigen. Dazu brauchte er den Besten. Er brauchte mich…"

Dem bescheidenen Klang von Leonardos Stimme schenkte ich keinen Glauben: Er hielt sich wirklich für den Größten.

„Natürlich legte ich den Schwerpunkt meiner Malkunst nicht auf das Fräulein, das unglückliche." Der Mann aus Vinci schaute fast schon väterlich zur lächelnden Schönheit. „Sie hatte ja nicht mehr lange zu leben… Meinem künstlerischen Eifer folgend packte ich meinen Genius in den Hintergrund hinein."

Er wandte sich dem Bild zu und deutete auf die Landschaft: „Beachte diese Feinheiten! Eine Landschaft, die in meinen Tagen niemand der Malerei für würdig hielt, positionierte ich neben diesem ein bisschen langweiligen Gesicht. Erst Albrecht Dürer, der Nürnberger konnte einige Jahre später Landschaften als Thema auch seinen Auftraggebern nahe bringen. Für die unbedarften Betrachter der niveaulosen Masse bildet die Frau das Zentrum, aber künstlerisch stand für mich der Hintergrund im Vordergrund. Denn die Frau will, besser **soll** gemalt werden, aber die Landschaft **muss** gemalt werden. Das verstand meinerzeit kaum jemand – vielleicht Dürer, wenn wir uns getroffen hätten. Er war in Venedig und ich arbeitete in Florenz an der Landschaft mit dieser todgeweihten Medicimätresse. Aber unsere Begegnung torpedierten intrigante mediocre Banausen!" Er seufzte einen Jahrhunderte alten Ärger.

Während Pacifica ob ihrer Herabwürdigung einer steinernen Statue glich, stichelte Lucy mit gar nicht monalisamäßigem Lächeln, offenbar animiert durch die fast schon beleidigenden Abwertungen des Models: „Ja, du hast Markierungen in der Kunst gesetzt!"

Leonardo strich seufzend seine lange Mähne nach hinten: „Ich hätte gerne alles gekonnt. Mich faszinierte auch die Technik. Hast Du meine Zugbrücke studiert? Für die absolut idiotischen Kriege meiner Auftraggeber konstruierte ich geniale Panzer mit vielen Kanonen! Fast nebenbei meine Flugzeuge und Taucherglocken... All das setzten nach Jahrhunderten zweitklassige Dilettanten um. Ach, hätte ich nur vierhundert Jahre später gelebt, was hätte ich nicht alles realisieren können..." Er seufzte, aber selbst fünfhundert Jahre später ließ sich das nicht mehr ändern.

Pacifica schwieg und lächelte, vielleicht ein bisschen besänftigt durch die Beschränkungen, die dem Künstler wiederfahren waren.

Lucy lächelte.

Ich wandte mich an ihn von Mann zu Mann: „Das gefällt mir, wie du über dein Bild redest. Jetzt verstehe ich es viel besser..."

Mona Lisas Blick vereiste nicht, sondern spie Feuer, Leonardo aber strahlte: „Echt?" Er blickte zu mir, als würde er in die Zukunft schauen; dann deutete er sein Bild. „Natürlich habe ich nichts über das Lächeln gesagt, über das so viele reden..."

„Bedeutet es wirklich was?" Ich hatte es nie verstanden. Ich hielt das „geheimnisvolle Lächeln" der Mona Lisa für ein albernes Kulturgeschwafel von Angebern. Hier freilich sprach der Künstler.

„Pacifica erklärt es dir sicher besser als ich, aber das war so..."

Heftig unterbrach ihn die unscheinbare Frau, die er wunderbar porträtiert und eben mehrfach brutal brüskiert hatte. Sie schaute mir lodernd in die Augen: „Leonardo hat doch keine Ahnung. Selbst wenn ich es ihm endlos runterspule, versteht er nichts. 500 Jahre und er checkt nichts! Er sollte längst pulverisiert sein!" Sie fuchtelte mit ihren Armen hilfesuchend in der Luft und rollte die Augen, genervt über den borniertern Selbstdarsteller. „Lächeln? Klar lächele ich. Ich war nämlich gerade schwanger. Ich hatte es kurz vorher gemerkt. Für mich hieß das: Endlich werde ich Mutter... vielleicht checkt jetzt Giuliano... vielleicht werde ich endlich, was ich verdiene: ganz offiziell seine Frau!"

Leonardo funkte quasi als historischer Kommentator dazwischen: „Giuliano di Lorenzo de Medici... offiziell lief da nix! Ein Medici und dieses Mädel! Aber ein Kind, vielleicht gar ein Sohn, könnte ihre Position in der Gesellschaft ändern..."

Pacifica fauchte: „Misch dich aus, Farbenkleckser! Ja, ein Adliger sollte mein Sohn werden: Ippolito! Ippolito di Medici!. Stolz und freudig, so lächle ich. Aber Leo liest nichts in der Mimik derer, deren Gesicht er konterfeit! Künstler! Ha!! Giuliano stand zu mir. Nur um Eines sorgte ich mich: Jeder Frau drohte damals ein tödliches Ende der Schwangerschaft - für das Kind, aber auch für die Mutter. Würde ich die Geburt überleben?"

Lucys fühlte ehrlich mit: „Schlimme Zeiten! Wie bei uns einige Millionen Jahre früher: Kinder gebären unter fürchterlichen Schmerzen; ein strahlender und stolzer Giuliano hielt den ersehnten Stammhalter im Arm. Doch der Arzt konnte Pacificas Schmerzen nicht bekämpfen und konstatierte erschrocken: Blutvergiftung. Giuliano drückte den kleinen Ippolito an sein Herz, als er der Geliebten ins Grab nachschaute. Todtraurig wollte er seinem Kind als tröstende Aufheiterung jenes Bild ins Zimmer hängen, das er bei Leonardo in Auftrag gegeben hatte. Darum nannten es manche Leute auch ‚die Heitere', La Gioconda..."

Leonardo blieb mehr am Bild als den Menschen orientiert: „Ach was! Klatschspalten der Regenbogenpresse! – Kunst! Darum behielt ich mein Portrait erst bei mir. Ich allein wusste, was ich da wirklich geschaffen hatte. Bei einer späteren Gelegenheit konnte ich es als Meisterwerk hervorholen – es ist mir wirklich gut gelungen, vor allem der Hintergrund schrieb Kunstgeschichte..."

„Du bist eklig!" zischte sich Pacifica. „Ohne mich wäre dein verdammter Hintergrund nie auf die Welt gekommen. Die Leute bewundern mich und meine Ausstrahlung, mich und mein Lächeln, mich und mein süßes Geheimnis! Du bist nur der Handwerker für das Meisterwerk!" Die Sanfte klang angriffslustig. Die lächelnde friedenschaffende „Heitere" zeigte Zähne.

Lucy stieß mir ihren spitzen Ellenbogen ans Becken: „Wie im ‚Tatort': Da muss die weibliche Leiche einfach schwanger gewesen sein. Das gibt dem Ganzen erst Drive und Thrill."

Pacifica lief bei dieser spitzen Bemerkung rot an: „Höhlenweib!" keifte sie, „Mach dich nicht lustig über mich! Ich habe dem verfluchten Adeligen sein Gör geschenkt und bin selbst draufgegangen! Ich will nicht eine Ewigkeit lang lächeln! Am liebsten würde ich dem Typ in die Fresse hauen. Warum sorgte er nicht für eine sichere Geburt – mit seinen Kontakten! und eine sichere soziale Stellung! Nein, er bediente sich meiner als Gebärmaschine!"

Sie ballte die Fäuste. Mit dieser Lebendigkeit war sie wirklich zu früh gestorben. Aber Giuliano wie Ippolito gehörten nicht mehr zur Ewigkeit, obwohl Mona Lisa sich an sie erinnerte. Sie waren bereits den Weg der Vergessenheit durch den Ewigen gegangen. Dieser Konflikt würde ewig brodeln...

Leonardos Augen schimmerten weich. Sanft murmelte er: „Ich verstehe dich, Pacifica, ich kann deinen Ärger mitspüren, ich habe es dir schon oft gesagt..."

Innerlich musste ich grinsen: Von schwulen Männern behauptet man anscheinend mit Recht, sie seien die großen Frauenversteher – und dabei ungefährlich für die Objekte ihres Verstehens... Wenn ich eine

Frau verstünde – das bleibt Äonen von meiner Wirklichkeit entfernt -, dann weckte dies vielleicht mein Interesse an ihr und ich würde sie anbaggern. Peinlich, aber realistisch. Bei Leonardo lief es anders. Konnte der Maler mit dem Bild den trauernden Sohn trösten? Trauer und Kunst sind keine Gleichgewichte.

15 Objekt der Begierde der Massen

Lucy drängte sich wieder nach vorne. Ihr dunkler „Teint" ließ die Schattierungen ihrer Haut kaum wahrnehmen. Ich musste ihre Gefühle durch andere Indikatoren interpretieren. Momentan wanderte sie in neutralen Gefilden. Sie wandte sich dem Meister zu: „Hast du mal erlebt, was hier tagsüber abgeht?"

Leonardo schüttelte unwillig den Kopf: „Selten. Ich finde es hier zu nervig. Ich verabscheue die ewig gleichen Szenen mit ewig neuen Menschen – das macht Individuen so uniform. Warum hasste ich die großen Gemälde? Die zogen sich ewig hin, während ich schon wieder was Neues machen wollte. Immer dasselbe! Es kotzt mich an, wenn kunstprogrammierte Asiaten an herrlichen Bildern von mir vorbeistürmen, nur um Fotos von der Em Ell zu machen…"

Lucy nickte ihm verständnisvoll zu: „Ja, ich verstehe dich.[2] Bleib ruhig draußen. – Kennst du den neuen Trend?"

Leonardo schüttelte den Kopf. Pacifica betrachte desinteressiert andere Bilder – sie bevorzugte Partys!

Lucy traktierte Leonardo unbarmherzig mit anschaulichen Schilderungen: „Da drängeln sich die Leute, in Massen, in Rudeln, wie die Tiere, ohne Ahnung von Kunst, nur mit Ahnung von Berühmtheit, kämpfen sich nach vorne und belagern das Bild. Kaum angekommen, drehen sie sich um…"

Leonardo vergewisserte sich: „…wollen es gar nicht sehen?!"

---

[2] Offenbar können auch Heteros Verständnis entwickeln… ☺

„Genau, echte Kulturbanausen! Kunstmörder! Die drehen sich um, halten ihr mobiles Telefon vor sich und...."

Ich kicherte: „Sie machen ein Selfie!"

Mein erster Beitrag im Treffen die VIPs! Es gab mich noch... Quasi der Beweis der Existenz eines Toten! Jedoch umgeben von noch viel Toteren... Hoho!

Massen um Mona, die hinten klein an der Wand prangt.

Leonardo, seinerzeit technisch seiner Zeit um Jahrhunderte voraus, hatte diesen Vorsprung eingebüßt: „Ein was?!"

Lucy half nach: „Ein Selfie. Sie fotografieren sich selbst vor dem Hintergrund deiner weltberühmten Mona Lisa..."

Ich ergänzte sie: „Keiner dieser Selfiesten weiß, wer wirklich hinter ihm zu sehen ist. Hauptsache: Ich fotografiere mich vor Mona Lisa... und poste es dann per... naja, vielleicht WhatsApp."

Leonardo stöhnte: „Das ist doch... Da könnte man ja gleich..."

Als informierter Zeitgenosse der Generation Handy lachte ich unlustig: „Genau. Man könnte die Zeit abkürzen. Einfach an diese Wand – du weißt ja, wie groß die Hochzeit zu Kana auf der anderen Seite ist – weitere neue Lisas hängen. Gute Kopien, die es zu Hauf gibt... Dann könnten sich zehn Leute gleichzeitig den Kopfschuss geben..."

Lucy grinste anerkennend: „Virtueller Kopfschuss: Das Selfie..."

„Oder wie beim Verbrecherfoto: Zehn Touristen werden vor zehn MLs positioniert, dann klicken zehn Kameras und am Ausgang kannst du die Abzüge kaufen! Am besten mit einkopierter Leonardo-Signatur…"

Leonardo Augenbrauen zogen sich unter den wuchtigen Haaren zusammen. Er zischte zwischen den Zähnen: „Kopfschuss! Kunst als Action! Ich könnte mal mit Niki de St. Phalle… naja, lassen wir das. Aber serielle Fotos? Das ist gut. Zehn Bilder." Seine Mimik entspannte sich in einer kurzen Pause: „Da fällt mir ein: Lucy, hast du meinen Freund eingeladen?"

Lucy smilte verschwörerisch. „Er müsste jetzt kommen. Du weißt, als Selbstdarsteller schenkt ihr euch nichts, aber er ist auch ein Schattenmann. Er wollte im Hintergrund bleiben, bis hier alles etwas klarer ist. – Schatzi, kommst du?" Zu mir sprach sie nie so süßlich affektiert, beinahe tuntenhaft. Zu wem dann? Gab es einen Konkurrenten. Eifersucht kochte in mir hoch wie giftig grüner Efeu im Zeitraffer.

Doch diese Konkurrenz fürchtete ich nicht: Ein hässlicher Mann, mit seltsam totweißem, halblangem Haar…

Lucy winkte. Leonardo breitete seine Arme aus: „Hey, Andy!"

Der Mann mit dem bifokalen Blick durch die runde Hornbrille verzog die Lippen zu einem Lächeln, das zugleich keines war: "Leo, nett, dich zu sehen. Lucy gab sich verschwiegen wie eine Boa constrictor. Das weckte meine Neugierde. Nur gerade hier! Wenn es nicht Lucy gewesen wäre: abgeschmackt, abgefuckt! – Louvre: Phhh!" Er ignorierte Leonardos Willkommensgeste.

Pacifica touchierte ihn mit ihrem Blick: „Abgeschmackt? Nach welchem Geschmack?"

Der Mann registrierte sie erst jetzt: „O, wen seh' ich da? Dieses Gesicht kenne ich doch. Könnte von mir stammen. Wirkt so…"

Leonardo grinste unverschämt: „So massenproduziert…"

Animiert lächelnd fokussierte Andy den großen Mann: „Ja, Mona als Masse..." Er kicherte. Leonardos Lächeln wurde noch breiter. Zwei homophile Giganten?

Lucy flüsterte mir zu: „Andy wollte seinem Publikum demonstrieren: Alles lässt sich für die Masse und als Massenware herstellen."

„Ich weiß. Das haben wir in der Schule besprochen..."

„Ja, aber heute Abend erlebst du etwas Besonderes: die einmalige Pacifica neben dem Maler, der sie durch sein Meisterwerk, ein Unikat berühmt machte, und bei dem Künstler, der sie als Massenprodukt über den Erdball verteilte."

„War sie das nicht schon vorher? Diese unzähligen Drucke, seit es Drucke gibt, von den Kopien besserer und schlechterer Maler mal abgesehen..."

Pacificas Blässe wich einer leichten Errötung, auf ihrem Gesicht blieb nur ein Restbestand von Lächeln. Sie schürzte die Lippen zum Protest: „Wie redet ihr denn von mir? Nur weil ich Erfolg habe, bin ich doch kein Massenprodukt. Ich bin's. Ich! Auf Millionen von Postkarten. Aber ich!" Sie erhob angriffslustig ihr Kinn zu Leonardo: „Du hast so viele Weiber abgekleckst, die meisten verwandelt in armselige Madonnen... Aber erzielte je eine einzige meine Wirkung? Na, Maestro, antworte!" Leonardo schwieg, genervt schielend. Pacifica triumphierte: „Also! ICH!!!"

Der weißhaarige Mann namens Andy, offenbar Mr. Warhol selig persönlich, wandte sich ihr zu: „Entschuldige..." Seine Stimme klang weich und einfühlsam. Noch ein Frauenversteher... Man könnte auch ihn für schwul halten wie seinen Kollegen. Blitzartig entspannten sich Pacificas Züge. Sie lächelte ihn an.

Er erwiderte ihr Lächeln: „Entschuldige! Ich bin Künstler. Ich meinte das nicht persönlich." Pacifica blickte kritisch.

„Ich beweise es dir: Solche vielfarbigen Druck, wie von dir, die gerade in der Masse wirken, machte ich auch von mir. Nicht aus Eitelkeit, ich finde mich nicht so fotogen, so attraktiv wie dich, so

114

wertvoll, verewigt zu werden, sondern ich wollte zeigen: auch ich bin reproduzierbar. Schau mich an: ich bin eindeutig hässlich. Und du? Du bist unübertrefflich schön! Uns beide habe ich für die Masse gefertigt. Denk nur an die vielen hässlichen Paare, die du hier siehst, wenn du von deinem Bild aus ins Publikum schaust. Durch dich können sie wenigstens von einer schönen Frau träumen. Und durch mich können sie dich zuhause aufhängen."

Lucy mischte sich ein. Ihre braunen Augen wirkten intensiv – wenn der Louvre ein Bett in diesen Raum gestellt hätte, hätte ich sie auf der Stelle… aber da war kein Bett und heftiger Sex war jetzt auch nicht dran. Sie wollte ihren Part am Meeting weiterspielen: „Genauer: das Bild des Künstlers Warhola ist zu vervielfältigen und seine Signatur auch…" Sie blickte auffordernd zu mir: „Wusstest du, dass er seine Mitarbeiter für sich signieren ließ. Auch dies künstlerisch verbrämt: Nichts ist original… Und die unechten Signaturen werden dadurch zur Kunst erhöht! Das ist Andy! Das ist Kunst! Und das ist…"

Pacifica lief aufgebracht rot an: „Verarschung!"

Ein Wort, das aus ihrem Mund… klang!

Der weltmännische Leonardo korrigierte sie lachend: „Kommerz! Wie schon bei mir. Man muss sich verkaufen können."

Sein polnisch-nordamerikanischer Kollege schüttelte den Kopf. Er ließ sich nicht in diese Kunst-Kommerz-Perversion einreihen: „Nein, nie dich selbst! Das hast du doch erlebt. Wenn Du, um was zu verdienen, Kunst machtest, die du nicht machen wolltest, ging das nicht… Gerade du: Wieviel hast du NICHT gemalt… Oder denk an dein zu schnell gemaltes Fresko in Firenze, dass von der Wand rutschte und du niemals mehr aufgetragen hast…"

Das Insidergespräch fand kein allgemeines Interesse, zumindest bei uns, die wir nicht auf den obersten Level der VIPs gehörten. Pacifica äugte von Zeit zu Zeit zu mir herüber … Immerhin war ich ein Mann – und zwar ein neuer. Männer könnten sie bewundern. Das wollte sie. Aber auch Lucy verfolgte andere Interessen als kunsthistorische

Kontroversen. Immerhin hatte sie die illustre Schar zusammen gebracht. Und so unterbrach sie das profitliche Männergelaber.

16 Künstler, Kiffen und Konversation

„Passt mal auf. Da schwebt eine Szene im Raum und ich frage mich... nein, <u>mich</u> habe ich schon gefragt. Ich frage <u>euch</u>: Was könnte man daraus machen, als armes, missbrauchtes Modell, als massentouristisch entwürdigter Maler, als genialer Konventionsbrecher? Ich könnte mir vorstellen, dass Andy darauf eine Antwort hätte..."

Andy grinste unergründlich, quasi mona-lisa-mäßig: „Lucy, ich liebe Konventionsbrüche. Hast du mal 'nen Joint?"

Lucy erstarrte empört. Leonardo schaute schwer irritiert. Mona lächelte: „Joint? Andy, du verstehst die Gefühle von Frauen..." Was sollte das? Mona schien einem Kiffervergnügen nicht abgeneigt. Lucy interessierte der Fokus.

Andy knuffte Lucy: „War nicht böse gemeint, Schatz. Aber manchmal entspannt ein schwarzer Afghane … und regt an... Was für eine herrlich paradoxe Erfahrung!" Quasi als Entschuldigung holte er aus seinem Schwulentäschchen die Utensilien raus. Auf dem meditativen Bänkchen in der Raummitte füllte er Zigarettenpapier mit Tabak und bröseligem Zeug. Ich tippte – vorgewarnt - auf Hasch. Mona Lisa geölt und live beobachteten intensiv seine Tätigkeit.

Er rollte die Mischung ins Papier, leckte die Gummierung ab und klebte die Tüte zu.

Das wär's für mich! Ein Joint mit Warhol! Das zerbräche mein ganzes graues, ereignisloses Lebensgehäuse. Endlich Farbe, endlich der Bruch mit der tödlichen Konvention.

Pacifica baute sich ihm gegenüber auf. Andy steckte sich das unförmige Getüm in den Mund und produzierte ein knallrotes Feuerzeug aus seiner Hosentasche. Dann stieg weißer Rauch in den heiligen Louvreraum. Keiner der Feuermelder reagierte, aber Jocanda! Eindeutig streckte sie die Hand aus: „Don't bogart that Joint, my friend!" Andy inhalierte tief und reichte ihr – hustend - mit einem seltsamen Lächeln den Joint: „Da, Schatz, zieh!"

Mona Lisa zog.

Das muss man sich mal reinziehen: das Lächeln der Mona Lisa, von dem Generationen schwärmten – und der tiefe Zug aus dem Joint. Was da wohl für ein Lächeln folgte. War das damals schon so, als sie Modell saß? Freilich, Hasch in der Schwangerschaft? Schon in alten Kräuterbüchern der Klöster wird es als wohltuend beschrieben – man dürfe nur nicht psychisch labil sein. Auf alle Fälle machte ihr Silberblick sie seelenverwandt mit Andy.

Leo schaute sie durchdringend an und feixte: „Jetzt! Jetzt! Ein Königreich für eine Leinwand und Farben. Das wäre MEIN Bild! Mona stoned. Ich legte dir was in die Hände. Keinen Rosenkranz, sondern… Genau: einen Haifisch…"

Mona lächelte bereits ihren Blick, den die Rolling Stones „far away eyes…" nannten. Trotzdem schaute sie fragend wie der ganze Rest der

Gesellschaft. Leonardo lachte heftig: „Das verstehen nur Deutsche: Auf Englisch schriebe man den shark Highfish, wenn die Deutschlehrerin ‚Haifisch' diktierte, als wäre der Fisch high, hätte einen Joint geraucht. Checkt ihr das? Ein Fisch mit dem Joint im Maul, Haiflossen und verdrehten Augen! Andy! Das wäre ein Projekt, oder?" Er lachte lustig und selbstgefällig. Mit dieser Erläuterung fand ich es auch witzig.

Mr. Warhol lächelte breit. Er verstand von Profi zu Profi: „Genau: So sollten wir diesen Raum gestalten. Ich multipliziere dieses Meisterwerk – mit Zustimmung des Genies." Er verbeugte sich spielerisch in Richtung Leonardos. „Dann appliziere ich einen Joint in das geheimnisvolle Lächeln und einen High-Fish in ihren Schoß. Den nennen wir Schossi. Am besten auch mit einer Tüte im Maul. – Ej, Leo, was hältst du von dem Streich?"

„Dieses war der höchste Streich – und der nächste folgt zugleich…" Leonardo grinste über das ganze Gesicht: „Echt geil. – Zugegeben, ich habe die letzten Jahrhunderte meinen Erfolg genossen. Es ist ein starkes Gefühl, eine Ikone geschafften zu haben, die Millionen bewundern. Aber der Künstler in mir sehnt sich nach einem Break."

Mit einem Geniestreich imaginierte Warhol dieses Joint-Bild von Mona Lisa vor unserer Gruppe, woraufhin die echte in Entsetzensschreie ausbrach. „Willst Du mich bloßstellen? Vor alle diesen Leuten! Wie kannst Du nur!!"

Lucy beschwichtigte: „Aber Lisa, das ist doch nur eine Phantasie!" Mir entging keineswegs, dass sie sich eigentlich amüsierte. Solidarität unter den Frauen kam hier nicht auf. Lisa war ein mediales Schwergewicht und Lucy konnte nur auf der historischen Ebene mithalten. Doch eine Frau will mehr!

„Du kannst doch nicht!" Lisa ging empört auf den Meister zu.

„Aber du hast doch selbst…." Leonardo mimte den Unschuldigen und ließ sie voll auflaufen.

„Das ist hier privat, unter uns. Du kannst das nicht publizieren!"

Ich stimmte ihr zu. Als Spaß bei einer Party fand ich es lustig, o.k., aber im Louvre?

Der tiefenentspannte Andy intervenierte sanft, aber nachhaltig: „Lisa, verdünn dich... Hier geht es um Kunst. Und ihr zwei Weiber dürft zwar zuschauen, aber ansonsten haltet ihr einfach..."

Lucy grinste nur, abgehärtet durch Millionen Jahre Chauvinismus. Sie fügte sich, aber nur, weil es ihr in den Kram passte. Lisa schaute nach rechts und links, oben und unten, fand keine Unterstützung und sank auf der Bank zusammen.

Die Bühne gehörte Leo und Andy – zum Zuschauen hatten sie nur die beiden „Weiber" eingeladen. Ich fühlte mich wie ein Hund vor dem Schild: „Ich darf hier nicht rein!".

Jahrhunderte, aber sonst nichts trennte ihre kongruente Genialität. Urplötzlich standen für sie Malutensilien bereit. Bald produzierten sie mit Eifer und Schalk im Blick schablonenhafte Darstellungen der Mona Lisa. Leo ließ sich von Andy noch einen Joint reichen, hustete genüsslich, als wäre es nicht das erste Mal und sie vertieften sich ernsthaft in ihre Arbeit. Die lächelnde Frau auf den Leinwänden versorgten sie mit einer dicken Zigarette und positionierten in ihre Hände einen Hai, sein Schwanz deutete nach unten, das Phallussymbol erotisierte die Komposition. Auch dem Haifisch steckten die Künstler kichernd einen Joint ins Maul, wobei Leo den Fisch mit einem schielenden Blick verzierte. Kunst? Entsteht in den Augen des Betrachters. Für mich, der ich das total witzig fand, entstand hier Kunst.

Niedergeschlagen hockte Pacifica auf der Bank, den Blick auf den Boden gerichtet, die Augenlider leicht über den Pupillen. Die Künstler diskutierten, ob sie mehrere Porträts gestalten sollten oder lieber ein einziges vervielfältigen. Leonardo fand wie Andy gleichartige Kopien typischer für das Massenpublikum.

Lucy genoss die Szene und schäkerte als Alphatierchen mit ihresgleichen. Die schnatternden Stimmen der feinen Dreifaltigkeit erklangen unter sich.

In einer anderen Welt: Mona Lisa mit Highfish

17 Mit Mona Lisa im Straßencafé

Pacifica… was fand ich bloß an ihr? Lucy beeindruckte mich bis in meine erotischen Fasern, Pacifica schien näher an mir zu sein. Lucy gehörte zu den VIPs, Mona Lisa nicht wirklich. Schon der Vater ihres Kindes stufte sie als nicht standesgemäß ein und auch ihr Porträtist Leonardo und dessen kongenialer Kollege Warhol sahen in ihr nur das Objekt, das Mittel zur Kunst. Sie erschien mir wie eine Frau aus meinen Kreisen.

Entschlossen überwand ich mit all meinem Alltagsmut meine Schüchternheit: „Äh, Mona, schau mal: Die drehen sich hier doch nur um sich selber! Geh'n wir einen Kaffee trinken, abseits der Welt der großen Künstler!"

Spontan strahlte sie mich an. Ihre Augen glitzerten, sie lächelte neu belebt, als wäre ich das Koffein persönlich: „Wie nett von Dir! Du bist ein Schatz! Wie mich diese Egozentrikern aus der VIP-Welt langweilen!"

Unerlaubterweise pochte mein Herz heftiger: Mich zog sie all diesen Berühmtheiten vor? Angetörnt versprühte ich meinen ganzen coolen Charme: „Wohin gehen wir?"

Sanft strahlte sie an mir hoch: „Du bist ein Schatz!" Und unvermittelt cool und natürlich: „Geh'n wir zu mir oder zu dir...?"

„Ich lade dich ein..." charmierte ich weiter. Sie hakte sich bei mir unter: „Wo bist du zuhause?"

Cafés sind für Frankreich oder ihre Heimat Italien charakteristisch. Aber bei mir zuhause? „Ich komme aus... äh... Deutschland..." Ihre Augen himmelten von neuem.

„Genauer, aus Franken... und da aus Nürnberg..."

„Wie Albrecht... Leonardo pries ihn als kommenden Star. Schade, sie begegneten sich nie..." Mona entschied: „Komm, wir gehen zu dir! Ich lerne gerne mal eine berühmte Stadt kennen."

Auf in die Frankenmetropole – des 21. Jahrhunderts. Heute tummelte sich Albrecht Dürer hier nur noch als Ewiger, einen Mitbürger gleicher Bedeutung haben wir nicht aufzuweisen. Nicht mal einen Fußballnationalspieler. Nürnberg ist einfach abgehalftert – promimäßig.

Galant geleitete ich das italienische Blümchen zu meinem Lieblingsstraßencafé außerhalb des touristischen Betriebs. Von der Fürther Straße schwärme ich nicht schon wieder. Immerhin verkehrten hier dank meiner Person bereits Lucy, die Menschheitsmutter und Gottvater höchstpersönlich.

Wir genossen den warmen Sommernachmittag. Freundliche Kellner servierten uns Espresso. Es faszinierte mich immer noch, dass ich mit meinem „Ätherleib" körperliche Genüsse empfand. Der Kaffee schmeckte himmlisch.

„Erzähl mir was Spannendes aus deinem Leben…" Bestimmt verfügte sie über ein breites Repertoire. Ihre Blicke schweiften nach innen. Sie rieb sich am Haaransatz und kräuselte die Nase: „Lassen wir mal meine tragische Vor-Tod-Geschichte beiseite. Ich habe eine Story, die immer gut ankommt…"

Mona liebt Espresso im Straßencafé

„Eine Liebesgeschichte? Ein Abenteuer?"

Ihr Lächeln changierte zwischen Verschwörung und Schabernack: „Das war nämlich so…"

Ihre Geschichte dauerte länger einen Espresso, ich vergaß darüber einen zweiten und ließ mir völlig verspätet ein kühles Helles bringen, als ich hörte, was sie erlebt hatte.

„Seit ich unter den Ewigen bin, begleitete ich immer mein Porträt. Ich konnte mich nicht wirklich davon lösen. Stell dir vor: Napoleon hängte mich in sein Schlafzimmer. Heftige Geschichten! – Aber davon ein andermal. Vor hundert Jahren verwickelte mich mein Portrait in ein unglaubliches Abenteuer.

Ich hing bereits im Louvre. Die Leute des neuen Jahrhunderts hielten sich für die Spitze der geschichtlichen Entwicklung, die Schöpfer des Kulturhöhepunks; trotz meines Alters zählten sie mich zu ihrer Höhepunktzeit und scharten sich bewundert um mich. Meine wachsende Berühmtheit und die zunehmende Mobilität auch einfacher

Menschen erhöhten Gefahren für mein Bild durch diese bescheuerten selbstverliebten Typen, die berühmte Dinge zerstören, um im Mittelpunkt zu stehen..."

„Ich weiß. Schon bei den alten Griechen setzte ein Neurotiker einen Tempel in Brand, um im Licht der Öffentlichkeit zu stehen... und auch John Lennon erschoss so ein Herostrat."

„Ja..." meine Belehrungen nervten sie hörbar. Ich verstummte also und lauschte aufmerksam.

„Bei dem Gedanken an diesen unheimlichen Kerl gruselt es mich heute noch. Tagelang schlich er sich in den Raum und durchbohrte mich mit seinen seltsamen, dunklen Augen. Am liebsten beobachte ich meine Bewunderer wie aus meinem Bild heraus; da schauen sie mir direkt in die Augen. Den Handwerker zierte ein blödes Bärtchen, mit kleinen Spitzen nach oben. ‚Ciao, Vincenzo' riefen seine Kollegen. Ich liebte ihre italienische Konversation. Es ist ja meine Muttersprache.

Im Louvre beschäftigte man ihn als Glaser. Glas sollte uns vor Säureattentaten schützen. Igitt! Mir gruselte schon davor, dass er mich begrabschen würde. Was wollte dieser Prolet?

Eines Abends spürte ich eine Spannung. Montag, Ruhetag – keine Besucher auf den Gängen, höchstens Arbeiter. Morgens erschien er unauffällig als Handwerker im weißen Arbeitskittel. Die Bilder waren noch nicht elektrisch gesichert. Mit peniblem Habitus vermaß er Bilder für das das Glasschneiden. Doch bei meiner abendlichen Runde durch die Nachbarräume sah ich ihn in einen Schrank schlüpfen. Dort bewahrten die Kopisten ihre Utensilien auf. Aber er wollte ja das Original!!! Versteckte er sich?! Die übrigen Arbeiter verließen allmählich ihre Arbeitsstätte.

Nach dem letzten Rundgang des Wächters kroch Vincenzo aus seinem Versteck. Ein mildes Abendlicht drang in die Räume. Mitte August bleibt es lange hell.

Er schlich – ach was, er schlich gar nicht, es beobachtete ihn ja keiner -, also schlurfte er ganz unbekümmert in meinen

Ausstellungsraum. Vorsichtig hob er mein Bild von der Wand und... fachgerecht löste er es aus dem Rahmen, wie beim Glaswechsel. Der Kretin drückte mich an sein Herz– eklig! - und versteckte mich unter seinem Kittel. Lässig verbarg sich mein Entführer wieder in seinem Schrank. Ich war entsetzt und konnte doch nichts tun!

Am nächsten Morgen erwachte der Louvre wie üblich durch die Ankunft seiner Angestellten. Als der Betrieb voll im Gange war, verließ Vincenzo sein Schrankversteck und wanderte seelenruhig hinunter ins Erdgeschoss. An einer verschlossenen Seitentüre schraubte er die Klinke ab. Klinke ab? Weshalb? Er wollte bestimmt hinaus! Was sollte das?

Einige Zeit lang mimte er den beschäftigten Arbeiter und checkte die Leute, die den Gang entlang kamen. Als ein Monteur auf der Bildfläche erschien, zeigte er ihm das Fehlen der Klinke und bat ihn, sie professionell zu öffnen. Vertrauensselig machte sich der „Kollege" am Schloss zu schaffen, um am Ende hochbefriedigt die Tür demonstrativ zu öffnen. Gekonnt ist gekonnt! Hilfsbereitschaft verschafft uns ein gutes Gefühl! Vincenzo bedankte sich kumpelhaft und schlüpfte hinaus, mich unter seiner Montur. Bisher hatte niemand entdeckt, dass Mona Lisa ihren Rahmen „verlassen" hatte. Unbemerkt lag mein Bild zusammengerollt an dieser Plebejerbrust mit dem harten Stehkragen. Ich hätte schreien können! Aber die Lebenden hörten mich ja nicht!

Aufgebracht verfolgte ich ihn. Er spürte meine Blicke nicht. Gelassen setzte er sich in ein Bistro, bestellte einen Morgenkaffee und kaute ein leckeres Croissant. Stell dir vor: Mit meinem Bild unter dem Kittel! Könnte ich ihm nur den Kaffee über den Kopf gießen! Kein Espressotässchen - einen ganzen amerikanischen Becher! Doch es ging nicht..."

Sie führte ihr neckisches Tässchen an ihre süßen Lippen. Da ich meine Tropfen ausgeschlürft hatte, winkte die aufmerksame junge Dame einem devoten Kellner. Er servierte ein duftendes Gesöff, bitter und stark... so angeregt folgte ich der Fortsetzung ihrer Geschichte.

Mimik und Stimme sprachen für sich: Nicht Leonardos Porträt war das Opfer, sie war geraubt und entführt worden! Manchmal sagte sie „ich" und meinte das Bild ….

„Ich wanderte hinter ihm her… zunächst dachte ich, er will zu den Champs Elysees, dann zu Montmartre, dem Künstlerquartier – Picasso, Insidern bekannt, hauste hier. An Sacre Coeur bauten sie noch… aber dann wandte er sich Richtung Gare de L'Est. Flucht mit dem Orient-Express? Mit dem schicken Luxusliner in den Orient zu gondeln galt als absolut hip. Im Nobelwagon mit meiner Ikone im Gepäck! Aber nein, durch viele schäbige Gassen schlürfte dieser Kretin bis zur Rue de L'Hôpital-Saint-Louis. Ein grässliches Viertel!

Bei einem abgewrackten Haus trat er in den Flur. Er stieg die krachenden Stiegen hoch zur Mansarde, die einen genialen Ausblick auf die nächste Häuserwand bot. Was für ein schäbiges Zimmer! Überheblich grinsend verstaute er mich in einem abgewetzten Koffer. Wie erniedrigend! Der Verbrecher warf sich auf seine Pritsche und schnarchte sich in den Tag hinein. Prolet!

Am fortgeschrittenen Mittwochmorgen klopfte es an die Tür: Zwei Flics in voller Uniform. Harmlos ließ er sie in den Raum. Die Polizisten erklärten, es ginge um den Raub eines berühmten Gemädel, äh, Gemäldes aus dem Louvre… Nein! Unglaublich! Davon hätte er noch nichts gehört. Das sei ja ein Skandal!

Als Handwerker, der im Louvre beschäftigt war, erkundigten sie sich nach seinem Alibi. Er stotterte herum, er könne sich einfach nicht so richtig erinnern, wie was wann gewesen sei. Die Absinthflasche neben seinem Bett galt den erfahrenen Ordnungshüter als Alibi. Geschickt parierte er jede Frage. Seine gespielt naive Art passte exakt zu seinem einfältigen Schnurrbart. Dass sie mit seinem Radebrechen Probleme hatten, passte für die Flics ins Bild. Vincenzo bestand ihren Schnelltest und angesichts der Vielzahl der zu untersuchenden Personen reichte das. Ich drehte schier durch. Aber in der Welt der Lebenden haben wir Ewigen nichts zu melden."

Abgehalftert: Die Gegend mit Blick auf Montmartre heute

18 Das Bild und sein Räuber

Eine fantastische Story. Ich hatte aber ihr Konterfei vor Ort höchstpersönlich bewundert. Es musste eine Auflösung geben.
„Du glaubst nicht, wer des Diebstahls bezichtigt wurde..."
„?"
„Picasso. Stell Dir vor! Der große Maler Picasso sollte... Warum? Wie? Picasso und seine Kollegen steckten damals noch in den Anfängen. Sie hausten in einem Quartier mit einem zwielichtigen Ruf. Als Aushängeschild für L'amour prangte die rote Mühle über der Straße. Dichter und Maler im Dunstkreis der Moulin Rouge schauten brave Bürger und Flicks mit denselben Augen an wie Zuhälter.

Meine Umtriebigkeit führte mich in das Chaos einer Pariser Polizeistation. In diesen anarchischen Betrieb der Staatsgewalt lieferte man gerade einen seltsamen Typen ein. Der magere Mann gestikulierte heftig mit den Armen und zeigte sich ungläubig erstaunt über seine Festnahme, die ihn zudem empörte. Mich wiederum empörte, dass die Flics sich über die schmale Gestalt mit den Glubschaugen lustig machten – bis ich merkte, dass sie ihn quasi des Landesverrates bezichtigten. Die Stimmen wurden erregter, die Guillotine schien im Raum zu schweben. Schließlich stotterte er: „Mona Lisa? Was habe ich mit der zu schaffen? Ich bin Dichter!"

Die Polizisten schauten sich irritiert an. Manche lachten, andere brausten auf.

Wussten sie überhaupt, wen sie da aufgegabelt hatten... Der Mann des geschliffenen Wortes versuchte sehr unbeholfen diesen einfachen Leuten die Lage zu klären: ‚Mein Name ist Apollinaire, Guillaume Apollinaire. Ich bin Dichter, Schriftsteller. Vielleicht haben Sie noch nie etwas von mir gelesen, aber unter Freunden der Dichtkunst ist mein Name geläufig.'

Er schaute sich suchend um und blickte in vergleichsweise uninspirierte Augen. Unbestritten gilt in Frankreich ein Dichter etwas. Die Franzosen sind auch ein poetisches Volk. Aber wie in anderen Kulturnationen auch sind die Dichter, die der Mann auf der Straße oder der Polizist auf der Wache kennt, vorwiegend die verstorbenen, deren Qualitäten durch ein abgeschlossenes Leben und ihren Nachruhm begründet sind.

‚Bei dir hat doch Monsieur Pieret gewohnt...' Ja, aber warum sollte dies wichtig sein?

‚Aha!' triumphierte der vernehmende Beamte, ‚Du gibst also zu, zu diesem verbrecherischen Subjekt Kontakt zu haben...'

Apollinaire protestierte: ‚Ich gebe gar nichts zu! Géry ist kein Verbrecher!'

Der Poet echauffierte sich wirklich, doch der Beamte lächelte überlegen. Wissen ist Macht: ‚Monsieur Pieret tauchte höchstpersönlich bei einer renommierten Zeitung und gestand, Skulpturen aus dem Louvre gestohlen zu haben. Zum Beweis brachte er eine vorbei!'

Apollinaires Augen weiteten sich: ‚Pieret ein Kunsträuber?'

Der Kriminaler genoss seinen Triumph: ‚Nicht nur er!' trumpfte er auf: 'Ein weiterer Künstler besaß zwei dieser geraubten Skulpturen und brachte sie der Zeitung.'

Der Dichter verhedderte sich: ‚Aber Pablo wollte doch nur zeigen, dass er von dem Diebstahl nichts wusste und brachte die Sachen zur Zeitung. Das beweist doch seine Unschuld! Außerdem wurde ihm Anonymität zugesichert.'

Der Beamte lehnte sich zurück und verschränkte die Arme selbstgefällig über der Brust, getragen von seinem Bäuchlein: ‚Aha! Du weißt also davon! Und der anonyme Kumpan... Picasso, tja, den werden wir nun mal vorladen...'

Apollinaire war in eine Falle getappt. Seinem Freund hatte er keinen Gefallen getan. Die Zeitung hielt sich an die versprochene Anonymität, der übereifrige Freund verplapperte sich...

Die Flics brüsteten sich genüsslich: ‚Wir haben ihn geschnappt, den feigen Verbrecher. Und wir haben ihn überführt!' Freilich teilten die Richter ihre Sicht nicht. Sie sprachen den Dichter wie den Maler frei. Du kannst dir vorstellen, welche Schlagzeilen nun die Reporter dichteten! Lies nach bei ‚Le Petit Parisien'!"

Dieser Lösungsweg entpuppte sich als Sackgasse. Wie löste sich der Fall? „Schaffst Du es bis zum Happy-End, bevor ich mein Bier ausgetrunken habe?" Sie schenkte mir ihr berühmtes zweideutiges Lächeln und die Kellnerin mir ein...

19 Monas Heimkehr

„Alles wissen! Nichts tun können! Der Horror! Wochenlang! Angebliche Koryphäen verschiedener Sonderkommisionen verfolgten die seltsamsten Spuren und Gerüchte. Monatelang! Mein Platz im Louvre blieb leer. Ein Haken zwischen zwei klassisch gerahmten Gemälden. Ahnst du, wie viele Menschen sich nach einer Mona Lisa drängten, die gar nicht da war?

Irgendwann ersetzte mich die Museumsleitung durch ein zweitklassiges Bild von Raphael. Für mich ein Rufmord, fast schon Leichenschändung. Leonardo rastete schier aus, wenngleich er Raphael kollegial gratulierte. Aber der fühlte sich auch nicht glücklich als Ersatz. Ein Unbekannterer hätte vielleicht Stolz verspürt, aber Raffael spielte in der ersten Liga mit.

Später tauschten sie Raphael gegen Corot. ‚Frau mit einer Perle'. Eine obszöne Darstellung! Diese Frau, praktisch ohne Brüste, trug eine weit geöffnete Bluse. Ich hätte mich geniert. Den eigentlichen Clou verstand nur ich: Corot seinerseits hatte nur ein paar hundert Meter von meinem ‚Versteck' entfernt gehaust, quasi in der Nachbarschaft der echten Mona Lisa, freilich einige Jahrzehnte vorher."

Ich nahm einen guten Schluck des leckeren Gerstengetränks: „Und das Happy-End?"

„Mein Lieber!" zischte Mona gespielt streng: „Soll ich die historischen Geschichten wegen deiner Hektik kürzen? Wie ein Senior: Die haben es auch immer eilig, als könnten sie etwas versäumen... Also, eineinhalb Jahre geschah nichts. Man strich sogar meinen Namen aus der Inventarliste des Louvre. Gefühlt eine Todeserklärung!

Kurz vor Weihnachten 1913 ergriff Vincenzo eine lächerliche Initiative. Sein patriotisches Herz signalisierte: Mona Lisa muss heim nach Italien, in die Toskana, nach Florenz. Im Auftrag seines patriotisch-monetäres Herzens arbeitete das Rechenzentrum im Hirn. 500.000 Pfund – italienische Lire – sollten ihm sein Ungemach versüßen."

„500.000 Lire? In meiner Kindheit waren das grade mal 500 DM. Entspräche 250 €. Warst du beleidigt? Hast du ihn aufgefordert, die Summe zu erhöhen!"

Mona lächelte errötend: „Stimmt, ich bin ein bisschen eitel. Aber denk an die enorme Inflation. Je weiter du zurückgehst, umso mehr war die Lira wert. Kurz vor dem ersten Weltkrieg entsprach es etwa eineinhalb Millionen Euro. Die Summe befriedigte meine Eitelkeit!"

Das beeindruckte mich: „So viel Lösegeld? Dann muss dein Wert enorm eingeschätzt worden sein…"

Sie nickte mehr beiläufig. „Damals! Da ging es wirklich noch um Kunst. Heute? Weißt Du, was russische Legalverbrecher oder ihre arabischen Gesinnungsgenossen auf den Tisch blättern."

„Vermutlich schieben sie es drunter durch!" Meinen Witz goutierte sie mit einem bestätigenden Lächeln.

„Die astronomischen Summen entwerten die Kunst. Die Käufer schauen die Bilder doch gar nicht an. Die verschieben nur Ziffern auf den Konten. Ich weiß, ich bin eitel. Aber bei solchen Marktpreisen fühle ich mich beleidigt. Soviel zahlen nur Banausen, nicht wirklich Kunstliebende."

Was für ein herrliches Essay für meine Zeitung könnte ich aus Monas Ausführungen machen?! Aber als Toter? Wer veröffentlicht schon „Briefe aus dem Jenseits" von „unserem Reporter vor Ort…" Die Idee fand ich witzig. „Reporter vor Ort nach dem Tod…" Vielleicht könnte ich mal daraus etwas machen. Doch jetzt ging es um einen Kriminalfall, nicht um Kunst, Kultur und Knete.

„Pass auf: Vincenzo – das klingt wie ein Pseudonym – schrieb einen Brief, signiert mit Vincenzo Leonardo, nach Firenze zu Alfredo Geri, einem Händler für ‚Antikes'. Er bot meine „Heimkehr" an – verbunden mit der berechneten Unkostenerstattung.

Geri hielt das für eine Finte. Doch notorisch neugierig verabredete er sich mit Vincenzo in einem Hotelzimmer. Als es klopfte, stand der Verbrecher einem kleinen Mann mit Halbglatze gegenüber, seriös verkleidet mit einem Stehkragen. Hinter ihm stand ein Herr mit schickem Hut mit breitem Band in einem repräsentativen schwarzen Gehrock. ‚Signor Poggi, Direktor der Uffizien' stellte Signor Geri seinen Begleiter vor. Dieser Direttore lebte in heftiger Konkurrenz zu den Kollegen aus dem Louvre.

Fachleute! Sie inspizierten mich von allen Seiten, mit null Interesse an mir. Als die Louvre-Inventarnummer auf der Rückseite mit dem Original übereinstimmte, strahlten sie wie über Treffer auf dem Lottoschein. Hemmungslos untersuchten sie Zeichen meines Alters! Deprimierend und entwürdigend! Schier vor Kompetenz platzend begutachteten sie die Risse im Farbauftrag wie Altersfalten. Passend zu ihren Faksimiles...

Stell dir diesen schmierigen Kunsthändler vor! Er grinste breit, posierte noch breitbeiniger und rieb sich die fetten Hände. ‚Das könnte mich durchaus interessieren…' signalisierte er Vincenzo. Er blickte zum Museumsdirektor: ‚Das Geld werden wir auftreiben, oder?' Poggi nickte: ‚Ich habe potente Freunde der Kunst…' Geri versicherte: ‚Bis heute Abend habe ich alles beieinander. Du kriegst es und ich mein Mädchen…' Er grinste schmierig, als er so lässig von mir sprach. Am Abend erschien er zu Vincenzos Entsetzen jedoch nicht allein – sondern in Gesellschaft einiger Florentiner Polizisten... Dumm gelaufen für den Patrioten! Da tat er mir allerdings fast leid, denn diese hohen Herren der Kunst fand ich noch widerlicher."

„Trotzdem: Ende gut, alles gut..." sinnierte ich, „Dann haben sie dich wieder aufgehängt." Mein makabrer Scherz nervte sie sichtlich.

„Dummkopf! Du bist wirklich naiv! Kennst du die Italiener und ihren Patriotismus? Patrioten - aller Länder, aber sie vereinen sich nicht. Natürlich forderten die Nationalisten sofort, dass ich im italienischen Besitz bliebe. Doch solch einen Affront konnte sich die Regierung auf internationaler Ebene nicht leisten.

Auch der „Guru von GoHo" wurde geraubt! Man beachte die Täterhände! Daneben Signor Poggi bei La Giaconda

Sie schickte mich diplomatisch taktierend und pompös auf Tournee durch Italien, garniert mit geschmücktem Wachpersonal. Meine tatsächliche Rückkehr nach Paris glich einem Staatsbesuch! Vincenzo gebührte ein Lohn des Louvre, denn sein Raub machte mich zur größten Attraktion dieses fantastischen Museums!"

„Was machte man mit ihm?"

Immerhin produzierte dieser kleine Verbrecher eine geile Geschichte...

Monas aufgeregt engagierte Gesichtszüge verdüsterten sich: „Ein Kleinkrimineller! Der Richter brummte ihm sieben Monate auf. Ein Spottpreis für seine Berühmtheit. Das Interesse der Öffentlichkeit konzentrierte sich allerdings bald..."

„...auf den Krieg..."

Nicht nur in meiner seriösen Lokalzeitung lief das so. Die Schlagzeilen der Regenbogenpresse taugten nur für ereignislose Zeiten oder zur Ablenkung

„Vincenzo kämpfte auf der italienischen Seite, aber nach dem Krieg zog es ihn nach Frankreich. Dort lebte er nur noch sieben Jahre. Seine Tochter war nicht einmal ein Jahr alt, als er starb."

„Jaja..."

Erst schwieg ich. Denn in mir rumorte eine ungehörige Frage: „Und was wurde dann aus ihm?"

Mona blickte verärgert: „Der..." und unterdrückte ein Schimpfwort. „Ein blöder und banaler Stalker! Immer noch verfolgt er mich! Wundert mich, dass er uns im Louvre nicht über den Weg lief... und hierher ließ ich mich von dir gerne einladen, denn sicherlich verfügt er über keine Connections nach Franken."

„Wie steht's mit einem Ewigkeitsgeheimdienst?"

Mona grinste unverschämt: „Das Bescheuertste machen doch keine Agenten, sondern die Idioten, die mit ihren Mobiles ihre jeweiligen Standorte abfragen. 007 interessierte sich nie für kleine Leute, aber das einfache Volk spioniert sich gegenseitig aus. Ich wollte nicht von ‚besten Freunden' verfolgt werden..."

Ich kannte auch ohne Handyortung Monas Aufenthaltsort. So genossen wir locker die Location und verschwendeten völlig belanglos plaudernd die Zeit der Ewigkeit. Nur ganz leise in meinem Hinterkopf surrte es: „Was macht Lucy, wenn sie von unserem Date erfährt? Ist sie eifersüchtig, misstrauisch, wird sie laut?" Bezüglich meiner selbst war ich mir sicher: Mona fand ich anders als zu Beginn unserer Begegnung total sympathisch – das lag an ihr, nicht an Leonardos Meisterwerk. Aber die Gefühle, die Lucy galten, löste sie nicht einmal ansatzweise aus. Vielleicht sollte ich für Lucy einen Blumenstrauß...?

Letzter Blick auf Paris

20 Himmel? Ein fränkischer Biergarten

Manchmal helfen Wünsche... Ich bewegte mich durch den Feierabendverkehr der fränkischen Metropole. Das Stopp-and-Go nervte nur noch die anderen, nicht mich. Verewigten stünde genügend Zeit zur Verfügung, aber wir können die Probleme locker körperlos durchdringen (Smile ☺). Genüsslich beobachtete ich den schwitzenden Fahrer eines überbreiten PKW, der für eine US-Landstraße ausgelegt war, wie er sich durch die Münchner Straße schlängelte. Rücksichtslos, seinem Autotypen entsprechend, ergebnislos, dem stockendem Verkehr entsprechend. Sein permanentes Switchen, typgerecht ohne Blinker, brachte ihn nicht wirklich weiter. Weiter kam zu meiner Schadenfreude der Fahrer der kleinen, blauen Vespa, der ebenfalls unangepasst durch die Schlange gondelte. Knapp schrammte er an dem LKW vorne bei Rot vorbei, denn sonst hätte er hinter dem Hinterteil des Lasters bleiben und angesichts der Blickbarriere wieder auf Abstand gehen müssen - eine Verlockung für die nachfolgenden Autofahrer, ihn ganz knapp zu überholen. Was fluchte ich zu Lebzeiten! Ade Fluchen, Hello Genießen! Lächelnd schwebte ich an dem dicken Audi, dem dreckigen LKW und auch dem knatterigen Roller vorbei...

„Tot müsste man halt sein!" protzte ich triumphierend in die Runde, aber offenbar hörte mich niemand.

Manchmal helfen Wünsche. Ich steuerte zu einem schnuckeligen Biergarten am Rande der Stadt. Im „Zollhaus" hoffte ich meinen neuen besten Freund zu treffen, unter beruhigenden Baumkronen, an einer Bierbank, mit einer leckeren fränkischen Brotzeit und dem dazu gehörigen Getränk.

„Benny! Schön, dass du pünktlich bist!" tönte eine mir vertraute Stimme. Der Abend war gerettet. Gott war da. Was meine er mit „pünktlich"? Wir hatten doch gar nichts vereinbart.

Egal - er saß breit lächelnd vor seinen geliebten Nürnberger Bratwürsten mit dem entsprechenden Kraut und deutete auf seine bernsteinfarbene Halbe: „Du auch?" Was für eine Frage! „Ein Helles und ein Brotzeitteller, bitte!"

„Hier ist wenigstens eine Halbe noch eine Halbe!" lobte ich, als der Krug vor mir stand. Der Allwissende blickte fragend.

„Passiert selbst in Franken! Du bestellst ein Helles und der Kellner serviert eine Preußenhalbe, auch bei ‚fränkischen' Brauereien. Skandalös! Ich nenne Tucher nicht beim Namen, aber warum hast du dafür noch keine Höllenstrafen ausgesetzt?!"

„Sie müssen ihr eigenes Bier saufen. Das straft sie genug! Bei wem eine Halbe keine Halbe mehr ist, bei dem stimmt auch die Rezeptur nicht!" Gottes Stimme klang streng. Inhaltlich stand er zu seinem Konzept der Selbstbestrafung.

Er leckte er sich die Lippen und schnalzte: „Hopfen & Malz – in Gottes Hals!" OK, diesen Spruch konnte ihm niemand klauen…

Unser Bier schmeckte lecker, gefördert durch die frische Luft und die entspannte Stimmung im Biergarten. Neben reichlichem Platz bot man ein ebenso reichliches, nicht unbedingt billiges Essensangebot. Die Spielmöglichkeiten für Kinder interessierten uns weniger, aber die Live-Musik auf der Bühne durchaus.

Über Gottes Musikgeschmack hatte ich nie nachgedacht, aber ein erdiger Rock gehörte offenbar dazu. Manchmal zuckte sein Bein im

Rhythmus und er schnippte mit den Fingern. Dass ihm Leute wie Eric Clapton oder Jimmy Hendrix als Götter gleichgestellt worden waren, tangierte sein unerschütterliches Selbstvertrauen wenig – manche spekulierten ja mit hochkarätigen Sessions im Jenseits!

Uns Männern lagen Themen wie „der Club" oder die „Bolidig" nahe. Doch in mir stauten sich genügend Fragen an Gott, auch ohne: „Warum schafft es der CLUB nicht mehr?".

„Apropos ‚Club'!" begann ich: „Bengalische Feuer in der Fankurve – klar. Aber: Warum schlug nicht öfters mal ein Blitz von dir im ‚Max-Morlock-Stadion' ein?!"

„Ein Blitz als Tritt in den Hintern der Mannschaft?"

„Nein. Wenn Fans Plakate entrollten wie – früher zum Beispiel: ‚Mintal ist Gott!' So eine Gotteslästerung schreit nach Strafe!"

Gott grinste: „Bin ich Wotan?! Nee, hör mal: Eines Tages kam Ottmar Hitzfeld, der frühere Bayern-Trainer, in den Himmel. Ich empfing ihn: ‚Hallo, Herr Hitzfeld, herzlich willkommen! Aufgrund Ihrer großen Verdienste um den FC Bayern bekommen Sie bei mir Ihr eigenes Häuschen. Echt etwas Besonderes!' Ich führte Ottmar vor einen kleinen Bungalow auf einer kleinen Wolke. Die Fußmatte an der Tür zierte ein Bayern-Logo. Eine kleine FC-Bayern- Fahne wehte im Vorgärtchen…

Doch als Ottmar sich umdrehte, sprangen seine Augen fast aus den Höhlen: Auf der Wolke über ihm prangte ein Prachtbau. Aus riesigen Lautsprechern dröhnte die Club-Hymne ‚Die Legende lebt'. Ein bombastisches goldenes FCN-Wappen zierte den Garten. Der schwarz-rot gestrichene himmlische Palast trug lauter FCN-Symbole.

Hitzfeld blickte mich ungläubig an: ‚Was soll das?! Wieso stellst du dem Meyer so einen Palast hin? Was hat der denn gebracht außer einem mickrigen DFB-Pokälchen?' Ich lächelte ihn an: ‚Ottmar, das Haus gehört nicht Meyer, das ist meines!'"

Ich musste bei aller journalistischen Neutralität doch grinsen. Bayern München… naja, nix fürs fränkische Herzblut. Gott als Club-Fan? Wirft das nicht ein schlechtes Licht auf die Fähigkeiten des

Allmächtigen? Oder auch nicht! Eingefleischte Fans kommentieren den Glubb meistens mit: „Allmächt!"

In unseren Biergarten strömten bei diesem herrlichen Wetter halbe Heerscharen. Das klimatische Himmelsgeschenk genossen auch etliche Verewigte. Da ich von vielen verblichenen VIPs kein Bild vor Augen hatte, übersah ich sicher wichtige Persönlichkeiten.

Andererseits müsste dieser Biergarten völlig überbevölkert sein angesichts der vielen Generationen, die hier ihr Leben nach dem Tod genießen könnten. Mein kompetentes Gegenüber seufzte angesichts meiner Mimik präventiv und soff...

„Nun frag schon!"

Ich beschrieb mit der Hand einen Halbkreis über unsere Mitgäste: „Schau auf das Gewimmel! Volle Bude! Aber warum quillt es hier nicht über von Ewigen? Hier tummeln sich Jahrhunderte, vielleicht Jahrtausende. Also: Warum ist die Erde nicht überbevölkert, wenn alle Toten durchs Leben streifen?"

Gott lachte: „Naja. Du überschätzt eure Population durch die Jahrtausende. Ihr habt mal ganz klein angefangen. Denk nur an Lucys Familie."

Da hatte er Recht. Aber: „Was heißt das in nackten Zahlen, großer Mathematiker?"

Gott verschränkte die Arme vor seinem kleinen Bauch: „Neugieriger Esel! Wenn sich die komplette Gegenwart und Vergangenheit gleichmäßig verteilte heute träfen, müsstest du dir deinen Platz mit 15 Besuchern teilen. An diesem Platzmangel trüge vor allem deine Generation schuld!"

„Aber wir sind nicht vierzehn zu eins! Wo bleibt der Rest? Womit habe ich mir die Unsterblichkeit verdient?" Worauf durfte ich stolz sein? Was zeichnete mich andern gegenüber aus?

„Vergiss das Wort Unsterblichkeit…" Gott machte eine abfällig Handbewegung: „Ihr seid doch alle gestorben. Der Punkt ist: Warum darfst du weiterhin auf diesem Planeten anwesend sein? Ich wählte ein stimmiges Kriterium: Du musst dich schon zu Lebzeiten wirklich für das Leben interessiert haben."

„Tun das nicht alle?"

Gott schüttelte sein weises Haupt: „Leider nicht, mein Junge... Viele beschränken ihr Interesse auf sich selbst. Die könnten jetzt auf dem Mars rumhüpfen oder durch den Andromedanebel staksen... Flapsig gesagt: Dein Interesse an dieser Welt ist die Eintrittskarte für die Erde nach deinem Tod."

Das klang nachvollziehbar. Obwohl ich zu den „Geretteten" gehörte, fragte ich mich: „Und die anderen? Sind die dann endgültig tot oder..."

Gott wiegte sein Haupt: „Pass auf, ich kann dir wirklich nicht alles erklären, weil es selbst für Hard-Core-New-Age-Anhänger zu komplex ist. Nimm's positiv: Warum sollte ich jemanden, der an diesem Planeten nicht interessiert ist, quasi auf ewig damit strafen, dass er hier bleiben muss. Da kommt er doch besser ins Jenseits... auf die andere Seite der Grenze... Hoffnung oder Verzweiflung? Himmel oder Hölle? Für uns, die wir diese Erde lieben, ist das uninteressant. Manches, was für dich die Hölle wäre, ist für andere himmlisch."

Das hörte ich gerne, es passte so trefflich in mein Weltbild: „Es gibt also keine Hölle!"

Gott brummte: „Unsinn! Nicht mit mir! Manche verdamme ich wirklich dazu, zu bleiben. Ausgleich muss sein. Lucy soll dir mal so eine Szene zeigen. Befriedigender wäre eine Erfahrung parallel zum eigenen Leben. Aber es geht anders.

Schluss damit: Du fragst nach der Menge derer, die bleiben. Meine Antwort muss dir reichen. Ich jedenfalls habe keine Lust, so ein trockenes Grundschulrechnen am Biertisch zu exerzieren. Mir reicht die heilige Dreifaltigkeit."

Damit überzeugt er mich. Doch der Allmächtige ließ sich in seinem Redestrom nicht aufhalten: „Gerstenmalz, Hopfen, Wasser! – Ich erhalt's!"

Er erhielt es und genoss es – mit mir, dem ein Bier mehr behagte als nüchterne Antworten auf endlose Fragen.

21 Camping mit Lucy

Den Blumenstrauß vergaß ich dann doch. Aber Mona verschwand aus meinem Inneren, als Lucy wieder zu mir stieß. Mit den anderen VIPs unterhielt sie sich bestimmt super, aber offenbar vermisste sie mich genauso sehr wie ich sie.

Wo sollten wir uns treffen? Auf einem Campingplatz! Diese Umgebung vermittelte bestimmt das originale Gefühl ihrer ursprünglichen Lebenswelt. Ein blauer See mit ruhigem Wasser, in das man hineinwaten konnte, eine schöne Wiese, auf der man ein Zelt aufbauen konnte, eine Feuerstelle, um etwas zu grillen... Abenteuer pur, nahe an der Steinzeit. Auf dem Weg zum Archäopteryx in Solnhofen liegt das fränkische Freizeitparadies, am und im Brombachsee. Hier spielten die Bayern Dörferversenken, organisierten ihre eigene Sintflut und euphemisierten es ‚Fränkisches Seenland'.

Den Campingplatz füllten Horden von Lebenden. Viele Menschen verspüren dieses Bedürfnis nach rudimentärem Leben, auch ohne einen Lover aus jener Zeit, in der Höhlen und Fellzelte die einzigen Wohnrealitäten waren. Lucy und ich spazierten händchenhaltend über den Platz.

„Schau dir mal das an..." sie deutete auf Wohnwagen: „als Wochenendhäuschen getarnt!"

„Eeeegooon!" Eine dralle Blondine um die sechzig, im lockeren Jogginganzug postete den Namen ins Universum. Wie sah wohl ihr Pendant aus, Egon? Ein Schnittchen im gleichen Alter und ebenso toll gestylt, mit Radlerhosen, gestreiftem T-Shirt und leider auch einem Bauch, dessen Konturen dieses T-Shirt unbarmherzig in die Augen der Betrachter drückte.

„Bin gleich da, Schätzchen!" gurrte er keuchend, sich von den Knie erhebend. Er hatte sich gärtnerisch betätigt, auch ohne grüne Arbeitsschürze.

„Wie niedlich!" zirpte Lucy: „Zäunchen um die Kleingärten, mit Kleinmenschen, umgeben von Gartenzwergen... Ein Gartenzwergkindergarten!"

„Man nennt das Dauercamper..." brummte ich.

Lucy brachte drei Millionen Jahre Lebenserfahrung mit, fast eine Überdosis. Leben als Ewigkeitsjunkie? Hier erlebte sie erstmals einen deutschen Campingplatz live, einschließlich Dauercamper. Satellitenschüsseln zierten wie runde Minarette die Dächer. „Natur pur!" zischte sie sarkastisch.

Wie bei den „strenggläubigen" ägyptischen Muslimen, die per Satellitenschüssel Sexshows ins Wohnzimmer holten, während die Frauen draußen züchtig verschleiert herumliefen... Oder bei den türkischstämmigen Deutschen mit den doppelten Ausweispapieren und der doppelten Moral, die voll integriert per Satellit in der Türkei blieben? Und mit einer 2 in Sozialkunde den offensiven Autokraten wählten... Oder bei den bodenständigen Franken, die internett durch die Welt surften, während ihr interessierter Horizont jenseits des flachen Bildschirms an den Stadtteilgrenzen endete? Eine Alternative für Deppen...

Gartenzwerge und Satellitenschüssel, Gartenschüssel und Zwergsatelliten... Aphorismen für mitteleuropäische Kleinbürger? Wir wanderten an den Kleingartenanlagen vorbei zu den imponierenden zirkusistischen Wohnwägen. Wer steuerte diese Giganten über Autobahnen und durch Gebirgsdörfer hindurch zum Campingplatz? Diese Ungetüme? Die gigantischen Lenker versammelten sich wie bei einem Gottesdienst um ihren Supergrill. Ihr brennendes Fleisch rauchte gen Himmel gleich archaischen Opferritualen.

„Warum hier? Zuhause im Garten wär's einfacher. Hier fehlt das Flair genauso wie die Natur! Die rennt vor ihnen weg!!!" Lucy brodelte vor Ärger...

„Sieh das nicht so eng! Sie verstehen das nicht besser. Die können nicht wirklich leben. Auch auf der Flucht vor der Stadt bleiben sie

Konsumisten. Kaufen, kaufen, kaufen. Hier findest du alles vom angepriesenen Besten. Damit campen sie an der Realität vorbei, aber sie glauben ganz fest daran!"

„Ja!" Lucy lachte sarkastisch, „Aber dann! Ihr letzter Atemzug verpulvert sie... ach was, Pulver wäre nach ihrer inhaltslosen Lebenszeit noch zu gehaltvoll... selbst Rauch vom Grill bleibt länger, sie verpuffen einfach."

Der direkte Zusammenhang zwischen sinnentleertem Leben und Ewigkeit schockierte mich, gewährte mir aber heimliche Genugtuung: Ich erkannte diese Typen mit den dicken, hohen, fetten Autos, die sich überall noch reindrängen, rechts überholen, im Parkhaus rücksichtslos drei Parkplätzen belegen... Wenn die nach ihren 72,4 Jahren am Auspuff des Lebens zu Pulver zerfallen, befriedigt das meinen Hunger nach Ausgleich.

Ich suchte ein alternatives Gesprächsthema. Pulver? Rauch? Feuer? Hölle? Grillen? Feuermachen und Menschsein! Wie entzündete Lucy Feuer in ihrer Jugend?

Die Anthropologen hielten Lucy und ihre Familie für feuerlos... Meine Afarensa beschrieb mir Feuer wie ein Wunder aus dem Nichts. Durch die Generationen überlieferte man akkurat die Kenntnis, wie ein Feuer zu entzünden wäre. Da ihre Brüder für das Feuermachen sorgten, blieb ihr das Geheimnis verborgen. Ihren leckeren Antilopenbraten rühmte sie mit feurigem Blick und ließ ihre Zunge genüsslich die breiten Lippen entlang gleiten...

Hab ich Lucy schon beschrieben? Die für mich tollste Frau des Universums? Das geilste Weib aller Zeiten (bis jetzt)? Ja, ich habe. Wem meine dürren Worte nicht reichen, kann ins Internet schauen. www.Lucy.com. Dann kommt Lucy auf den Bildschirm. Nein!!! Mach das nicht!

„Was für eine öde Kleidungsseite?! Lucy.com präsentiert sich geschmacklich steinzeitlicher als die ungefragte Namensgeberin!"

„Geil! Diese prickelnde nackte Haut!"

„Worin lag der evolutionäre Gewinn der Herstellung von Kleidung bei unseren Vorfahren? Bei Lucy.com & Co dient Kleidung nur dazu, um Haut auszusparen. Lucy, das Original glänzt immer noch in ihrem süßen Fell..."

Wem es wirklich um Lucy geht, der findet bei Wikipedia bewährte Qualität. Wiki protzt nicht mit Aufwand, aber dort siehst du, was ich meine. Lucy wie sie leibte und lebte (nicht, wie sie liebte), rekonstruiert aus gezählten Knochen. Das Bild reproduziert natürlich nicht ihre persönliche Ausstrahlung – das bestätige ich als Augenzeuge.

Wir richteten es uns vor einem Zelt bequem ein. Ich schichtete Grillkohle auf und platzierte heimlich einen Anzünder... Mit dem Stabfeuerzeug gelang es mir souverän, ein Feuer zu entfachen! Bald glühte die Kohle voll romantisch. Lucy legte Fleisch auf – genauer: fränkische Würstchen, lecker über den Tod hinaus.

Wir genossen unsere Zweisamkeit, schauten wechselweise aufs Feuer, den See und in unsere Augen. Lucys Augen glühten wie Seen aus Feuer!

Die Sonne sank tiefer, spiegelte sich im See, versank im Wasser, ein helles Rot umschmeichelte das weiche Blau des Himmels und des Wasser. Romantik pur! Aus den Tiefen meines Herzens stieg der Mut empor. Ich fasste ich mein zartes Geschöpf an den Schultern, schaute hinunter in ihre Augen und flüsterte: „Lucy, willst du ein Kind von mir?"

Lucy blickte mit ihren großen Augen zurück: „Ein Kind?"

Wie sollen Tote Kinder zeugen? Ist die Ewigkeit nur die Fortsetzung der Zeit mit anderen Mitteln?

Mit ihrer Antwort ließ sie sich Zeit. Sehr viel Zeit. Zeit hat man in der Ewigkeit. Die Erfahrung eines ganzen Lebens lehrt zudem, dass Entscheidungen Konsequenzen haben. Lucy lächelte: „Ich liebe dich..."

Zärtlich fügte sie hinzu: „Lass uns noch ein bisschen nachdenken – das muss ich mit einer Freundin beraten..."

Ist die Ewigkeit nur die Fortsetzung der Zeit mit anderen Mitteln? Ich wollte Vater werden und musste die Welt verstehen, die ich meinem Kind erklären würde. Zeit und Ewigkeit… Lucy hatte hier Freundin, aber wer könnte mir weiterhelfen?

Lucy lächelte: „Ich kenne jemanden, der dir ein bisschen zur Ruhe verhelfen kann."

Das ärgerte mich: „Ich meine es ernst. Ich brauche keinen Seelenklempner oder Yogameister. Ich will es wirklich wissen!!!" Meine drei Ausrufezeichen setzte ich sehr drastisch.

„Ich kenne jemand, der wirklich viel weiß und gut antwortet."

„Hast du ganz bestimmt einen Westentascheneinstein bei der Hand…" erwiderte ich. Superformulierung. Ich grinste in mich hinein. „Westentascheneinstein", geil!

„Mein Westentaschen-Casanova: Ich habe einen wirklichen Einstein für dich. Er heißt Albert und hat 1913…"

Ich unterbrach sie hastig: „…die Relativität erfunden?"

Lucy verdrehte die Augen (fast hätte ich mich an sie rangemacht, so machte mich dieser Blick an…) „Nein, die Relativität musste niemand erfinden. Er entwickelte die Relativitätstheorie. Dazu gehört auch eine Menge."

„Mit dem willst du mich bekannt machen? Den will doch alle Welt sehen, da kommt unsereins nicht ran."

Lucy lächelte nachsichtig: „Mein Schatz! Ich bin Lucy. Verstehst du?! Ich bin Lucy. Ich liebe dich zwar und ganz schön heftig, aber ich brauche mich nicht zu unterschätzen. Viele bezeichnen mich als ihre Ur-Mutter. Da hält Einstein dann doch nicht mit. Du merkst: alles ist relativ. Besonders, wenn es die Relatives betrifft…" sie grinste mich an: „die englischen Verwandten…; ich bin die verwandteste Person des ganzen Planeten. Das sticht Albert …" Sie grinste, mehr belustigt als selbstgefällig. „Den Kontakt stelle ich auch ohne Seancen her."

Ich war baff. Einstein sehen? Stark! Aber Lucy Superstar?! Das ist die Frau, die ich liebe. Die darf nichts Abgehobenes sein. Ich will nicht zum Anhängsel eines Promis degradiert werden à la Prince Philipp von England. Was für ein Alptraum: ‚Ich darf vorstellen: Lucy!!! Und ihr Mann...' Das schallte von allen Seiten wie bei Angela Merkels Gatten mit dem unbekannten Namen. Wahrscheinlich blickte er manchmal deswegen so sauer. O nein, das ist ein Kalauer auf seine Kosten, immerhin ist er ein Kollege von Einstein, quantenphysikalisch renoviert – äh, renommiert. Also, ein Anhängsel an die prominenteste Frau des Planeten zu sein? Nein! Ich war nicht gestorben, um nun ein Nichts zu sein.

Ist die Ewigkeit nur die Fortsetzung der Zeit mit anderen Mitteln? Diese Frage mit Einsteins Hilfe zu verstehen wäre nicht das Schlechteste.

„Also gut", hörte ich mich sagen, „ich will's wirklich wissen. Bring mich ruhig mit deinem Ali zusammen."

Lucy lächelte, während ihre Augen vereisten: „Es ist Einstein! Vergiss das nicht. Er ist wirklich etwas Besonderes. Nur, weil du nicht zur High Society gehörst, brauchst du nicht von vornherein verächtlich über Leute wie ihn zu denken, und auch nicht über sie zu reden. Ist das klar?!"

Wie sollte mir bei Lucy etwas nicht klar sein?! 3,2 Millionen Jahre wiegen schwer auch bei einem Leichtgewicht von 28kg. Es stimmt schon, es zeugt von Kleingeist, spöttisch über Leute zu reden, die es öffentlich zu etwas gebracht haben. Mir hallte im Ohr der penetrante Satz eines Hausmeisters: „Und dann hab ich dem Herrn Brofessser geh-sagt! Herr Brofessser, hob i gsogt, des is alles ganz einfach. Schaun se ma her... Und wie der gschaud hat, der Herr Brofessser... Aber sonst die Nase ganz oben!"

So nicht. Ich wollte bei meinem Leisten bleiben, wie ein anständiger Schneider. Vielleicht brachte mich Lucy doch mit Einstein zusammen. Warum eigentlich? Ich wollte mit Lucy ein Kind. Konnte da Einstein weiterhelfen?

Wir legten uns schlafen und ließen uns auch nicht durch die Morgenkühle gegen fünf Uhr stören. Nach einem leckeren Brötchenfrühstück, einem gemütlichen Spaziergang am See entlang und einem erfrischenden Bad um die Mittagszeit begaben wir uns zurück ins Getriebe der Metropole. Lucy hatte noch einen Programmpunkt, den ihr mein Freund, Gott übertragen hatte.

22 Die Hölle und die Teufel

Am frühen Abend wanderten wir die Fürther Straße entlang, vorbei am Denkmal für die erste deutsche Eisenbahn, und bogen dann nach links ab, zu einem repräsentativen Gebäude des Fin de Siecle. Ein Türmchen zierte die Fassade. Die üppigen Fenster deuteten auf hohe Räume. Eine Schule bester Bauart. Durch einige offene Fenster schallten Stimmen aus dem Unterricht: „Unterricht um diese Zeit? Da sind die Kinder doch längst zuhause. Selbst die Lehrer..."

„Besuchen wir mal einen Unterricht..." antwortete Lucy seltsam nachdenklich.

Schule ohne Leistungsdruck - witzig. Man lernt angeblich nicht für die Schule, sondern fürs Leben. Aber was oder wo lernt man für den Tod? Also für eine „Zeit"-Spanne, die viel länger ist?

Ich hasste jenes: „non scholae, sed vitae discimus". Wieviel Zeit, wie viele wichtige Zeit meines Lebens verbrachte ich in der Schule. Weshalb sollte ich nicht für die Schule lernen, die doch so lange mein Leben war? Als ob die Schulzeit keine Lebenszeit ist! In der Schule lebt ihr, für die Schule lernt ihr, und wenn ihr Glück habt, könnt ihr das auch im weiteren Leben brauchen! Ich wollte das in großen Lettern auf eine große Tafel schreiben und am Eingang aller Schulen aufhängen lassen: Schule ist Leben!

Was aber gab es nach dem Unterricht hier zu lernen? Wir stiegen die breiten steinernen Treppen hoch in den ersten Stock.

„Du keuchst ganz schön!" spottete Lucy.

„Gar nicht!" wehrte ich mich unbeholfen. Optisch war mein Bäuchlein nicht verschwunden, aber körperliche Anstrengung spielte postmortal glücklicherweise keine Rolle mehr!

Befreit von der Notwendigkeit, Türen zu öffnen, traten wir unbemerkt ein und setzten uns auf eine Fensterbank.

Der Lehrer wirkte etwas älter. Tiefe Falten zeigten, dass das Leben es nicht nur gut mit ihm gemeint hatte. Andere Falten zeigten, dass er auch zu lachen verstand. Sein Blick zeigte: Er nahm diesen Unterricht sehr ernst.

Lernen nach dem Leben: Klassisches Gostenhofer Schulgebäude

Die Schüler wirkten irritierend, nein, widerwärtig geklont. Brave Kurzhaarfrisuren, akkurat gescheitelt. Blonde Jungs – keine Mädchen. Schuluniformen? Ihre Kleidungen ließen nur eine einzige Form für alle zu. Der Lehrer winkte einen Schüler aus der letzten Bank zu sich. Er stakste wie auf einem Kasernenhof, wie gedrillt, als müsse er gehorchen ohne zu hören. Er sollte Blätter vom Pult mitnehmen und „ad personam" verteilen.

Neugierig schaute ich zu, geschützt dadurch, dass die Lebenden uns nicht sehen konnten. Wirklich? Der Lehrer blickte streng zu mir, gestattete meinen Blick auf die Blätter, dirigierte mich mit einer kleinen Fingerbewegung zurück zum Fenster und beherrschte derweil die Klasse so klar mit seinem Blick, dass alle sich verhielten, als wären wir nicht hier. Dass nur der Lehrer uns sehen konnte... glaubte ich nicht. Wir standen in einer toten Klasse. Sie lernte etwas für den Tod. Was sollte das sein?

Auf den ansprechend gestalteten Blättern war jedem Schüler ein wohlwollener Satz zugeordnet: „Schön, dass es dich gibt..." „Wie schön, dass du geboren bist, wir hätten dich sonst sehr vermisst..." (Welch nerviges Tauflied! Eingängig, aber flach. Jemand, den es nicht gab, konnte man nicht vermissen. Trotz guter Ideen verfügen manche Dichter nur begrenzt über Umsetzungsmöglichkeiten – aber im geistigen Rahmen der Konsumenten avancierte das Lied zum Hit).

Wir befanden uns im Unterricht – aber in welchem Fach? Seine Idee hatte der Lehrer arbeitsintensiv umgesetzt: Jedes Blatt trug einen Namen und ein Portrait des Schülers. Mir wurde warm ums Herz: Dieser Lehrer war ein guter Lehrer. Das Lernziel hieß: Der Schüler solle seinen Wert zu schätzen lerne. Auf der affektiven Ebene bedeutete es: sich geliebt zu fühlen...

Jeder Schüler erhielt sein Blatt. Die jungen Männer reagierten unterschiedlich, aber durchgehend positiv. Mit auf dem Rücken verschränkten Händen schritt der Lehrer durch die Reihen, ohne uns Besucher eines Blickes zu würden und diktierte: „Du schreibst unter dein Bild: 'Ich bin stolz, ein Deutscher zu sein!'"

Mir stockte der Atem: Faschismus pur! Neo-Nazis im ewigen Leben? Didaktisch positiv verstärkt?! Lucy fasste mich bestimmend am Handgelenk: Bleib ruhig! Bei menschenverachtendem Faschismus bleibe ich nicht ruhig! Noch bahnte sich nichts Zerstörerisches an. Ich zwang mich zu Zurückhaltung.

Der Lehrer ließ Pappschilder verteilen, gelocht und mit Schnüren. Die Schüler hängten sie sich um. Auf allen stand dasselbe: „Deutscher!" Lachend nahmen die Schüler Position ein: Habachtstellung, Hände an der Hosennaht, Schnauze in der Luft, die Hand bereit zum Hitlergruß. - Das war strafbar. Aber hier, im ewigen Leben? Da galt das bundesdeutsche Recht nicht.

Der Lehrer stellte sich vor die Tafel und ordnete die Schüler in Zweierreihen: „Los! Marsch!" Sie zogen einmal um alle Bankreihen. Dann dirigierte er sie hinten an die Wand. Die ersten beiden mussten vor ihm antreten. „Ausziehen!" Sie blickten ihn verständnislos an: „Ausziehen!" Befehl ist Befehl. So mussten sie sich ausziehen, mit einem kurzen Zögern bei den Unterhosen. Erschrockenes Einatmen hinten, starres Schweigen oder verständnisloses Kichern. Nackte Kameraden?!

"Vortreten!" Die beiden traten vor den Lehrer. Mit großen Augen stießen sie hervor: „Ich bin stolz, ein Deutscher zu sein." Er drückte auf etwas unterhalb der Tafel. Sie verschwanden in der Tiefe. Eine Falltür! „Die Nächsten!" Seine Stimme ließ keine Widerrede zu. Ausziehen, „Ich bin stolz, ein Deutscher zu sein...", Vortreten, Abstürzen. „Ich bin stolz, ein..." Absturz.

„Die Nächsten!" Keine Widerrede. Ausziehen „Wie schön, dass du geboren bist!" Vortreten, verschwinden. Wie pervers, wie abartig menschenverachtend!

„Die Nächsten!" Ich schaute zu Lucy. Ernst fasste sie mich an der Hand und führte mich zum Pult. Ich schaute durch die Falltüre hinunter. Fassungslose Augenpaare blickten zu uns hoch. Unfähig zu begreifen, was mit ihnen geschehen war. Konnten sie es ahnen?

„Stopp!" Der Lehrer unterbrach anscheinend emotionslos seinen Vernichtungsakt: „Fragen?" Er schaute nur zu mir.

Ich schüttelte den Kopf. Oder doch? „Ich verstehe das nicht... Es hat doch positiv begonnen!"

Der Lehrer nickte: „Das ist auch nicht zu verstehen. Jedes Leben hat positiv begonnen: Ein Ja zur Existenz! Es ist schön, dass es dich gibt!"

„Und dann...?"

„Denk an die Menschen in den dreißiger, vierziger Jahren im Deutschen Reich. Auch bei denjenigen, die man Juden nannte – egal, welcher Religion sie angehörten –, und die alle Deutsche waren... bei ihnen hatte das Leben positiv begonnen. Die Zeugung war geglückt, die Schwangerschaft überstanden, das Kind konnte hoffnungsvoll ins Leben blicken.

Wer Kinderaugen kennt, weiß, wie lebensbejahend diese Blicke sind. Dann kamen Menschen, die, sich Deutsche nennend andere als Untermenschen verachteten, von lebensunwertem Leben redeten. Sie setzten eine Maschinerie der Entwürdigung, Qual und Vernichtung in Gang. Diese Menschen...!" Er deutete auf die übrigen Schülern, dann senkte in die Grube.

„Jetzt..." erklärte er leiser und eindringlich: „Jetzt erleben diese Menschen sich an sich selbst. Wenn sie teuflisch waren, werden sie unter ihrer Teufelei leiden."

Lucy zog mich ein Stück weit zu sich: „Täglich. Täglich erleben sie es aufs Neue. Und sie erleben nichts Anderes."

„Und warum?" Ich verstand das nicht. Ich dachte, Menschen, die lieben würden ewiges Leben bekommen, die anderen nicht. Aber das wirkte hier anders.

„Mein Lieber, das Leben nach dem Tod kann die Hölle sein."

Ich erinnerte mich an einen Satz von Jean-Paul Sartre 'die Hölle, das sind die anderen': Aber hier vollzog sich etwas anderes: „Die Hölle, die schaffe ich mir selbst. Der Teufel, der ich war, hat mich nun in seiner Hand. Auf ewig!"

„Das ist ja furchtbar!" stammelte ich.

Der Lehrer schaute hart: „Nein! Furchtbar war, was diese Menschen mit dem Leben anderer Menschen gemacht haben. Wer in seinem Leben unschuldig leiden musste, der kann hier erfahren, dass dieses Leiden sich an den Peiniger rächt. Dieses Mindestmaß an Ausgleich brauchen die Opfer!"

„Diesen Ausgleich haben sie verdient!" rief Lucy empört.

Doch der Lehrer wiegelte ab: „Nein, so edel dürfen wir von den Opfern nicht reden. Nicht jeder, der ein Opfer ist, ist auch ein guter oder liebevoller Mensch. Manche wurden zwar ein Opfer von anderen, lebten aber ihren Sadismus oder ihre Bosheit an anderen aus. Davon gibt es genug."

Ich griff auf meine spärliche religiöse Bildung zurück: „Jesus hat doch gesagt, dass die guten Menschen zu Gott kommen, die bösen aber in die Hölle..."

Typisch Lehrer! Er grinste ob dieser Plattitüde: „Jesus setzte unbedacht eine etwas flache Vorstellung in die Welt. Das braucht man ihm nicht zum Vorwurf zu machen, denn er wollte keine Vorstellung vom ewigen Leben vermitteln, sondern..."

Ich protestierte spontan: „Das finde ich selbst für einen Lehrer etwas anmaßend! Woher wollen Sie denn wissen, was Jesus gemeint hat. Ich weiß noch aus der Schule, was er gesagt hat."

Er lächelte beschwichtigend: „Weißt du: Ich habe einfach Jesus gefragt. Du bist wohl noch nicht sehr lange tot... bei uns ist das eine reale Möglichkeit: Wir können Jesus fragen. Du wirst vermutlich nicht bezweifeln, dass es für ihn ein Leben nach dem Tod gibt..." Er lachte über seinen kleinen Witz

Ich lachte fasziniert irritiert mit: „Jesus selbst?"

„Lassen wir das. Sonst glaubst du noch, morgen könntest du mit Jesus sprechen. An den kommt man nicht leicht ran. Zu Recht, der braucht auch seine Privatsphäre."

Das leuchtete mir ein. Meine Bedeutung reichte kaum für eine Audienz bei... soll ich sagen „beim Gottessohn"?

„So!" die Lehrerstimme klang lehrerhaft bestimmend: „Jetzt muss ich zu Potte kommen. Auch der Rest dieser menschenverachtenden Brut soll seine eigene Entwürdigung zu spüren bekommen. Nebenbei, zur Ehrenrettung von Jesus, dem Rabbi, dem Lehrer: Der wollte nicht sagen, was nach dem Tod kommt, sondern im Gegenteil dazu aufrufen, sich vor dem Tod entsprechend zu verhalten, also menschenfreundlich. Zwar checkten selbst viele Päpste dies nicht, aber deren Egoismen, deren Machtstreben, deren Intrigen sind nicht Jesus anzulasten, sondern den Menschen, die solche Despoten fördern."

Irgendwie verstand ich das. Irgendwie tat es mir gut, dass die Täter unter ihrer eigenen Tat leiden sollten. Das Gleichnis vom großen

Weltgericht konnten auch die Reichsdeutschen dieser Höllenklasse hören. Jesus adressierte seine Geschichten an das Herz, und die hier hatten ihr Lebenszentrum Herz ganz offensichtlich verschlossen.

Stockwerke der Schule! Tief ist der Fall...

Musste ich wegen mir beunruhigt sein? Ich war nie ein ganz guter Mensch gewesen. Und jetzt? Aus den Blicken des Lehrers und Lucys sprach nichts, das mir hätte weiterhelfen können.

Der Lehrer rief die nächsten Schüler auf. Sie blickten in die Tiefe: Dieser Blick vernichtete sie ohne Ansehen ihrer Person. Nur weil sie Deutsche waren. Die Hölle für die Arier. Eine echt arische Hölle, selbst konzipiert und geschaffen.

Lucy packte meinen Arm: „Hier können Opfer kommen und sich ansehen, wie die Täter unter sich selbst zu leiden haben. Das macht ihr eigenes Leiden nicht ungeschehen, aber es wirkte wie eine Art Ausgleich.

„Ist das christlich?"

„Weshalb sollte es christlich sein? Es reicht doch, wenn jeder nach seinen eigenen Vorstellungen gerichtet wird. Nur unter einer höheren Perspektive. Übrigens erzählte mir Jesus etwas Ähnliches. Wenn du mal Zeit hast..." sie lachte über ihren etwas simplen Witz." ... erzählt dir vielleicht Jesus selbst die Geschichte vom reichen Mann und dem armen Lazarus. Die ist echt gut!"

Jesus? Mir? Das wäre...

Sie lachte: „Stell dir einen reichen Mann vor. Er lässt es sich gut gehen, eine Feier nach der anderen. Den Rest vom großen Fressen wirft man auf den Müll. Vor seiner Tür liegt ein Mann, Lazarus. Seinen Körper bedecken Geschwüre. Er hat Lepra. Die Hunde des Reichen lecken an seiner Haut, an seinen Geschwüren. Bald stirbt er. Auch der Reiche stirbt. Zu seinem Entsetzen landet er ohne Rücksicht auf seinen Reichtum direkt in der Hölle, direkt im Feuer. Von dort, welcher Hohn, kann er in den Himmel schauen. Da sieht er Lazarus, dem es dort gut geht.

Der sieche Hungerleider im Himmel? Das versteht er gar nicht. Er ruft Gott zu: ‚Herr, ich verschmachte hier im Feuer. Sag doch dem Lazarus, er soll mir etwas Wasser bringen!' Aber Gott antwortet: ‚Nein. Das kann er nicht. Die Kluft zwischen Himmel und Hölle ist unüberwindbar. Auf der Erde ging es dir gut. Du hast dich um keine armen Menschen gekümmert. Lazarus litt vor deinen Augen, ohne Chance. Jetzt hat sich alles umgedreht.'

Der reiche Mann im sengenden Feuer ruft: ‚Dann lass ihn doch wenigstens meine Brüder warnen, dass sie nicht genauso enden.' Aber Gott antwortet cool, ohne abzukühlen: ‚Wenn sie das nicht selbst checken, wenn sie die Stimme des Herzens nicht hören, dann kann ihnen niemand helfen, auch ich nicht...' So endet Jesu Geschichte. Ich habe sie live gehört. Vielleicht variierte ich ein paar Worte, aber ihren

Sinn behielt ich tief im Herz. Den habe ich dir hoffentlich klar genug rüber gebracht.

Merk dir: Die Hölle? Das ist dein Leben, das sich gegen dich wendet. Der Teufel? Das bist du, weil du unter deinen Taten zu leiden hast."

Es klang erschreckend, was mich persönlich betraf. Aber es tat mir unheimlich gut zu spüren, dass dadurch etwas in Ordnung kam, dass sich etwas sortierte und dass mein Leben noch nachträglich einen Sinn bekam, einen Sinn durch diese unerwartete Liebe. Lucy war ein echtes Gottesgeschenk. Dafür musste ich mich noch bei ihm bedanken, bei meinem Freund Gott. Vielleicht mit einem leckeren Rauchbier.

Nicht das „Jüngste Gericht", aber der erste internationale Gerichtshof: Im Justizpalast in der Fürther Straße wurden die prominentesten Nazi-Verbrecher verurteilt, sofern sie sich nicht feige durch Selbstmord aus dem Staub gemacht hatten – Hermann Göring sogar noch in der Zelle...

23 Mama, Papa und Lucy

Lucy präsentierte sich phantastisch gekleidet. Ihr steht alles! Heute trug sie ein neckisch kurzes tailliertes Kleid aus hellem, aber tiefblauen Satin, mit applizierten glitzernden Steinchen als Sternbilder angeordnet. Das paarte sie mit ein paar hochhackigen Schuhen, die mir eine neue Kusserfahrung bescherten: sie kam viel näher an meine

Lippen heran. Ihre waren weinrot bemalt. Wimperntusche fehlte, wäre aber auch überflüssig. Mit ihrem lila Lidschatten bewies sie Geschmackssicherheit. Sie sah einfach umwerfend aus – einziger Wermutstropfen: Sie wusste das auch.

Wermutstropfen schmecken nicht nur bitter – völlig unpassend bei einem süßen Geschöpf wie Lucy -, sondern regen auch an.

Mit dem neuen Outfit regte Lucy mich an: „Super, wie du aussiehst. Diese Kombination steht dir –das würde ich sonst bei keiner Frau guten Gewissens sagen..." Lucy lachte. Ihre schmalen bordeauxroten Lippen rahmten die weißen, kräftigen Zähne: „Zur Feier meines Namenstages!"

Ihr Namenstag? Die Heilige Lucia? Der 13. Dezember, Tag der Patronin der reuigen Dirnen? Nein, heute nicht... Heute war der 25. November, nicht der Tag der heiligen Lucia, die als Christin nicht ins Bordell ging und deshalb erst geblendet, dann ermordet wurde. Was also sollte „Namenstag"?

„Namenstag? Heilige Lucia?"

Sie blickte überrascht: „Weißt du nicht, wie ich zu meinem Namen gekommen bin?"

„Seit ich tot bin, stehe ich auch zu meinem grenzenlosen Unwissen..." knirschte ich schauspielernd.

„Natürlich. Unwissen ist immer grenzenlos. Wir wissen so vieles nicht – und während das Menschheitswissen exponentiell wächst, sinkt der individuelle Wissensanteil rapide – belehrte mich ein Wissenschaftler, den ich für die große Liebe hielt."

Meine sofort aufkeimende Eifersucht killte ich effektiv mit einem Eifersuchtszid: „Er hat's nicht geschafft, ich bin noch im Rennen und momentan in Führung!".

Warum trug Lucy ihren Namen? Er klang weder modern noch wie ein Namenshit vor 3,2 Millionen Jahren in Zentralafrika. Was für ein ergiebiger Forschungszweig für die Regenbogenpresse: Die Lieblingsnamen vor drei Millionen Jahren.

In unserer Kindheit galt der Name „Emmy" als antiquiert, so dass unsere nette Nachbarin sich sicherheitshalber einen anderen Vornamen eintragen ließ. Und als ich dreißig wurde? Da boomte „Emmi", begleitet von Mia, das ich nur in der längeren Version „Miau" als Liebesruf geiler Katzen kannte. „Lucy" als Namenshit bei den Urmenschen, den *Australopitheci afarensis*?

Stell dir vor: Mama Afara begrüßt Papa Afark mit einem vielsagenden Augenaufschlag: „Liebling, wir müssen reden!" Papa stöhnt: „Die Erfindung der Sprache gehört zu denen mit den übelsten Nebenwirkungen. Das gehörte auf den Beipackzettel: Die Sprachfähigkeit beschränkt sich auf die Männer. Wenn du mit mir reden willst, klingt das immer wie eine Drohung."

„Chauvie!" Mama Afara ordnete ihre Empörung einem wichtigeren Anliegen unter. „Es ist was geschehen..."

Papa Afark imaginierte den Untergang der Dinos oder den Einschlag eines riesigen Meteoriten. Aber wie sollte Afara etwas mitbekommen haben, was ihm verborgen war. Wissen ist Männersache! Das wusste jeder bei den Amharischen. Jetzt half nur eine präzise Nachfrage:

„Was ist geschehen? Ist das Antilopengoulasch bei Niri angebrannt? Sind dabei die Rauchwolken über die Steppe gedonnert? Hat die Kleine von Uru gepupst?"

Er verlegte sich auf Sarkasmus, denn bei Afaras bedeutungsschwangeren Ansagen schien eine schwangere Mammutkuh eine Maus zu gebären. Gebären? Wollte ihm seine Holde etwa auf ihre sanfte Art mitteilen, dass...? Afarks wettergerbte Haut verlor an Durchblutung. Er verblasste – äh, erblasste: „Du bist..."

Afara strahlte: „Ja, Liebling! Ich bin guter Hoffnung. Endlich! Ich ertrug Urus mitleidige Blicke schier nicht mehr. Ich höre fast ihr Säuseln, wenn sie es erfährt: (Afara piepste nachäffend) ‚Ich freue mich sooooo für dich!' und kein Wort stimmt!"

Afark ließen die keifigen Bemerkungen über Uru völlig kalt. Weibergewäsch! Aber: Ein Kind kommt? Das galt! Er hatte sich als Mann durchgesetzt. Keiner konnte ihn nun mehr überheblich anschauen, als würde er es nicht bringen.

Afara war schwanger, nun gut. Aber er würde Vater! Das war ein Thema! Er dachte an das Nest, äh, das Fest der blauen Beeren. Er würde sie sammeln, zerdrücken und bespucken. Nach drei Monden schmeckten sie so seltsam, fühlte man sich nach ihrem Genuss so gut... die ganze Gruppe. Für seine Männerfreunde bräuchte er etliche Nester. Aber wann wird man schon mal Vater, wann erfährt man diese Bestätigung als Mann, dass keiner, aber auch wirklich keiner...

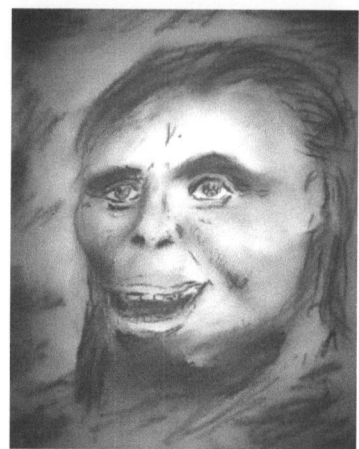

Lucy: Vital noch nach Millionen Jahren

Afara wusste von ihrer Mutter und die von der Großmutter, dass es noch einige Zeit dauern würde. Acht Mal würde der Mond sich ihren Blicken entziehen. Dann aber... ...war es so weit. Wie aus der Öffnung einer Höhle zwängte sich ein kleines haariges Wesen aus Afaras Becken. Afark strahlte: „Mein Kind!" Die Schwiegermutter fungierte als Hebamme, biss die Nabelschnur durch und verknotete sie. Mit ein paar Blättern wischte sie das winzige Dingchen ab, knutschte es mit ihrem breiten Mund und ihrer stumpfen Nase und reichte es dem zitternden Papa. Der hob es hoch wie... so leicht, so klein, so... und doch so vollständig. Er schaute es genauer an: „O, ein Mädchen!" Ach, wie süß, wie seine Afara, mit diesem zarten Pelz und diesen großen, braunen Augen. Er war glücklich.

Afara brauchte ihre Zeit, um sich zu erholen, aber das Kind an ihrer Brust machte die Anstrengung wett.

Afark stupste sie an: „Wie nennen wir denn die Kleine?"

Afara gluckste: „Am besten 'Lucy'!"

„Lucy? Wieso?"

„Ich weiß auch nicht. Irgendwie kam es mir... wie durch Wellen in der Luft zu geschwommen…"

Afark schielte, wagte aber nicht, genervt zu stöhnen, er kannte sein Weibchen nur zu gut. Jetzt galt es zu schweigen. „Angenommen: Lucy. Mir fällt auch nichts Besseres ein. Und bevor sich unsere Mütter einmischen..."

Afara dachte sich: „Was habe ich doch für einen klugen Mann. So strategisch!" So blieb es bei Lucy...

24 My Name is Lucy

"Kindskopf!" Lucy lachte über meine Phantasie. „Nein, wir erhielten unseren Namen nicht zur Geburt, er entwickelte sich aus dem täglichen Leben heraus. Irgendwann wusste man, wie man mich rufen musste, um nur mich allein zu erreichen. Das war damals ganz bestimmt weder Lucy noch der 13. Dezember…"

„Was hast du denn mit dem 13. Dezember zu tun?"

„Da geh ich baden… Jedes Jahr!"

Auf ihr Lachen fiel ich nicht mehr herein. Vermutlich fehlte mir der kulturelle Hintergrund. Apropos Hintergrund: Seltsame Poster zierten die Wände, die klassische Mona Lisa á la Leonardo flankiert von Warhols Marilyn Monroe. Alles ziemlich einfallslos. Warum trafen wir uns auch immer in fremden Wohnungen? Am liebsten hätte ich dem gestylten und leeren Papierkorb einen Tritt verpasst, aber es stand ja noch der 13. Dezember im Raum…

„Schau nicht so miesepetrig!" sie langte hoch zu mir, zog meinen Kopf herunter und gab mir einen Kuss. „Ich erklär's dir: Kennst Du die Luzienschiffchen, die man am 13. Dezember in Erinnerung an meine Namenspatronin zu Wasser lässt?"

„Klar. Hab ich als Junge auch gebastelt. Eifrige Papas veranstalteten ein ‚Lichterschiffchenfahren' am zweiten Advent. Anfangs ließen wir selbstgebastelte Schiffchen mit Teelichtern an Bord zu Wasser, bis sich Väter mittels ihrer Sprösslinge verwirklichten und blinkende bunte Lichter einbauten. Im Jahr vor – äh, vor meinem Tod deponierten Pioniere Feuerwerk auf den Styroporbooten: Lightshow auf der Schwabach führte. Zu Ehren von Lucia? Das wäre mir neu."

„Wer weiß schon alles..." Ihre Stimme triefte vor Sarkasmus.

Heilige Lucy: Lichterschiffchen auf der Schwabach nahe Nürnberg

„Du bist also am 13. Dezember...?" Ich war verwirrt.

Lucy strich sich einige krause Haare aus der hohen Stirn: „Nein, auch nicht alternativ am 25. November – außerdem orientierten wir uns an den Vollmonden, nicht an der Sonne. Glaubst du vielleicht, Jesus kam wirklich am 24. Dezember zur Welt? Auch bei ihm gibt es 364 Alternativen. Unsere Geburten notierte niemand... Seinen Geburtstag erfanden seine Fans: ER bringt Licht in diese Welt. Dazu passt die Wintersonnenwende. Weil dies manchmal mit meinem Gedenktag zusammen fiel, verschoben ihn einige Taktiker, um

Verwechslungen vorzubeugen; später reformierten Gesinnungskrawattenträger sogar den ganzen Kalender und provozierten ein phantastisches Datumschaos. Wenn die Heilige Lucia an ihrem Ehrentag irgendwo zu erscheinen hatte, musste sie sich regional merken, wann sie dran war."

Das Weib verwirrte mich: Lucy, Jesus, Lucia, verschiedene Termine. Was erklärte das? Das zarte Ding mit den feinen Härchen und den kräftigen Fingern erzählte…

„Bei meiner Geburt ließ man keine Lichterschiffchen zu Wasser, schon gar nicht mit Teelichtern und Feuerwerk."

Das wusste selbst ein Schmalspurgeschichtskenner wie ich: „Bei deiner Geburt gab es die heilige Lucia noch nicht - schließlich war sie nicht präexistent."

Kannte sie Lucia, diese Promiheilige? Religiös völlig unbeleckt fragte ich mich … und schließlich Lucy, obwohl man Frauen nicht nach Frauen fragen soll: „Was für ein Typ ist denn diese Heilige?"

Lucy warme, braune Augen rollten gen Himmel: „Ein derart fades Geschöpf."

„Und Backstage? Jeder kennt dich, und jeden von Bedeutung kennst du, stimmt's? Erzähl mal was ganz Privates von der Heiligen des Lichts…"

„Ich kenne sie eben nicht. Das liegt nicht an mir. Als ich meinen Namen bekam, erkundigte ich mich über sie - Generationen nach ihrem Tod. Ich hörte freilich keine abgefahrenen Stories, durch die Zeit aufgebauscht, nein: in meinen Ohren klang es langweilig; sie als Typ? Ich verpasste ihr Martyrium einfach, weil der Act nicht zu mir vordrang. Wer kannte schon die kleine Lucia? Und die sozialen Medien waren unterentwickelt."

Ich wölbte meine Mundwinkel, schob die Unterlippe nach vorne und grinste: „Mundpropaganda!"

„Natürlich suchte ich den Kontakt zu meiner Namensvetterin. Vergiss nicht: Ich wurde nach ihr benannt, nicht umgekehrt…"

„Und zwar Jahrhunderte nach ihr?"

„Freilich, damals..."

Ich schnitt ihren geschichtlichen Exkurs ungeduldig ab: „Wie ist sie? Eine schwebende Heilige ohne Bodenhaftung?"

Lucy grinste: „Gut getroffen: Der Vatikan sprach sie heilig, viele Gläubige rufen sie bis heute an. Aber ihr ewiges Leben dauerte nicht sehr lange. Sie verblasste und ward nicht mehr gesehen."

„Eine Heilige? Aus der Ewigkeit verbannt?" Ich blickte irritiert. Bei mir erwartete man ein schnelles Verblassen. Aber eine Heilige ohne Ewigkeit?

Lucy senkte bedauernd die Augenlider: „Geschockt? Die Kleine haftete zu wenig am Boden. So reichte ihre Liebe zum Leben nicht lange genug, um bis zu meinem Date präsent zu bleiben. Ihr Gedenktag hält sich länger als ihr Phantom."

Ich ignorierte ihr Augenzwinkern: „Lass die farblose Lichtheilige in Frieden ruhen...: Wann ist dein Geburtstag?"

Lucy lächelte fast geschmeichelt: „Krieg ich was Süßes von dir? - Nein, Schatz, ich weiß es nicht. Das hat sich niemand gemerkt. Wir lebten ohne Kalender. Ich gehöre zu den bedauernswerten Frauen, die sich niemals beklagen können, dass der Gatte ihren Geburtstag vergessen hat. Dabei keife ich doch so gern!"

Spielerisch stieß sie mich mit ihrem Fuß an und legte die Stirn in Falten. Ihr breites Grinsen strafte ihren „Ärger" Lügen.

Mir ging es nicht um den vergessenen Blumenstrauß: „25. November hast du gesagt?" schmunzelte ich.

„Mein Tag! Wie soll ich ihn vergessen! Da musste ich dabei sein. – Nein, Schatz, kein Ereignis vor 3 Millionen Jahren, nicht mal vor einem halben Jahrhundert, sondern 1974. Eine unsichtbare Macht zog mich in meine Heimat. Eine Art Strudel zog mich aus dem schönen Paris heraus, wo ich mich zerstreute, schwemmte mich durch klare Luft und Wolken bis nach Ostafrika. Da sah ich mich dann liegen..."

„Dich?" Ich schaute sie von oben bis unten an – und auch wieder zurück – das Liegensehen kannte ich ja, ich hatte mich auch liegen sehen, freilich nicht Millionen Jahre später... „Zuckerpüppchen, was geschah?"

„Ewig – nach menschlichen Maßstäben - ruhten meine Knochen in Frieden. Millionen Jahre später buddelten sich sogenannte Menschenforscher distanzlos, pietätlos zu mir vor. Spätpubertäre Abenteurer in Zelten in der ostafrikanischen Steppenlandschaft! Sie gruben und schabten. Aber erst ein Regenguss legte meine Knochen bloß, zumindest die paar, die immer noch vor Ort waren..."

„Die Anthropologen entdeckten dich."

Ihre Mimik verdüsterte sich. „Stimmt. Meine restlichen Knochen. Die Typen selber, die mich rausschabten, waren nur noch von Körpern umgebener Staub. So langweilig... Ich sah sie sterben... Nicht Erde zu Erde, sondern Luft zu Luft..."

Meine Neugierde galt nicht dieser Szenerie von ostafrikanischer Steppe, Wüste, Bergen und Zelten, sondern Lucy selbst.

„Und dein Namen: Warum heißt du Lucy?"

Lucy kicherte: „Ich dachte, das weiß jedes Kind..."

Vielleicht. Ich nicht. Frech grinste ich der Urmutter ins feste Gesicht: „Kann sein, aber ich bin ja erwachsen."

Lucy feixte noch unverschämter zurück: „Vermutlich warst du nie ein Kind. Du bist schon erwachsen geboren..."

„Lass deine Sticheleien und erzähle..." Sie könnte Recht haben. Das ärgerte mich. Ich frage mich im Nachhinein noch nach dem Sinn meines Lebens, der besser versteckt ist als das Gold auf Stevensons Schatzinsel.

„Meine Namensgebung... Der Witz ist: Jetzt bin ich schon über drei Millionen Jahre tot, aber meinen Namen kenne ich grade erst, naja, nicht mal ein halbes Jahrhundert..."

„Kommt jetzt die Story? Lass dir ruhig Zeit..."

„...wir haben ja noch die Ewigkeit..." Lucy lachte über ihren Scherz, den man endlos wiederholen kann, diesen running Gag, der erst durch die Wiederholung witzig wurde. „Du kennst ja den Namen, den meine Nachfahren mir gaben."

„'Du Wunderbare!', Dinknesh...Ich habe es mir gemerkt! Den Namen gefällt mir. Dinknesh! Klingt einfach süß. Aber Lucy prägte sich mir ein. - Welche Sprache spricht man in deiner Heimat?"
„Amharisch. Eine äthiopisch-semitische Variante." Sie winkte lässig ab. Wir befanden uns nicht in einer wissenschaftlichen Vorlesung: „Schatz: Ob du mich Dinknesh nennst oder Lucy, ist nebensächlich. Der Klang macht das Wort! Ob warm, ob liebevoll. In eurer Sprache brummt manchmal eine Frau zu einem Mann: 'Du Arsch!' und es klingt ganz liebevoll. Ich finde das abartig, aber es wirkt... Umgekehrt hörte ich 'Schätzchen' ganz aggressiv, drohend. Da wäre ich lieber ein 'Arsch' als ein 'Schätzchen'..."

Ich lächelte. Ihre großen braunen Augen strahlten lustig. „Ärschchen, wieso heißt du Lucy?!"

„Merk dir den vierundzwanzigsten November 1974! Genau ein Monat vor Weihnachten. So was wie mein Geburtstag. Aber das hängt genauso wenig mit meiner Geburt zusammen wie der vierundzwanzigste Dezember mit Jesu Geburt. Das habe ich mit ihm schon besprochen..."

„Jesus und du?"

„Natürlich! Wir VIPs müssen auch so manches besprechen, um uns über uns selbst klar zu werden. Jesus ist übrigens total nett. - Nein, du musst nicht sofort wieder eifersüchtig werden. Jesus ist wirklich total nett, aber du bist für mich was ganz anderes. Du läufst außer Konkurrenz."

Es half nichts. Sie konnte sagen, was sie wollte. Ich musste ihr unbedingt einen Kuss geben. Wir küssten uns eine halbe Ewigkeit, die sich wie eine ganze anfühlte... und dann blieb noch immer eine halbe Ewigkeit. Eine halbe Ewigkeit dauert übrigens ewig, falls sich das jemand fragt. So ist das eben mit der Liebe.

Ihre braunen Augen waren unschlagbar geil. Ich weiß nicht, was die Unterhaltungsindustrie an diesen blauäugigen Blondinen findet. Für mich war Lucy die Frau schlechthin, des Universums und der

Ewigkeit. An Warhols Stelle hätte ich aus Lucy die Ikone gemacht. Aber das hätte der erst 10 Jahre später wissen können.

Archäologe findet Skelett – eines Homo sapiens (weiblich)

Nach unserer halben Ewigkeit widmete sie sich wieder der Stillung meines Wissensdurstes: „Der vierundzwanzigste November, nach deiner Zeitzählung 1974. In meiner Heimat Äthiopien brannte die Sonne. Die unentwegt neugierigen Anthropologen unterbrachen ihr Schürfen, weil ein Wolkenbruch das Land überschüttete. Nach diesem erfrischenden Guss gingen sie wieder ans Werk. Aus einer Rinne, die das wilde Wasser freigespült hatte, leuchtete etwas weiß-feucht. Donald und Tom blieb der Mund offen stehen: Eine göttliche Hand hatte ihnen den Tisch gedeckt: Vor ihnen lagen die ersehnten Knochen. Ein Stück von einem Arm, ein Teil eines Oberschenkelknochens, ein Stück von einem Schädel. Don stieß Tom in die Seite: „Treffer!" Tom ächzte: „Volltreffer!" Don meinte noch: „Sauber, sauber. Wie vom Himmel gespült…"

Sie sammelten die Knochen, katalogisierten sie und legten sie beiseite. Bei einer genaueren Inspektion der Fragmente tags darauf, blickten sich Don und Tom triumphierend in die Augen: „Wir haben den ältesten Menschen gefunden, den es bisher gibt."

Tom hielt den Schädelknochen hoch wie Hamlet seinen Hofnarr: „Eine Frau!" Woran erkannte er das? Den Knochen lässt sich die Klugheit ja nicht ablesen.

Als sie mich ausgekratzt hatten, waren sie aufgekratzt. Sie drehten ihren Kassettenrecorder auf: Musik vom Besten aller Musik: Sergeant Pepper's Lonely Hearts Club Band!"

„Beatles! Sergeant Pepper! Für die Kollegen aus unserer Kulturredaktion ein Höhepunkt der Popkultur."

Lucy grinste verächtlich: „Was wissen die schon? Wer hat denn drei Millionen Jahre die Entwicklung der Menschheit aufmerksam begleitet? Ich! Sergeant Pepper ist ein absoluter Höhepunkt!"

Meine Mundwinkel sanken etwas ab; auf diesem Niveau konnte ich nicht mehr mitreden. Heimlich stellte ich mir das Trommeln von Lucys männlichen Zeitgenossen auf ihrem Brustkorb vor, gorillamäßig und dann noch ein paar Drummer, die mit Stöcken auf Bäume schlugen, wozu Weiber heulten... bis David, Bach und Beatles war noch ein weiter Weg!

Lucy strahlte bis zu ihren süßen Öhrchen: „Der beste Song des besten Albums: 'Lucy in the sky with diamonds'. Die archaische Basedrum als Kontrast zur verfremdeten Gitarre, dieser Mix aus Dur und Moll, die Septime kombiniert mit der Sext..."

„Sex mit dir ist schon der Himmel!" machte ich sie an. Doch Lucy schwebte und schwelgte noch in der Kultur...

„Banause! Platte Witzelei. Am besten lass ich dich mit der Platte allein und dann..."

„Vergiss es, Lucy! Erzähl weiter!"

„Also, im Entdeckerrausch wie besoffen hörten Tom und Don immer wieder dieses tolle Lied und..."

„Aber was heißt das? Lucy – klar, ein Mädchenname. Aber ‚in the sky'? Im Himmel statt auf der Erde? ‚With diamonds'? Weil ihr Frauen Klunker liebt? Als ‚best friends'?"

Lucy gluckste: „Mit dem Tod verlieren Diamanten ihren Wert,. Nein. Das Lied verdanken wir einem Kindergartenkind..."

„Ich dachte, den Beatles!"

„Als Lied schon, aber John Lennons – gehört der noch zu deinem Wissensstand?" ...ich nickte... "also John Lennons Sohn Julian kam eines Tages zu ihm: ‚Schau mal, Papa, was ich im Kindergarten gemalt habe!'

John hielt es sich nahe an die Augen, kurzsichtig wie er war: ‚Hey, Jules, was willst du denn mit diesen Sternen und...'

‚Aber Dad, schau mal: das ist Lucy, meine Freundin, und hier den Himmel und da siehst du Diamanten.'

‚Diamanten?'

‚Wenn Sterne am Himmel stehen, glitzern sie wie Diamanten.'

Den Künstler John faszinierte diese Vision und inspirierte ihn seinem Lied."

„Echt? Ich hab mal gehört, da ginge es um LSD. Die BBC verbot es wegen Drogen..."

„Quatsch! Das mit dem Verbot stimmt. Aber den Rest erzählte mir John selbst. Vergiss nicht: Ich sitze an den Quellen!" Klang da eine gewisse Selbstgefällig aus dem Mund meiner Süßen?

„Und deswegen heißt du Lucy?"

„Klar. Den Forschern gefiel dieses Lied. Die Beatles galten als Kulturvorreiter ihrer Zeit. Also musste ich Lucy sein, die Beste der Besten. Ich finde es geiiiil!!!!" Ihre Stimme strahlte!

Meine Lucy und die Beatles. Ich musste es wieder mal hören. Wenn das Lied so toll war wie diese Frau, dann...

„Und deshalb..." Lucy wurde deutlich: „...habe ich mich für dich - für dich!!! - heute so gekleidet: Himmel mit Diamanten!"

Ihre etwas lehrerinnenhafte Stimme klang weich: Ihr Kleid zeigte ihre Liebe. Ich hätte sie auch entkleidet geliebt. Sie stand zu ihren schlanken, haarigen Beinchen, die aus dem blauen Saum herausschauten. Die Glitzersternchen waren natürlich kitschig, aber gerade das gefiel mir.

25 Alphatierchen in Penny Lane

Lucy boxte mich in die Seite: „Das machen wir mal live…"
Deutschlehrer aller Welt! Greift ein: Wie kann man oder auch frau tot etwas live machen. Sie fasste mich – mit einem energischen Druck wie immer – an meiner Hand; die Umgebung verschwamm vor meinen Augen, als würde ich ohnmächtig. Vor Glück? Nein, als es wieder aufklarte, merkte ich, dass sich die Umgebung verändert hatte, genauer: wir: ortsverändert. Die Häuserzeile wirkte fremd, unauffällig, einfallslos neuzeitlich, dazwischen dichter Verkehr. Irritiert musterte ich meine Umgebung. Was beabsichtigte Lucy? Uns umgaben lauter Geisterfahrer, gespenstisch gleichmäßig auf der falschen Straßenseite. Steckte ein kollektiver Wahnsinn dahinter oder eine andre Realität? Bald dämmerte mir die banale Wahrheit: Wir befanden uns in England.

Ich versuchte, die menschlichen Geräusche zu analysieren, konnte aber aus all den Soundquellen nichts Verständliches filtern. Rein optisch waren wir nicht die einzigen Verewigten. Vielfältig flanierten Wesen in anachronistischen Kleidungen herum. Mein romantisches Interesse faszinierten altertümlich gewandete Seeleute. Wie in einem Abenteuerfilm! Traf ich echte Piraten? Begegnete ich gar Robinson Crusoe? Falsch, der war ja eine fiktive Gestalt. Schade.

Ein Junge passierte uns. Sein breitbeiniger Gang, die schwarze Lederkleidung und die schicken Cowboystiefel verrieten den angeberischen Rocker.

Lucy musterte ihn kurz und flüsterte mir zu: „Dachte mir, dass er heute hier ist. Er hat seine Lieblingsorte für bestimmte Tage."

„Wo sind wir?"

Sie deutete auf ein Straßenschild: Penny Lane. Pfennigstraße. England war klar, aber welche Stadt? Was sollte mir der Straßenname sagen?

Lucy rollte die Augen. „O nein. Du hast wirklich keine Ahnung! Was qualifiziert dich für das ewige Leben? Penny Lane kennt außer dir wohl jeder. Aus dem Song der..."

Schnell wollte ich mich rehabilitieren und riet: „Beatles!"

Treffer. Sie schaute mich nachdenklich an, ob Wissen oder Glück diese Antwort hervorgebracht hatte: „Diese Straße liegt in der Stadt ihrer Kindheit und Jugend."

Schnell startete ich meinen nächster Rehabilitationsversuch: „Liverpool!" Fishing for compliments. Aber auf solch banales Wissen reagierte sie gar nicht erst.

„Hier lebten die Pilzköpfe in ihren heftigsten Jahren. Darum besucht John an bestimmten Tagen immer wieder seine alte Heimat. Liverpool, das war seine beste Zeit!"

Sie deutete mit dem Kopf auf den Jungen. Er schaute hoch. Sein leichter Silberblick irritierte. Doch er gab sich wie einer, der wusste, dass alles um ihn herum sich nur um ihn drehte... obwohl ihm das Entscheidende seiner Person fehlte, die sterbliche Hülle.

Von zahllosen Abbildungen her erkannte ihn selbst ein Banause wie ich – besser als bei jeder Polizeifahndung: John Lennon.

Lucy zwinkerte ihm zu: „Hey John!"

Er schaute abschätzend durch seine seltsam altertümliche Nickelbrille, nickte fast höflich zurück. Dann strahlte er: „Hey, Lucy! Lange nicht mehr gesehen. Wie geht's? Ist das dein Lover? Ich war dir ja nicht gut genug... trotz meines Liedes..."

Da trafen zwei Alphatierchen aufeinander. Lucy ließ sich anmerken, dass sie die Größte war. Im gleichen Tonfall gab sie zurück: „Hey John! Ja, mein absoluter Lover!"

Er musterte mich, aber ich fiel durch sein Raster. „Was treibt dich an den Mersey, altes Mädchen?"

„Das 'alt' will ich überhört haben. Taktlosigkeit gehörte schon immer zu deiner Marketingstrategie..."

Versöhnlich legte John ihr den Arm um die Schulter – wobei auch er weit hinunter langen musste. „Wenn ich mir überlege, wie die sich damals über unsere langen Haare aufgeregten– was hätten die wohl über dich gesagt."

Das Steinzeitmädchen grinste: „Euch verglichen sie mit Affen – das verbindet uns auf ewig..."

„Willkommen in der Gegenwart!" John schätzte skurrile Gedanken. Er drückte sie an sich: „Was willst du von mir, kleiner Affenmensch..." Er grinste jungenhaft – ein Trick, mit dem er oft weiter gekommen war, nachdem er es sich eigentlich verscherzt hatte. „Eine Großstadt ist doch nichts für dich, da kannst du dich nicht von Ast zu Ast schwingen, höchstens von Straßenlampe zu Straßenlampe."

Lucy überhörte es souverän. Sie löste sich aus seiner Umarmung und pflanzte sich ihm gegenüber auf wie ein Konkurrenzrocker: „Kleiner Teddybär, ich weiß, dass du ein blinder Narzisst bist, aber ein bisschen Aufmerksamkeit könntest du für deine Umwelt schon haben..."

Pflichtschuldigst sah sich John um. Freilich änderte sich das Fahrverhalten der braven Liverpooler nicht. Die Matrosen wankten immer noch die Fahrbahn entlang. Der unvermeidliche Barbershop träumte vor sich hin. Drüben grölte eine Gruppe von Seeleuten einen Shanty und speicherte ihn für die Ewigkeit. Im Horizont der Musikikone erschien nichts Ungewöhnliches, nicht einmal Andy Warhol für ein Klonportrait.

Lucy murrte beleidigt: „Du schaust dir die Augen aus dem Kopf, aber für mich hast du keinen Blick übrig..."

Er öffnete den Mund, sah sie an und biss sich dann auf die Unterlippe: „Echt? Bah! Das hast du ja stark gemacht."

„Gell?!" Sie drehte sich im Kreis wie eine Tänzerin und ließ sich rundum betrachten, während ihr kurzes Kleidchen durch die Luft flatterte. John dirigierte sie nach hinten und brav tanzte sie die Straße entlang, auf dem langweiligen Asphalt wie ein Märchen.

Er musterte mich empört: „Du hast dich für diesen Büroangestellten herausgeputzt?" Sein heimatsprachliches ‚Clerk' verwandelte mich in Pappe. Mit ‚Clerk' formulierte er seinen Negativbegriff des Lebens. Ein farbloser Angestellter besitzt kein Anrecht auf Existenz und

Lebenszeit. Und so einen hatte sich seine schillernde Lucy ausgesucht?

Virtuell marschierte ein Heer von Angestellten in uniformen Anzügen, mit Regenschirmen und Bowlerhats bewaffnet, in Reih und Glied die Penny Lane entlang zu ihrem Arbeitsplatz, zu den uniformen Büros mit den uniformen Tischen, den uniformen Arbeitszeiten und den uniformen Unterhaltungsfloskeln...

Lucy bleckte ihm ihre kräftigen Zähne – Lachen und Aggression optisch kaum unterscheidbar: „In Benny steckt eben etwas Einmaliges, wie ich es brauche. Trotz deiner beeindruckenden Genialität bewegst du mein Herz nicht so..."

John bastelte eine Melodie zu ihren Worten: „Lucy is the Apegirl with diamonds... her heart is covered with hair... and if she loves a clerk... i don't care..." Das kam super rüber.

„Apegirl klingt süß, Johnnyboy. Und ein Beatles-Herz ist bestimmt auch haarig, oder? - A hairy heart!" Damit entschärfte sie ihn, aber in mir schwebte ein Gefühl, als hätte ich eben die Geburt eines kleinen Kunstwerks miterlebt.

John zog pseudointellektuell die Augenbrauen hoch: „Hairy Heart! Was für ein Versuch, der fünfte Beatle zu werden... Am besten spielst du Trom-Bone, du Knochenweib!"

„Get that hair cut off your heart!" Lucy grinste. Man spürte einen kreativen Draht der beiden zueinander. Kein Wunder, dass die bürgerliche Gesellschaft nicht nur in England seinerzeit die Beatmusik mit Höhlenmenschenklängen verglich – Troglodyten. Trotz Beatlemania hätte Lucy sich einer Ganzkörperrasur unterziehen müssen.

„Du wolltest mich doch nur deinem Clerk vorführen, wie eine Wachsfigur bei Madame Tussaudes." Er schob die Zunge unter die Unterlippe und brabbelte: „Nice to see you, Sir. It's such a great honorrrrr to me..." Seinen nahezu perfekten Diener parodierte er zugleich. Ich spürte: Der Typ nahm mich nicht ernst – und er mochte mich auch nicht, warum auch immer.

„Dann wollen wir nicht länger stören..." flötete Lucy. Sie packte mich an der Hand... „Für meinen Ewigkeitsnamen bin dir allerdings ewig dankbar."

„Was passierte denn mit der echten Lucy?" entschlüpfte es mir. Ich hielt mir die Hand vor den Mund, aber zu spät. Johns Augen verdunkelten sich: „Eine traurige Ballade. Das ewige Leben mag seine Reize haben. Das macht aber den Tod nicht besser." Er schien wirklich bereit, es zu erzählen. Dabei wippte er mit seinem Fuß, als müsse er den Takt halten. Bei einem taktlosen Menschen wie ihm wirkte das ambivalent.

„Ach, weißt du…" begann Lucy, aber Mr. Lennon ließ sich das Heft nicht aus der Hand nehmen. Lucys Augen blitzten kampfeslustig, als er sie unterbrach, doch sie winkte ab: „Erzähl nur…"

„Ich hatte ja nicht so viel mit all dem zu tun. Um den Kindergarten und Julian kümmerte sich Cyn…"

Lucy brummte dazwischen: „Einen Schrott hast du dich interessiert! Wie ein Spielzeug konntest du die beiden in die Hand nehmen und weglegen. Deine Musik war super, aber dein Charakter…"

„Lucy! Es geht hier nicht um mich. Und es geht dich auch nichts an." Er schüttelte ihren Blick ab wie einen Käfer, der sich im Haar niedergelassen hat. Dann fuhr er mit weicher Stimme fort – Sympathie hin oder her, als Objekt, vor dem er sich produzieren konnte, taugte ich immerhin: „Unbestritten avancierte die poetische Lucy als Titelfrau meines Songs zum Superstar. Aber die echte, kleine Lucy entwickelte sich zur braven Hausfrau außerhalb meiner Sphäre, wo ich ihr auch einige Male begegnete. Sie starb jung, Ende vierzig. In unserer Mitte trug sie das Ikonenwesen durch den Äther. Ein Lupus hatte ihr Immunsystem zerstört. Jetzt schwebt sie durch den Himmel ohne Diamanten."

Lucy blickte böse: „Sarkasmus, Zynismus… das gehört doch nicht hier her. Allmählich sollte die Liebe und Achtung in dir siegen. Es wird Zeit!"

„Baby! Lass mir doch noch ein paar tausend Jahre..." John lachte, drehte sich abrupt um und stolzierte mit seinen Cowboystiefeln die Penny Lane entlang, alles abschüttelnd, was seinen Kern hinterfragen könnte. Lucy hackte sich bei mir unter, zog meinen Kopf zu sich, gab mir einen Kuss und säuselte: „Jetzt weißt du, warum ich dich liebe und John keine Chance bei mir hat..." Der Kuss brannte und bewegte mich mehr als eine goldene Schallplatte.

Sgt. Pepper: Wer entdeckt Lucy?

Sie schenkte mir eine fast irdische emotionale Gelassenheit, die auch noch hielt, als wir ein fantastisches Open-Air mit John erlebten, der sich keinen billigen Revivals hingab, sondern mit Ray Davis – Kenner kennen Kinks – einen starken Rock mit dem Titel Ape-Girl hinlegte. „I'm gonna sing an Open-Aria-Song for my wellknown Apegirl Looooosi!" Ihr Bild wurde an die Wolken des Himmels projiziert und Lichtkanonen schossen Diamantsplitter in die Luft.

Eine starke Nummer nur für meine Lucy – und damit auch für mich, der ich ihre Taille umschlungen hielt, was nach wie vor ein physikalisches Problem darstellt. Größenunterschiede relativiert zwar der Geist, nicht aber der Tod…

26 Historische Gestalten

Ein Treffen mit Gott ist immer wieder ein Erlebnis. In der Zeit, in der ich nicht an ihn glaubte, verfügte ich über relativ klare Vorstellungen von ihm. Das klingt ziemlich idiotisch: Ich glaube nicht an ihn und mir war trotzdem klar, wie es um ihn steht. Doch mit dieser Widersprüchlichkeit befand ich mich sicherlich in guter Gesellschaft. Irgendwie ist Gott als Schöpfer und was weiß ich der Welt ziemlich weit weg, als hauste er in einer anderen Galaxie. Ich verband ihn immer mit dem Weltraum. Irgendwo dort draußen schwebte er herum und nur dort konnte ich mit ihm kommunizieren. Diverse Science-Fiction-Filme mit ihren interstellaren Raumschiffen nährten meine visuellen Vorstellungen: Gott auf einem fernen Planeten oder in einem Raumschiff. Dabei verfügte er in meiner Phantasie über eine zentrale Kontrollstelle. Wie an einem riesigen Computer regelte er die Geschicke seiner Schöpfung. Commander Gott…

Meine imaginierte Gestalt an den Instrumenten glich keineswegs dem berühmten alten Mann mit dem langen weißen Bart. Bei mir glich er eher Commander McLane von Raumschiff Orion mit dem Bügeleisen auf dem Armaturenbrett. Eine Kommunikation mit ihm fände dann in einem intergalaktischen Konferenzraum statt, ausgestattet mit einem langen Tisch mit bequemen, aber seelenlosen Stühlen, wie überhaupt alles sehr technisch wirkte, der Umgebung von seelenlosen Wirtschaftsbossen entsprechend. Uns umschwebten Engel als Sekretärinnen, aber selbst das wirkte noch zu renaissancemäßig. Mein Gott passte eher zu Starwars. Natürlich auf der guten Seite, vielleicht sogar die Macht selbst. Aber ob er mir alles erklären könnte?

Gottes Himmel: Die schwarze Unendlichkeit mit unzählbaren Sternen und Galaxien. Darin ein künstlich erleuchteter Raum mit viel Perfektion, die sich auch in der Architektur ausdrückte. Zwar nicht praktisch-quadratisch-gut… Nicht Gott-Sport anstelle von Ritter-Sport. Aber doch – und ausgerechnet bei Gott – seelenlos.

In meiner (postmortalen) Wirklichkeit erlebte ich Gott ganz anders. Was hatte ich denn erwartet?! Dass ausgerechnet Gott sich nach meinen Vorstellungen von ihm richtete? Das wäre zu abstrus. Damit rechneten vielleicht evangelikale oder islamische Fundamentalisten. In Wirklichkeit ist er… Naja, was weiß ich denn! Mit ihm entspannte sich alles. Kein Konferenzraum mit endlosen Glasfenstern, sondern ein Tischchen an einer belebten Straße in einer Großstadt. Wir saßen außen in jenem Café, das sich zu meinem emotionalen Stützpunkt entwickelt hatte.

„Ein Espresso…" bestellte Gott: „Auch einen?"

Ich nickte…

„Zwei Espressi…" korrigierte er und wurde sofort bedient. Bei Gott lief es gut mit seinem Personal aus der ewigen Welt. Sein irdisches Bodenpersonal vom Papst bis zu hinterhältigen Kirchenvorsteherinnen erwies sich in meinen Augen als wesentlich widerspenstiger seinem Willen gegenüber. Ich selbst… bin keineswegs göttlich, nicht mal ganz sicher unsterblich, aber auch für mich passte ein Espresso haargenau…

Genüsslich beobachteten wir das Treiben auf der Straße. Lebende können kaum vorstellen, was hier so abgeht. Der Baum in seinem Miniaturlebensraum von 1,5m im Quadrat mit einem Paten aus dem Stadtviertel stand für alle Passanten da, doch durch die Fürther Straße bewegten sich zeitgleich abenteuerliche Gestalten mit Kleidungen verschiedenster Epochen.

An historischen Tagen lustwandelte sogar Kaiser Karl IV. selbstbewusst im Stile seiner Zeit – zu seinem Missvergnügen allerdings immer wieder konfrontiert mit jüdischen ewig Lebenden, deren Ermordung er gebilligt hatte und denen er die bescheidene

Lebensfreude nahm. Dass er ihnen einzeln begegnete, machte die Begegnungen umso qualvoller. Allerdings half ihm auch die Flucht durch einen Ortswechsel nicht – in seinem ganzen Reich hatte er Mitglieder der jüdischen Religion seinen politischen Interessen geopfert. Was gewann er also Nürnberg, seiner glorreichen Kaiserpfalz besonderes ab. Vielleicht beeindruckte ihn die Stadtentwicklung seit seiner Zeit oder er genoss am Plärrer die romantischen Straßenbahnen, die ruhige Linien durch den ruppigen Verkehr zogen.

Gott stieß mich an: „Da drüben läuft ein Engländer…"

„Strange…" kommentierte ich sprachlich gewandt die eigentümliche Gestalt am Foodguerillahäuschen.

„Jaja", Gott erwartete sich mehr Interesse. „Intelligente Typen können sich fragen – oder bei dieser Gelegenheit eher mich…" er kokettierte offenbar mit seinem angeblichen ‚Allwissen', welches - für einen Menschen des 21. Jahrhunderts unvorstellbar - das von Wikipedia übertreffen sollte – allerdings setzte er via Kirchen gleichermaßen auf Spenden zum Erhalt des Allwissens für die Allgemeinheit. „Warum treibt sich ein Engländer des 19. Jahrhunderts mehr hier als in seiner Heimat herum."

„Erzähl! Warum tut er das?" Ich animierte ihn, sich in seiner unterhaltsamen Art zu produzieren. Wenn mir früher einer gesagt hätte: Gott ist unterhaltsam… Ich hätte ihn ausgelächelt.

„Bill ist hier begraben…" Diese bodenlos nichtssagende Bemerkung fungierte als retardierendes Moment, um mein Interesse aus seinem Tiefschlaf zu wecken. Dabei zog schon das anachronistische Outfit des Typen meine Aufmerksamkeit auf sich: Dunkler Anzug mit halblanger Jacke, einem sogenannten Rock. Seinen Kopf zierte unter einem Zylinder auch ein leicht ironisches Lächeln.

„Muss man ihn kennen?"

„Wir bewegen uns hier auf – angesichts der kurzen Existenzintervallen von euch Sterblichen auf der Erde - historischem Boden."

Ich betrachtete unsere Umgebung als eine ahistorische nichtssagende Einfallsstraße durch ein chaotisches Großstadtviertel in eine touristenverseuchte Metropole. Den beiden Punks da drüben mangelte es bestimmt ebenso an historischem Bewusstsein wie den eifrig tratschenden kopftuchbewehrten Kinderwagenschieberinnen mit Migrationshintergrund. Auch die studentischen Radler, die regelwidriges Fahrverhalten als Persönlichkeitsentfaltung betrachteten, deuchten mich historisch unbedeutend. Wer hier herumlief, sich herumtrieb oder lungerte… begegnete uns in jeder anderen Großstadt auch. Denkmäler oder entsprechende Schilder an Häusern entdeckte ich nicht.

„Das lernst du hier in der Grundschule: Bevor diese Straße gebaut wurde, gab es zunächst Pferdebahnschienen und dann…"

Damit machte er mir als ehemaligem Nürnberger Grundschüler die Millionenfrage leicht: „Hier fuhr die erste deutsche Eisenbahn! Klaro! Der Falke!" Soviel Schulwissen hing noch in den Seitenkammern meines Gedächtnisses.

„Lass das keine Fürther hören: Immerhin transportierte man damals Zeitungen von Nürnberg nach Fürth und Bier auf dem Rückweg. Außerdem: Falke! Zu einer Kaiserpfalz gehört natürlich der Adler!"

Ich stöhnte: „Falke war ein Witz! Natürlich der Adler! Und wie gehört dieser englische Portier zur Nürnberger Geschichte?"

„Hier siehst du Bill, Mr. Wilson, den Chauffeur der berühmten ersten Fahrt. Er stellte für die Nürnberger seiner Zeit eine Symbolfigur für ihrer Führungsrolle im technischen Fortschritt dar. Er selbst sieht sich immer noch so."

„Ach, deswegen stolziert er wie ein Storch hier entlang…"

Gott grinste: „Er produziert sich gerne, läuft winkend die Straße entlang und grüßt leutselig eine Menge Leute, die sich fragen: ‚Wer ist das?'"

Bald verschwand der laufende Regenschirm zwischen dem Passantenhorizont.

Das Denkmal für die erste deutsche Eisenbahn, dem Transportmittel für Zeitungen und Bier zwischen Nürnberg und Fürth

Wir hockten vor unserer Straßenkneipe. Hinter dem besagten Baum, den soeben ein degenerierter Kläffer markierte, als ginge es um ein Wolfsrevier, johlten Kinder auf dem Spielplatz neben der standortmarkierenden Kirche. Gott zog die Straße seinem Gotteshaus vor. Ich konnte ihn verstehen!

„Einen Corretto!" orderte Gott, während ich im warmen Sonnenschein meinen zweiten Espresso genoss. Meine redaktionellen Toscanafreunde diskutierten ebenso gerne wie ergebnislos, ob Corretto nun aus italienischer Sicht ein korrekter oder ein korrigierter Kaffee sei. Für die beiden türkischen Jungs, die drüben neben den

Spielplatz ihre Freundschaft durch ein paar Schläge gegen die Schulter vertieften, wäre alles „vull correct!". Auf Fälle enthielt der Corretto ein geistiges Getränk – Gott bevorzugte Whiskey. Auch geschmacklich schwamm er nicht auf dem Mainstream. Ein Whiskeymainstream – klingt gar nicht unappetitlich. Gott verströmte eine angenehme Männlichkeit. Unwillkürlich drängte sich dem neuzeitlichen Menschen in mir eine Frage auf, die sich für unsere Altvorderen erübrigte: „Sag mal, so von Mann zu Mann…"

Gott schaute mich lediglich fragend an: „Ja…?"

„Ganz unter uns: Bist du doch ein Mann?" Ich wünschte mir ein ‚Ja', denn dann hätte ich mich bei ihm gut aufgehoben gefühlt, von Mann zu Mann. Er lächelte undefinierbar.

„Mein Sohn! Natürlich bin ich ein Mann. Was denn sonst? Das ist doch das, was du brauchst. Einen männlichen Freund. Wie kannst du nur so fragen!"

Seine Erklärung erleichterte mein Gemüt, aber mein Verstand hielt mit meinen Gefühlen nicht Schritt. Gott wirklich Mann? Es reichte nicht mal zu einem vollständig formulierten Satz.

Der Kerl neben mir nickte mir nachdenklich zu: „Gute Frage! Hätte ich einer Frau genauso geantwortet? Wäre ihr so begegnet wie dir? Wäre das optimal gewesen? Und göttlich ist doch optimal, oder?"

„Dann gibt es… ich hab mir das noch nie so richtig überlegt, aber hast Du für diesen Fall eine Frau – entschuldige, wenn ich so persönlich bin…"

„Frau Gott?!" Gott lachte gemütlich. Die Vorstellung konnte für ihn nicht so neu sein. Er wirkte auf mich weder wie ein verheirateter Mann noch wie ein Junggeselle.

„Junge, dein Problem ist, dass du mich dir, nur weil du mich menschlich erlebst, auch menschlich vorstellst. Für dich gibt es nur entweder / oder / stattdessen / sowohl als auch. Akzeptier einfach, dass ich komplett anders bin."

Schade. Einen echten Freund zu haben, einen Mann von Schrot und Kern, das wäre was Tolles. Aber als Mann enttäuschte mich Gott auf der Kumpelebene. Böte Jesus hier etwas anderes? Ich müsste über Lucy ein Treffen anleiern! Jesus wies immerhin historisch versierte Männerfreundschaften auf!

27 Jesus? Das wäre das Größte!

Jesus treffen, sehen, sprechen... Früher fiel mir so etwas nie ein. Er spielte für mich keine Rolle. Aber jetzt, wo es immerhin möglich wäre....

Ich vertraute Lucy meine Phantasien an.

Sie wackelte ein bisschen: „Jesus? Im Prinzip schon, aber ehrlich, für den ist es noch nerviger als für mich. Jeder will Lucy sehen, die Ur-Eva, die Mutter aller Menschen, die... Schatz, ich glaube fast, du bist der einzige, der in mir eine Frau sieht. Die andern wollen immer nur das Eine, immer nur den Thrill: 'oh, schau nur, die älteste Frau der Welt!'" Sie imitierte die Sensationslust durch eine künstlich piepsige Stimme.

Heftige Emotionen stieß sie aus ihrer formidablen Brust: „Welche Frau will die älteste genannt werden! Diese Rindviecher. Neulich eierte einer nach mir sofort zu Marilyn Monroe und gackerte 'Wie die wohl jetzt aussieht?' Ok, er war auf dem Ballermann abgenibbelt mit einer Verweildauer von 30 Stunden in der Ewigkeit. Ein abgehalfteter Deutschlehrer! Die dreißig Stunden verdankte er Joseph von Eichendorff - Übrigens..." Ihre Stimme wechselte zum Sarkasmus: „Falls es dich interessiert: Marilyn hat lange, glatte, schwarze Haare und schwarzen Lippenstift! Ihr einziges Interesse gilt Joe DiMaggio. Das hat selbst Arthur Miller gecheckt."

„Liebling, es geht mir nicht um Marilyn Monroe. Ihr Frauen überschätzt deren Bedeutung bei Männern ohnedies. Ich wollte etwa über Jesus wissen."

Sie kam heimlich schnell runter. Meine aufrechte Bemerkung über Marilyn Monroe stimmte sie friedlich. Sie spürte, dass meine Gefühle für sie von keinem Pin-Up-Girl oder irgendeiner Laufstegtussi beeinträchtigt wurden. Jesus hingegen interessiert mich wirklich, weiß der Teufel, warum...

„Schatz, ich weiß doch, dass ich für dich die Nummer 1, 2 und 3 zugleich bin. Weder MM noch BB erreichen mein hohes L..." Ich liebte ihren Witz. „Steinzeitwitz"? Genau gesehen lebte sie noch vor der Steinzeit. War das die Blätterzeit? Dürer hatte sie beblättert gemalt.

„Ja, meine geliebte LL, Lovely Lucy..."

„Jesus ist ein schwieriges Kapitel, weil er so einfach ist. Nur andere machen ihn kompliziert – du ahnst gar nicht, wie viele berühmte theologische Komplikateure sich nach dem Hinscheiden einfach auflösten!, gefolgt von unzähligen vergeistigten Profis oder geistlichen Heimwerkern – und die kirchlichen Karrierehengste wiehern meist gleich aus, wenn sie ins Gras gebissen haben. All das nervt Jesus nur. Der Meister scheint verschleiert herumzulaufen, wie mit einer Burka. Er will sich nicht ins Gesicht schauen lassen, weil..."

„Lass mich raten! Ich habe in der Schule aufgepasst – oder im Konfirmandenunterricht? Auf alle Fälle: Zehn Gebote: Du sollst dir kein Bildnis machen..." Meine religiöse Allgemeinbildung tropfte mir förmlich von den Lippen.

Lucy würgte mein bildungsbürgerliches Hochgefühl ab: „Viel einfacher. Hast du schon mal ein Bild von Jesus gesehen?"

„Eins? Ich kenne Dutzende..."

Lucy lachte über meine Wissenseitelkeit: „Eben. Wenn du auch nur fünf gesehen hättest: Alle sehen unterschiedlich aus. Jeder Künstler, Pseudokünstler oder Dilettant schuf sich sein eigenes Jesusbild. Jesus hasst Kirchenbesuche. Jedes Mal starrt ihn mindestens eine verkorkste Darstellung von ihm an, manchmal, meistens sogar mehrere..."

„Gibt es nicht ein originales Bild von ihm? Diese Abbildung auf dem Grabtuch. 100% Jesus wie er liebte und lebte?"

„Höchstens, wie er als Leiche aussah. Das ist nicht gerade das, was man sich im Leben nach dem Tod wünscht." Lucys Stimme wandelte sich vom sarkastischen zum belehrenden, auch im postpostmodernen postfaktischen Zeitalter rückte sie abgefuckt Fakten in den Focus: „Aber: Das Tuch ist ein Fake... Historiker analysierten das Alter des Stoffes, die Pflanzenpollen nach ihrer regionalen Zuordnung und vieles mehr. Außerdem: Wer hat eigentlich wem wann und wo dieses Tuch gegeben? Die fehlende Überlieferungsgeschichte minimiert die Wahrscheinlichkeit der Authentizität.

Aber selbst wenn du den Wissenschaftlern nichts zutraust: trau deiner Intelligenz: selbst wenn naturwissenschaftlich alles räumlich und zeitlich super passen würde: Das Tuch könnte aus dem Grab daneben stammen – vielleicht von Brian[3]... und so weiter. Für Historiker eine echt gefällige Gelegenheit, ihre Methoden und Argumentationsschemata zu überprüfen. Für viele Menschen einfach ein Thrill, ‚es könnte ja…'. Und ansonsten: hohl! Das nervt noch mehr als die Spekulationen, die ich über mich ergehen lassen muss."

„Naja, dich kann man ja wenigstens rekonstruieren!"

Sie schaute mich entgeistert an und schwankte zwischen entspanntem Lachen und Empörung. Schließlich entschied sie sich für Provokation: „Wie würdest du reagieren, wenn sie Phantomgestalten von dir machen würden, nachdem alles Fleisch verfault ist und nur noch ein paar Knochen rumliegen?! Du wärest angepisst!"

Der Anhauch dieser Vorstellung ließ mich schaudern. Computerbilder produzieren wunderbar glatte Gestalten, aber meine eigenen Knochen mochte ich mir doch nicht vorstellen. Ich hatte Professor Börne im Tatort zugeschaut, wie er aus einem Schädel per Computer ein lebendiges Angesicht errechnen ließ. Was ergäbe das Hochrechnen meiner Schädelknochen? Nicht auszudenken! - Zurück zum Thema: „Es geht um Jesus. Um sein Aussehen!"

„Also, wenn Jesus eines nicht leiden kann, dann diese vereinnahmenden Darstellungen von ihm!" Lucy streckte einem

---

[3] Hier spielte sie auf den Klassiker „Das Leben des Brian" an, jene Parallelfigur zu Jesus namens Brian... Ich fand's immer witzig, aber weil mein Religionslehrer über viel mehr Hintergrundwissen verfügte, lachte er tatsächlich häufiger und heftiger als ich...

imaginären Publikum die breite Zunge heraus: „Vielleicht noch Kubismus... Noch blöder findet er realistische Bilder, die ihn zum Massenprodukt machen wie..."
Der Musterschüler funkte dazwischen: „Marilyn Monroe!"
„Gut gelernt! - Er will kein Abziehbild sein. Warhols MM ist ein Waisenkind gegen die Flut frommer Bildchen."
„Sie war wirklich ein Waisenkind!"
Meine Allgemeinbildung aus der Regenbogenpresse imponierte Lucy nicht. „Norma ist eine doofe, von sich eingenommene Pute. Nach meinen Maßstäben wäre sie gleich zu Staub zerfallen!"

Nein, zwischen Frauen als Mahlsteine wollte ich nicht geraten wie Prinz Paris, der ahnungslos den Trojanischen Krieg provozierte, weil er sich unvorsichtigerweise für eine von drei Göttinnen entschied! Ich erlebte ganz andere Vorgesetzte, die sich niemals entschieden, sondern offenließen, bis sich etwas von selber entschied und die aalglatt ihre Nachentscheidung trafen – ohne trojanischen Krieg, aber mit sozialen Ruinen. Höfliche Leute nennen dies diplomatisch, wodurch wiederum das Ansehen der Diplomaten in grausigste Tiefen stürzt... Zerfallen Diplomaten bereits vor dem Tod zu Staub...? Friedenstiftend lenkte ich zum eigentlich Objekt meines Interesses zurück:

„Sag mal, Lucy, Jesus soll doch für alle Sünder gestorben sein..."
Lucy schielte künstlich, also genervt: „Wen interessiert das nach dem Tod im 21. Jahrhundert? Was ist dein Problem?"
„Naja, ich finde so ein Ende-Gut-Alles-Gut, eine Entlastung von allem Schrott, den man gebaut hat, schon erleichternd. Aber weshalb gibt es diese Hölle, die du mir gezeigt hast, wo die Nazis von früher eine Ewigkeit lang leiden müssen... Ich dachte, da springt Jesus ein."
„O, Junge, Du stellst Fragen. Die kann wirklich nur er selbst beantworten. Vermutlich wird er es uns nicht verraten. Ausgleichende Gerechtigkeit und Vergebung sind beide hohe Güter. Wie das von Jesus gewichtet wird..."
„Er trägt also eine Burka!"
„Und eure 'Justitia' ist blind..."

„Wie kannst du das vergleichen! Eine symbolische Figur und ein realer Mensch...."

„Also gut, du hast mich weichgekocht. Ich versuche mein Bestes. Ein Date mit Jesus arrangieren! Dass ich mal so weit herunterkomme..." Mit einem Seufzer schaute sie mich tief an. Doch in ihrem Blick lag nicht wirklich Ironie. Ich spürte: Diese Frau liebt mich wirklich. Auf meinem Herzen schien ein ganzes Blumenbeet aufzusprießen.

Es dauerte wirklich nur ein paar Tage einschließlich der Nächte, bis sie mir mit einem gewissen Triumph in der Stimme zuflüsterte: „So, Süßer! Übermorgen kannst du ihn treffen. Er war nicht mal genervt. Hat er was Gutes über dich gehört? – Oder gar nichts, was fast genauso gut ist. Als Treffpunkt schlug ich dein Stammstraßenlokal vor, das er kommentarlos akzeptierte. Drei Uhr nachmittags müsste gehen... meinte er."

Ich war baff! Wirklich Jesus treffen? Der Gedanke ließ mich die nächsten 48 Stunden nicht mehr los!

28 Jesus in der Fürther Straße

Manchmal hat man Glück. Der 21. Juni faszinierte mich schon immer, weil es an ihm am längsten hell ist. Ich hockte im prallen Sonnenschein mit einem blauen Schirmkäppi auf dem Kopf vor meinem Lieblings-Café. Die Ewigen kannten mich inzwischen als Stammgast. Am Nebentisch schlürften zwei Schüler ihre Cola und gefielen sich in sinnlosem Wortaustausch. Auf ihren grellgelben T-Shirts prangte: ‚Sold out'. Dem gut hörbaren Geplauder entnahm ich, dass es um Lucas und Bruno ging und hörte ein paar Storys aus der Schule, doch sie sahen den Jenseitigen nicht.

Ich saß neben einem alten Straßenkreuzer gegenüber der Dreieinigkeitskirche im Veit-Stoß-Park. Mein Styling entsprach dem Anlass: ein Regenbogen-T-Shirt (Love & Peace), kurze sommerliche Jeans, schicke Sandalen (meines Wissen traf ich mich mit einem

Sandalenträger...) und dieses blaue Käppi - ähnlich wie eine Kippa (er gehörte zur jüdischen Religionsgemeinschaft).

...und drüben die Dreieinigkeitskirche neben den Foodguerillas

Die Glocken der Kirche schlugen siebenmal. Viermal für die volle Stunde, dreimal für die Uhrzeit. Mir fiel ein, dass es eine fatale Uhrzeit für ihn war. Von den wenigen Daten aus seinem Leben benennt man diese Uhrzeit als Todesstunde. Freilich kam der Terminvorschlag von ihm. Außerdem war heute Mittwoch.

Wie verblödet wirkte ich wohl mit meinem halb offenen Mund, als ich mit großen Augen die messianische Gestalt anstarrte, die den Weg entlang kam? Hier, wo vor über 180 Jahren die erste Eisenbahn auf deutschen Gleisen rollte und ihren giftigen Atem in den blauen fränkischen Himmel pustete, schritt er gemessen und selbstbewusst, keine Augen für die Menschen um sich, während sich aller Augen auf ihn richteten. Die langen Locken fielen in prächtigen Kaskaden gleichmäßig über seine Schultern. Er trug einen gutsitzenden Anzug, mit dem er auch Lebenden angenehm aufgefallen wäre. Frauen erstarrten, während bei den Männern neben ihnen eine gewisse

Eifersucht aufwallte. Jesus hin oder her: Sie wollten die Nummer eins der Anerkennung bleiben.

Der Vollbart war sauber auf zwei Zentimeter gestutzt, die vollen Lippen umspielte ein leichtes Lächeln, die grünblauen Augen bestachen durch ihre Klarheit, die Augenbrauen mit ihrer sanften Wölbung setzten eine Marke unter die offene, hohe Stirn. Ein Traum von einem Mann! Wahrhaft messianisch.

Ohne mich zu fokussieren schritt er auf mich zu, fast schon tänzerisch, aber mit strengem, zirkuliertem Schritt. Als er nur noch wenige Schritte von mir entfernt war, irritierte mich zusehends, dass er nicht einmal den Hauch eines Blickes für mich übrig hatte. Pünktlich, aber… ohne mich eine Blickes zu würdigen, ging er knapp an mir vorüber. Herrschaftlich und unnahbar. Der Messias!

„Beeindruckend! Oder?" eine leicht ironische Stimme mit einem ernsten Unterton störte mich von links. Mein Unwillen verschwand blitzschnell bei dem vertrauten Klang. Beeindruckt zeigte sich… Gott!

„Grüß dich!" lächelte er mich an. Was sollte ich erwidern? Grüß Gott? Oder auch: Grüß dich?

„Jaja, schon beeindruckend dieser Mann!"

Ich freute mich, Gott wieder zu sehen. Inzwischen hatte sich zwischen uns so etwas wie eine Freundschaft entwickelt – das war besser als alles, was ich vor meinem Tod erlebt hatte. Dass ausgerechnet Gott so etwas wie mein erster bester Freund werden sollte, hätte ich nie gedacht.

Diese Freundschaft ermutigte mich zur Offenheit: Augenblicklich passte er mir nicht ganz ins Konzept. Das Treffen mit Jesus wollte ich ganz für mich alleine erleben, quasi in intimer Atmosphäre. „Ohne Papa", schmunzelte ich in mich hinein.

„Du, tut mir leid, nimm's nicht persönlich, aber... ehrlich, du störst grade ein bisschen. Ich sehe dich unheimlich gerne, nur eben jetzt: Ich habe ein Date, das total wichtig ist."

Gott lächelte – oder grinste er? „Du meinst den Kerl, der da grade vorbeiflanierte?"

„Hör mal! Was heißt hier Kerl?! Jesus, der Messias selbst...."
Blitzschnell überlegte ich: Wenn Jesus Gottes Sohn ist, sollte er ihn wiedererkennen? Was lief hier schief? Ein Vater-Sohn-Konflikt? Ich zwischen zwei göttlichen Mühlsteinen?

Gott kicherte: „Du meinst, nur weil dieser Typ sich durchgestylt präsentiert, sich als lebende Ikone geriert, ist er schon der Messias? Ich sag dir: von dem gibt es ein Bild, als er todkrank war, kurz bevor er an Malaria starb. Da sieht er wirklich schlecht aus. Dieses Bild, ich betone: <u>dieses</u> Bild zeigt ihn wie den Messias."

 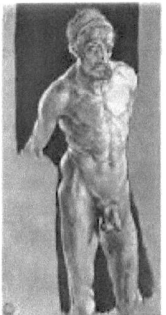

Dürer wandert selbstbewusst durch Nürnberg, stellte sich aber auch leidend dar...

„Das ist nicht Jesus?" Ich starrte Gott konsterniert an. Im Hintergrund meines Gehirns dämmerte etwas: Diesen Inbegriff des vollkommenen Menschen kennst du. Nicht persönlich, dazu ist er eindeutig zu bedeutend, aber andererseits, du kennst ihn nicht als Messias, sondern als...

Gott lächelte: „Gell, jetzt kommt er dir doch irgendwie bekannt vor. Du könntest ihn sogar von Briefmarken kennen. Millionen haben ihn von hinten geleckt – hinten gummiert, vorne grünweiß... Ein geborener Nürnberger. Peinlicherweise ein Migrantenspross, den man heute ‚größter Sohn der Stadt' nennt. Der Vater immigrierte aus dem Land der Madjaren. Herr Ajtósi integrierte sich als Goldschmied in

Franken und assimilierte sich mit der Eindeutschung ‚Türer', fränkisch verhunzt mit ‚D'."

Er ließ mir Zeit zum Denken. Blitzschnell erstrahlte eine Glühbirne über meinem Hirn: „Türer? Dürer! Natürlich... logisch... klar... Albrecht Dürer..."

Die langen Haare, das ebenförmige Gesicht... reproduziert ohne Zahl. So porträtierte er sich selbst. Mein kunstgeschichtliches Journalistenwissen kroch mühsam aus der Versenkung. Wie war das noch? Ich hatte für die NN über Vorträge im GNM berichtet: Der Künstler sollte als Person ernst genommen werden. Er stellte die Messianität der eigenen Persönlichkeit dar. Als Zeitgenosse Martin Luthers präsentierte er das Individuum durch ein Selbstbildnis, auf dem er wie der Inbegriff des Menschen erschien. Den absolut schönen, ebenmäßigen Menschen zauberte er in seinem Selbstporträt mit filigranen Pinselstrichen auf die Leinwand. Wenige Jahre später holte er sich auf seiner niederländischen Reise in einer Hafenstadt die Malaria. Die heimtückisch verzögert aufsteigende Krankheit führte zu seinem Tod. Der Schwerkranke zeichnete sich noch einmal als Messias, aber diesmal wie der leidende Christus.

Albrecht Dürer ist auf dem Johannisfriedhof in Nürnberg bestattet, zwischen diesen Grabplatten: Der Tod macht alle gleich. Oder auch nicht! Freilich verändert der Tod die Maßstäbe, die ans Leben angelegt werden...

Gott wartete geduldig meine Erinnerungen ab: „Der Mann fasziniert seine Umgebung. Die Frauen himmeln ihn an. Frag lieber nicht, weshalb er keine Kinder hinterließ… Unsterblich als Künstler, aber ausgestorben, was sein Genmaterial betrifft…"

Gottes platte Chauvieschiene ärgerte mich: „Apropos Genmaterial… gibt es das von dir auch?"

„Du denkst an…"

„Klar, ich denke an Weihnachten, ich denke an Maria mit der Jungfrauengeburt, ich denke an das Christkind, das für uns Nürnberger unverzichtbar weiblich ist, und ich ärgere mich darüber, dass du mich störst, während ich auf Jesus warte."

Ich schenkte ihm eine Nachdenkpause…. und landete meinen Überraschungscoup: „Ich habe nämlich ein Date mit ihm!"

Er kuckte unter seinen Augenbrauen zu mir: „Du meinst, in Jesus wäre göttliches Genmaterial…" Kunstpause. Dann ballte er die Faust: „Was für ein Schrott?!!! Welcher hirnverbrannte Idiot glaubt denn, dass ich mich genetisch vermehre? Ihr seid doch alle bescheuert! Ich bin doch kein Mensch mit ein paar übermenschlichen Eigenschaften. Ich bin doch nicht ein Mensch, der banal unsterblich, allmächtig, allwissend und überhaupt absolut das Maximale ist… Ich bin nicht das perfekte Gegenstück von euch Wracks… Ich bin überhaupt kein Mensch, ich bin Gott!!!"

Mit seiner wachsenden Lautstärke begann ich zu schrumpfen. Mich packte ein schlechtes Gewissen: Er hat Recht! Wenn er mir nicht gegenüber saß, stellte ich mir Gott wie einen Menschen vor, ohne alle die Fehlerhaftigkeiten, die wir haben.

„Aber jetzt begegnest du mir doch als Mensch…" Etwas Besseres fiel mir nicht ein.

Gott wurde brummig: „Du nervst! Wie soll ich denn mit dir Kontakt aufnehmen? Als Alien erscheinen? Als durchsichtiges, amorphes Wesen durch die Gegend schweben? Ich begegne dir so, wie du es brauchst…"

Dafür hätte ich ihn umarmen können. Ich spürte die Wärme seines Herzens. Aber dann fiel mir schlagartig ein, weshalb ich hier war. Ich sollte hier besser alleine sitzen. Bei Dates gehört sich das: „Du, du weißt jetzt, warum ich da bin... Könntest du nicht inzwischen die Welt retten...?" Ich verpackte das Wegschicken in einen Scherz.

Gott grinste, machte aber keine Anstalten, abzudüsen: „Ich weiß, du erwartest Jesus. Ein Speed-Dating gefällig? Über welche Partnervermittlung hast du ihn gefunden?" Er wartete einen Augenblick, bis diese Spitze saß. „'Sie suchen Jesus?! Wir bringen alle zusammen! Lucy-Acquaintance Limited'..."

Nein, Lucy ließ ich nicht beleidigen: „Das ist eine ernsthafte Begegnung! Mein Gott, erledigte doch dringendere Geschäfte! Gibt es nicht unzählige Bittgebete, die du erhören solltest?"

Gott – es klingt hart, ist aber pure Realität – grinste noch breiter: „Dringendere Geschäfte! Dieses Diplomatengeschwafel ödet mich an. Mit genau diesen Worten warf der hochverehrte Geheimrat Goethe einem jungen Besucher hinaus – mit seinen Worten: Er komplimentierte ihn hinaus."

„Na und!"

„Es traf den ebenso unbekannten wie hochbegabten Harry, mit Künstlernamen Heinrich – Heine. Irre: Goethe, das Genie, warf den Dichter hinaus, dessen Dichtungen wenig später mehr Käufer fanden als die der Weimarer Eminenz."

Was Gott zum spöttischen Lächeln reizte, nervte mich nur: „Dein Heine und dein Goethe sind mir jetzt egal. Ich will Jesus allein treffen, also bitte verhindere ein Erdbeben oder eine Sintflut und lass mich dafür in Ruhe."

Gott besetzte gelassen den freien Stuhl, den ich für Jesus reserviert hatte. Er konnte sehr nachdrücklich sein.

Am Nebentisch gesellte sich noch ein Junge zum Duo. Auf eine flapsige Bemerkung von Lucas hin quietsche Bruno vor Vergnügen: „Jesus! Weißt du noch?"

Die Jungs sind bester Laune – aber wo ist Jesus?

„Jesus?" Hatten die Jesus gesehen und ich nicht? Mein Ohr wuchs fast bis zum Nebentisch, obwohl es eigentlich unnötig war, denn Lucas gab für den Neuankömmling seine Geschichte zum Besten: „Es war Mittagspause, wir hatten Hunger und gingen zum Aldi, wo wir uns was zu Essen kauften."

„Zum Aldi?"

„Na, du weißt doch, beim Dürer. Anschließend liefen wir zum Pegnitzgrund Eine merkwürdige Gestalt sprang uns ins Auge, ein Mann, mit langen Haaren und Bart, er sah wahrlich aus wie ein alter Jesus ohne Schuhe, er trug alte blaue Shorts, mehr hatte er nicht an, nicht mal ein Hemd. Wir traten auf ihn zu, sein Atem roch nach Bier, Wir stellten ihm diese eine Frage, die uns von Anfang an im Kopf war: ‚Trinken Sie gerne Bier?' und er bejahte."

Bruno brummte wie ein Echo: „Trinken Sie gerne Bier?"

„Jesus trinkt Bier! Na, wenn das meine Reli-lehrerin hört…"

Gott nickte hinüber: „So stellt man sich als Schüler vom Dürergymnasium Jesus vor…"

Ich grinste: „Einen alten Jesus… heftig, auf was für Gedanken die kommen.

Gottes Miene änderte sich: „Was glaubst du denn, wen du erwartest? Einen Doppelgänger von Albrecht Dürer? Oder eine dürre Gestalt wie Mahatma Gandhi? Du denkst an Kaftan und Sandalen, vielleicht noch an lange Haare und ein mildes Lächeln. Bist du wirklich so naiv wie diese Jungs? Ach, von Jesus hast du nicht wirklich eine Ahnung."

Ich blickte ihn unwillig und zugleich erwartungsvoll an: „Du meinst, ich würde ihn nicht erkennen? Aber er wird mich erkennen. Schließlich haben wir eine Verabredung."

Gott griff das Espressotässchen, das unaufgefordert vor ihm erschienen war, nippte kurz und schaute mich schweigend an. Nach einer Pause murmelte er leise: „In einer der ältesten Geschichten von Jesus spricht ihn sein Jünger Thomas an: ‚Mein Herr und mein Gott'. Was glaubst du, wer Jesus ist?"

Meine Blicke musterten seine Miene. Worauf wollte er hinaus? Die Lebenden wandelten in ihrem Alltags-Schick, die Verewigten in Gewandungen vieler Jahrhunderte, die Frau am Nebentisch lachte hell und seelenlos und Gott überließ mich meiner Verwirrung.

Dann streckte er seine offene Handfläche zu mir herüber und ich legte wie magnetisch angezogen meine in seine. Sein Blick wurde sehr freundlich, als er sagte: „Lassen wir das Ratespiel. Wie dir ging es schon vielen Menschen, selbst Bischöfen und Päpsten. Die meisten ahnten, was sie erleben wollten. Die wenigsten dachten substantiell: Wenn Jesus Gott ist – und es in den Augen der Christen nur einen Gott gibt, dann…"

Ein Berg stand vor meinem Hirn, ein Himmel bohrte einen Spalt durch den Berg und ich konnte ins Freie sehen: „Du… Du bist… Du bist Jesus!" !?! In meinem Ausruf steckte ein ganzes Fragenuniversum. Diese Erkenntnis musste ich erst einmal verarbeiten: Zwar hatte ich akzeptiert, dass Jesus Gott war. Aber ich hatte niemals realisiert, dass dieser Satz auch umgedreht werden könne: Gott ist Jesus. Mit anderen Worten: Schon die ganze Zeit, die ich wundersamer Weise ganz entspannt mit Gott verbrachte, hatte ich mit Jesus verbracht.

Wie sollte ich jetzt mit ihm reden? Alle diese Themen, die ich mal anschneiden wollte, wirkten so unpassend. Eine Erfahrung blieb: Mit Jesus kannst du einen Espresso trinken oder auch ein Bier. Und er offenbar auch mit mir!

Als am längsten Tag des Jahres die Sonne hinter den Häuserzeilen Gostenhofs verschwand, bestellten wir unser drittes Bier. Das Schöne am Tod ist: Genuss ohne Reue. Das Schöne an Goho ist: Da fällt Jesus gar nicht auf... hier in GottesHof.

29 Lucy im Sonnenuntergang

Es war Abend. Wir standen am Fenster. Wir spürten: Das ist die schönste Zeit unseres Lebens. Treffender: Die bisher schönste Zeit unseres ewigen Lebens.

Nicht jedem Verstorbenen ist es vergönnt, das ewige große Glück zu finden. Noch seltener passen solche Gegensätze wie Lucy und ich zueinander. Bei uns hatte die Ewigkeit die Zeitlichkeit korrigiert. Es ist so vieles Zufall, was auf der Erde zusammen passt. Ich hörte fast schon diesen platten Spruch: Jeder Topf findet seinen Deckel. Aber dass jeder einen Menschen findet, der zu ihm passt, ist in aller Regel schon regional begrenzt, dann auch noch vom sozialen Kontext. Wer begegnet schon dem Partner des Lebens ohne Überschneidung der Lebensbereiche. Dazu gesellen sich noch die zeitlichen Grenzen. Schon ein Altersunterschied von fünfzig Jahren scheint für Paare unüberwindbar, bei manchen bereits fünf Jahre. Sobald es über die Lebenserwartungsgrenze hinausgeht, sinkt nach irdischen Kategorien die Begegnungsmöglichkeit auf Null... Dazu die kosmische Komponente: Begrenzt auf den Globus.

Die Begegnung von Lucy und mir sprengte Raum und Zeit. Das Leben, in Raum und Zeit eingepasst, war zu Ende. Wie konnte das Unpassende zueinander passen?

Schluss mit dem Rationalisieren der Sterblichen, hin zu den Emotionen der Verewigten.

Die Sonne ging unter. Rotglühend besprühte sie die Wolken. Die Burg leuchtete aus der Kraft des Universums. Gott war in einer Kneipe untergetaucht. Leonardo… Mona Lisa… Andy…

Was für geile Erfahrungen! Die Sonne vergoldete Lucys Körper. Lebendiges Gold, keine Goldfingerszene von 007.

Ich sank fast in Lucys Arme. Doch die waren zu tief. So breitete ich meine Arme aus und ließ sie hineinsinken. Das Universum hatte uns wieder. Vereint.

Wie kann Leben gelingen? Auch wer es sich in den Einzelheiten nicht ausgemalt hat, spürt dieses Bedürfnis: Ich möchte über zwei oder mehr Leben parallel verfügen. Speziell das Sommerhalbjahr bietet so viele schöne Events, wie der moderne Franke sagt, dass sie sich oft überschneiden. Da will ich zu einer bunten Kärwa in einem fränkischen Dorf, zugleich steigt die Geburtstagsgrillparty bei Uwe, dazu gefiele mir ein MiniRock-Im-Park wenigstens ein Konzert lang, das überschneidet sich aber mit… Jetzt bräuchte ich vier Leben – das gibt's aber nur bei Computerspielen, und die sind bekanntlich leblos.

Das Fernsehen bietet seit geraumer Zeit Lösungen: Wir können, wenn wir verkabelt sind, parallele Sendungen aufnehmen oder auf einem eingefügten Fenster gleichzeitig anschauen. Im digitalen Bereich helfen Mediatheken mit zeitversetzten Möglichkeiten. Nur in meinem persönlichen Leben bleibt das Verhältnis von Gegenwart zu Zukunft und Vergangenheit, wie es schon bei den Neandertalern war. Die begnügten sich mit einem Programm: Der Blick aus der Höhlenöffnung mit Sendeschluss bei Sonnenuntergang.

Viele Leben haben… Ein berühmter Philosoph, dessen Namen ich gerade vergessen habe, sagte einmal sinngemäß – oder ich lege es ihm hier in den Mund: Es gibt unendlich viele mögliche Welten. Unsere ist die wirkliche Welt. Aus vielen Möglichkeiten realisiert sich nur eine Wirklichkeit. Den Rest bezeichnet man heute als virtuelle Welt.

Dieses reale Leben hier: Du könntest manchmal spüren, dass es wie ein Geschenk ist. Du könntest manchmal spüren, wer es dir geschenkt hat. Du könntest ihn Gott nennen – und ihm dankbar sein.

Mir ist Lucy über den Weg gelaufen. Dazu musste ich aus meiner Lebenszeit herausgebeamt werden. Aber es ist himmlisch mit ihr. Dann lief mir Gott über den Weg. Endlich habe ich den Freund, nach dem ich mich immer sehnte. Und er gibt mir das Gefühl: auch er hat in mir einen Super-Freund gefunden. So könnte es weiter gehen: mit Lucy, mit Gott und mit mir – und vorerst reicht mir die Frankenmetropole.

30 Nachspiel

Wir saßen zu dritt in unserem Lieblingscafé. Lucy hatte sich mit Mona doch ein bisschen anfreunden können und diese genoss das Flair einer historischen Stadt im Norden der Alpen. Die Bäume standen im Saft, das Blau des Himmels strahlte, Passanten aller Zeiten tummelten sich um uns herum und zu meiner klammheimlichen Freude spazierte sogar mein vermeintlicher „Messias" unter dem fränkischen Himmel. Wie immer sehr elegant, nicht nur hinsichtlich seiner Kleidung, sondern auch der Körperhaltung. Dazu diese phantastische Haarpracht! Sein Auge streifte mich nur kurz, verweilte dann aber mit einem Aufleuchten auf der Frau neben mir, auf Mona.

Immer noch gemessen, aber mit deutlichem Interesse trat er an unseren Tisch: „Einen schönen guten Tag, die Herrschaften!" Er machte eine Pause und wandte sich dann mit einer angedeuteten Verbeugung Lucy zu: „Ich habe Sie natürlich sofort erkannt. Das Modell aller Modelle! Sie sollten vom besten Maler aller Zeiten porträtiert werden…" Drei Augenpaare starrten ihn fragend an. Er lächelte, mit betonter Noblesse. „Wären Sie so gütig, mir in meinem Atelier Portrait zu sitzen?"

Ich starrte ihn an: Sollte das eine Anmache sein? Lucy hob einen Mundwinkel. Sie schien sich zu amüsieren: Eine Karriere als Model für Mona nach einem halben Jahrtausend? Keine Angst vorm Altern für Models!

Ich weiß nicht, was in Mona vorging. Ihr Blick hatte sich nach innen gewandt. Das Lächeln verlor seine Leuchtkraft. Vieles schien in ihr zu kämpfen. Dann aber erstrahlte ihr Lächeln von neuem ohne Zweideutigkeit und sie antwortete hörbar geschmeichelt: „Meister Dürer! Aber selbstverständlich. Es ist mir eine große Ehre, Ihnen als Modell dienen zu dürfen. Oder…" ihre Stimme vibrierte in Tonlage „Alt" „oder brauchen Sie nur einen hübschen Vordergrund für ein geniales Ambiente?"

Dürer zuckte kurz zusammen, dann lachte er verständnisvoll: „Nein, die Zeiten sind vorbei. Das hat die Kunstgeschichte längst erledigt. Mein Thema wäre die lächelnde Mona Lisa in Goho… So, wie Sie hier sitzen. Das fände ich bunt und spannend…"

Mona Lisa in Goho? Mich portraitiert natürlich wieder mal keiner…

Dürers neuestes Werk, auf der Staffelei vor seinem Gartenhäuschen nördlich der Burg. Die Mona Lisa von GoHo mit dem High-Fish…

Und wer genau hinschaut, entdeckt den Stalker, der immer noch auf seine Mona Lisa lauert…

Nachbemerkung:

Natürlich konnte dieses Buch nur ein lebender Mensch schreiben und veröffentlichen. Benny legte Wert auf Authentizität und daher auf die „Ich-Form". Diese ist aber, wie allein schon die biographischen Daten ergeben (Alter, Lebensende, Geburtsort, Beruf) nicht die des Schreibers. Er gestattet aber einen Blick auf sich:

Der vitale Autor beim Treffen mit seiner Informantin beim Café in der Fürther Straße. Zeitgemäß: Fakenewsbild. Der Autor platzierte sich in Lucys Bild, wo sie ahnungslos darauf wartet, ihren Espresso zu schlürfen.

Hauptperson Benny stand für eine Fotoseance nicht zur Verfügung, da der Mitvierziger fürchtete, angesichts seines erst kürzlich erfolgten Ablebens würden ihn zu viele Personen wiedererkennen und sich über seine Geschichte ihr Lästermaul zerreißen oder gar im Netz verunglimpfen. Daher änderte der Biograph auch alle Namen, außer denen der VIPs, deren Anspruch auf Privatsphäre mit dem Tod erlischt. Beabsichtigte Ähnlichkeiten sind rein zufällig.

VS ist nicht einfach nur Ghostwriter in Ghostenhof, er schreibt für einen Geist…